눈 위에 쓴다
사랑한다 너를
그래서 나 쉽게
지구라는 아름다운 별
떠나지 못한다 。

2021년 초겨울
나태주

이제는
잊어도
좋겠다

이제는 잊어도 좋겠다

지은이 나태주
펴낸이 임상진
펴낸곳 (주)넥서스

초판1쇄 인쇄 2021년 12월 5일
초판1쇄 발행 2021년 12월 10일

출판신고 1992년 4월 3일 제311-2002-2호
10880 경기도 파주시 지목로 5
Tel (02)330-5500 Fax (02)330-5555

ISBN 979-11-6683-184-3 03810

www.nexusbook.com
&(앤드)는 (주)넥서스의 문학 브랜드입니다.

나태주 인생 이야기

이제는
잊어도
좋겠다

&

망각에 바친다

사실은 이미 이전에도 이 책 쓰기를 시도한 적이 있었다. 한 번도 아니고 두 번씩이나. 그러나 상당 분량 글을 쓰고서도 중간에 글쓰기를 멈춰야만 했다. 도대체가 자기객관화가 잘되지 않았다. 쓰다가 보면 글이 엉뚱한 방향으로 흘렀다. 또 한 가지 대상이나 사건에 대한 해석과 느낌이 시간에 따라 달라졌다. 그것은 매우 혼란스런 경험이었다.

그래서 좀 더 시간을 갖고 기다려보기로 했다. 다음 기회를 갖고 싶었다. 문제는 글감이 자기 자신의 것이란 점이다. 다른 사람의 것이라면 좀 더 냉철하게 들여다볼 수도 있겠는데 자신의 문제이기에 자꾸만 시야가 흐려지고 헛발질이 나오는 거였다. 마치 앞으로 나아갈 방향을 찾지 못하고 제

구멍을 기어드는 벌레 같은 꼴이었다. 그래서 글쓰기가 이렇게 많이 늦어지고 말았다.

하지만 무턱대고 미루기만 할 수는 없는 일이었다. 내 나이 벌써 77세. 70세를 고희(古稀)라 하고 77세를 희수(稀壽)라 한다. 예부터 드문 나이를 지나 아주아주 드문 나이에 도달한 것이다. 아닌 게 아니라 요즘은 자꾸만 기억이 가물거린다. 두 번 인생을 산 사람처럼 전생의 일인 양 옛날 일들이 까마득 떠오르지 않을 때가 있다. 특히 단어가 그렇고 그중에서도 유독 사람 이름이 가물가물해진다.

더구나 요즘은 자꾸만 내가 할 일을 잊는다. 건망증이 새로 생겼다. 먼 일을 잊는 것이 아니라 가까운 일을 잊는다. 가령 아침저녁으로 반복적으로 먹는 약이 있다 하자. 그 약을 자주 잊는다. 먹었는지 안 먹었는지조차 잊는다. 그리고 약속이나 전화 내용을 자주 놓친다. 노트에 기록하지 않으면 영락없이 내가 약속하거나 말해놓고서도 엉뚱한 소리를 한다. 우기기도 한다. 큰일 아닌가. 습관적인 건망증인 것이다.

어쩐다? 기억이 더 흐려지기 전에 무언가를 기록해야만 했다. 그러고는 편안한 마음이 되고 싶다. 나는 이적지 나에 관한 기억을 아주 지악스럽게 붙들고 산 사람이다. 좋기도 하면서 싫기도 했다. 이제는 그 기억들을 망각의 세계로 보내주고 싶다. 책에 고스란히 담아 책이 기억하도록 하고 나는 잊어버리고 싶다. 그래서 자신의 기억으로부터 해방되고 싶고 스스로 홀가분해지고 싶다.

생각해보면 인생이란 기억으로 점철된 그 무엇이라고 할 수 있겠다. 누구든 자신의 인생, 지난날들을 차근히 한번 뒤돌아보시라. 과연 무엇이 남았다 하는가? 물건인가? 그 어떤 행동인가? 흐릿한 대로 아련한 기억과 기억을 따라다니는 느낌과 소리와 빛깔의 자취만이 그 주변을 맴돌 것이다. 그래서 나는 '인생은 기억이다'라고 말하고 싶다.

인간에겐 누구나 기억의 창고란 것이 있다. 살아가면서 생성되는 온갖 기억들을 이 기억의 창고에 집어넣어 보관한다. 기억의 창고는 순서가 없다. 질서정연하지 않다. 가지런하지 않다는 말이다. 살아가면서 기억이 생길 때마다 집어넣기 때문에 상하좌우도 없고 깊이도 일정하지 않다. 그냥 쑤셔 박힌 진흙의 펄처럼 뒤엉켜 있다. 기억은 마치 화산과 같다. 살아 있는 기억이 있고 쉬고 있는 기억이 있고 죽어버린 기억도 있다.

때로 우리는 기억의 창고에서 그 어떤 기억을 꺼내어 반추하기도 한다. 하지만 그 기억은 꺼내 보는 사람의 처지나 형편, 감정 상태, 주변 환경과 상호작용하면서 변형된다. 이 변형된 기억은 다시 기억의 창고에 되돌려진다. 그것이 바로 기억의 재생산, 추억이다. 인간은 지극히 이기적인 존재다. 자기가 기억하고 싶은 것만 기억하는 경향이 있다. 그래서 추억은 그리운 것이 되고 아름다운 것이 되는 것이다.

진정 추억을 쓰고 싶었다. 세상을 살아가면서 나에게 남겨진 기억, 그 가운데서도 가장 아름다운 기억들을 될수록 솔직하면서 아름답게 쓰고 싶었다. 다시금 문제는 솔직성으로 귀착된다. 얼마만큼 솔직하게 쓸 것인가? 어디까지 가다가 멈출 것인가? 이것은 자신의 문제이므로 신뢰감이며 자신감 같은 것이 쉽게 생기지 않는다. 하지만 다시금 용기를 내보기로 했다.

기억만이 인생이다. 기억만이 참된 인생의 가치요, 재산이다. 그러므로 날마다 최선을 다해 정성껏 자신의 인생을 갈고닦으면서 살아야 한다. 그렇게 자신에게 주문을 걸며 다그치며 살아온 날들이다. 하지만 기억처럼 끈적거리고 성가신 존재도 없다. 기억은 지나치게 몸피가 크고 무겁다. 그것들을 버리고 좀 더 가벼워지고 싶다. 이제 나는 그것들을 모두 환원시켜야 한다. 그런 후 망각의 늪에 주저 없이 내던져야 한다.

나는 지극히 집요하고 에고가 강한 인간이다. 그래서 일생 시를 쓰는 사람으로 살아와야만 했다. 무언가 자신이 남과는 다르면서 특별해져야 한다고 턱없이 믿었던 허영덩어리였지만 이제는 평범하고 평범한 인간으로 돌아가야만 한다. 무명으로 돌아가야 한다. 덕지덕지 묻어 있는 기억의 얼룩들을 닦아 말끔하게 만들어야 한다. 그 길이 바로 이 책을 끝까지 제대로 쓰는 일이다.

나는 역시 지극히 나약하면서 혼란스러운 인간이었다. 여기서 신에게 다시금 손을 내밀고 간절한 마음으로 기도를 드린다. 하나님, 저에게 한 번만 더 기회를 주십시오. 제가 이 책을 끝까지 쓰게 하옵시고 이 책의 글들 앞에 될수록 솔직담백하게 하옵시고 맑은 마음이게 하옵소서. 스스로를 속이지 않게 하옵시고 세상을 속이지 않게 하옵시고 독자들 또한 속이지 않게 하옵소서.

신은 분명 나의 소원을 들어주실 것이리라 믿는다. 나의 좋으신 독자분들 또한 나의 글을 믿어주실 줄 알고 읽으시는 분들에게 축복과 감사의 말씀을 미리 올린다. 다시금 이 책이 내가 되게 하고 나는 지극히 가벼운 존재, 망각이 되기를 소망한다. 나는 한 개의 민들레 홀씨처럼 가벼워지고 싶고 작아지고 싶다.

차례

5장
먼산나무가 오는 저녁

에필로그

1장

바람이 잠든 새벽
흰 감꽃이 날리면

돌연변이

무릇 세상의 모든 사물에는 그 시작과 끝이 있게 마련이다. 그냥 저절로 된 것은 아무것도 없다. 자연이라도 그렇고 인간이라도 그렇고 사건이라도 그렇다. 까닭이 있게 마련이고 또 과정이 있고 결과가 있게 마련이다.

여기 가령, 산길 울창한 숲속에 상수리나무 한 그루가 있다고 하자. 맨 처음 씨앗이 있었을 것이고 새싹이 있었을 것이고 청소년기의 어린나무가 있었을 것이다. 그런 과정을 거쳐 오늘날 하늘을 가릴 정도로 높다라히 자란 나무가 되었을 것이다.

그뿐이랴. 그 나무를 도운 많은 주변의 환경과 요인들이 있었을 터이다. 우선 땅의 온기와 비옥함이 있었을 것이고 햇빛과 바람과 구름의 도움 또한 기본적으로 필요했을 것이다. 그 모든 것들을 아울러 비로소 오늘의 상수리나무 한 그루가 된 셈이다.

이런 관점으로 나에 대해서, 나의 시에 대해서 한번 들여다보고자 한다. 왜 나는 그렇게 살았을까? 왜 나는 시인이 되었을까? 시인일 수밖에 없었을까? 그 연원(淵源)과 그 까닭에 대해서 알아보고자 한다. 물론 나 자신의 일이고 나 자신의 정신적 소산인 것이라서 매우 주변적인 면을 벗어나기 어려운 문제이다.

그렇지만 나의 생애 가운데 한 번쯤은 짚고 넘어갈 일이라고 나는 생각한다. 아니, 내내 그렇게 생각해왔다. 열여섯 철없던 나이에 시인이 되겠다고 소원을 세웠노라 말하곤 하는 나다. 그로부터 장장 50년의 세월이 흘렀다. 스스로 돌아보았을 때 단 하루도 시를 생각하지 않고 넘어간 날이 없고, 한 번도 시를 쓴 것을 후회해본 적이 없다.

참으로 놀랍고 신기한 노릇이다. 어쩌면 지극히 어리석은 게임, 제한적인 세상, 자신 없는 투자에 온 생애를 걸었을까. 둘러보면 문사적인 기질이나 분위기가 전혀 없는 집안이다. 조상 가운데 글을 써서 이름을 날린 분이 있었다는 말을 들어본 적도 없고 생활 터전 가까이 학교 교과서 말고는 서책

이제는 잊어도 좋겠다

조차 없었던 집안이다. 경제적 조건까지 바닥인 집안이었다.

그 시절이야 모두가 빈한했지만 우리 집은 유난히 썰렁했다. 농토도 많지 않아서 여섯 마지기. 게다가 식구들이 많았다. 그야말로 누추한 오두막집에 헐벗고 굶주린 짐승 같은 식구들 여럿이 우글거리며 사는 집이었다고 보아야 할 것이다. 게다가 할머니는 선무당 비슷한 일을 하는 분이었다. 식구들 모두가 그런 할머니를 교주처럼 모시고 살았다.

이것은 나의 본가가 그렇다는 말이다. 본가가 있는 곳은 충남 서천군 기산면 막동리 24번지. 속칭 '막꿀'이라고 부르는 동네에서도 '집너머'라고 부르는 작은 동네. 동네 전체가 열 가구를 넘지 못하는 작은 두메였다. 나는 아주 어려서부터 그런 우리 집이 싫었다. 어딘가로 도망치고 싶었고 숨고 싶었다.

그렇게 도망쳐 숨어들고 싶었던 집이 바로 나의 외갓집이었다. 외갓집이라고 해서 결코 잘 사는 집, 화려한 집이 아니었다. 외할머니 혼자 기거하시는 집으로 외할아버지가 오랫동안 중병을 앓다가 돌아가시는 바람에 있던 재산마저 축내고 논이며 집문서마저도 넘어가 남의 집 접방살이를 하는 신세였다.

그렇지만 외갓집은 조강하고 고요한 분위기가 좋았다. 오직 어린 나 하나만을 위해주시고 떠받들어주시는 외할머니가 있었기 때문이다. 외갓집 마을은 서천군 시초면 초현리. '홍현부락'이라고 부르는 마을이다. 본가인 막동리가 비산비야(非山非野), 산골도 아니고 들판도 아닌 곳이었다면 외갓집 마을은 비록 면소재지 마을이긴 하지만 좀 더 오복하고 정제된 느낌을 주는 산골마을이어서 어린 마음을 평온하게 만들어주었다.

그 마을에서 나는 외할머니의 외동아들처럼 자라면서 초등학교를 마쳤다. 네 살 때부터 열두 살 때까지는 인생에서 가장 꿈이 많고 중요한 시기다. 인격 형성이 제대로 되기 이전으로, 인간적 가소성이 가장 강한 시기라 할 수 있다. 그 시기의 경험들이 나로 하여금 일생 동안 시를 쓰는 사람으로 살아가도록 안내하지 않았을까? 스스로 그렇게 생각해본다.

*1944년, 아버지와 어머니, 군산의 사진관

이제는 잊어도 좋겠다

어떤 사람에게든 유년 시절의 경험과 주변 환경은 절대적이다. 일생 동안 나의 인생, 그 인생 전체를 지배하고 그 삶의 방향을 정해주는 것이 유년기의 삶이 아닌가 싶다. 그렇지만 내가 시인이 되고 시인으로 살아온 내력은 아무래도 돌연변이 같은 것이리라. 변종으로 생겨난 이상한 식물 같은 인간이 바로 나인지도 모른다.

그야말로 나는 처음부터 나의 집안과 가족들과는 전혀 어울리지 않는 그런 아이였고 자라서도 내내 그렇게 살았다. 조그만 이단아였으며 반항아였다. 그렇다고 자라서 문학이나 글쓰기를 전공하는 학교에 들어가 배운 적도 없다. 주변에 글을 쓰는 친구나 안내자로서의 선배가 있었던 것도 아니다. 오로지 혼자서 읽고 생각하고 쓰는 일로 일관하면서 시인으로 성장했다. 말하자면 독학파 시인이었고 무학자 시인이었던 것이다.

명색이 기독교 신자라지만 나는, 내가 글을 쓰는 사람으로 일관해온 삶을 돌이켜보면 그 숙명 같은 궤적들로 인해 괜스레 불교의 환생설이나 윤회설을 따르고 싶어진다. 혹시 그러지 않았을까. 평생을 글 쓰는 사람으로 살았지만 끝내 실패로 끝난 그 어떤 사람의 전생이 나의 영혼이 되어 다시 세상에 온 것은 아닐까, 그런 상상 말이다.

첫 번째 기억
— 외할아버지 마지막 해바라기

    누구에게 물어볼 것도 없이 우리네 인생에서 가장 소중한 자산은 시간이다. 인생 전체가 시간의 덩어리라 할 수 있고 그 시간의 덩어리들이 부서져서 1년이 되고 하루하루가 되고 순간이 된다. 역사상 현자들의 모든 생각이나 충고 가운데 공통점은 오늘이란 시간에 마음을 모아 살아야 하고 순간을 소중히 여겨야 한다는 것이다. 이것 또한, 시간에 대한 중요성을 말함이다.

    인간은 누구나 자기에게 주어진 시간만큼 살게 마련이다. 그것이 생명이고 일생이다. 이 시간이 지나면서 남기는 것이 기억이다. 시간의 궤적, 인생의 그림자라 할 것이다. 사람이 일생을 두고 맨 먼저 떠오르는 기억은 어떤 것일까? 또

이제는 잊어도 좋겠다

그것은 언제쯤의 것일까? 사람마다 다르겠지만 나의 기억은 또 언제쯤의 것이며 어떠한 것일까? 그것은 매우 흥미롭고 소중한 것이다. 어쩌면 그로부터 유의미한 나의 인생이 출발했다고 보이기 때문이다.

나의 첫 번째 기억은 집 나이로 쳐서 네 살 때, 외할아버지에 대한 것이다. 나는 마루 같은 곳에 앉아 있었나 보다. 햇빛이 밝게 비치는 한낮, 건너편 마당가에는 장독대가 보이고 여러 개 모여 있는 장항아리들이 눈부신 반사광을 내뿜고 있었다. 단지들이 저마다의 빛을 내뿜고 있는 것 같았다. 그 너머로 야트막한 담장 하나가 있었다.

이게 무슨 대단한 기억이란 말인가? 그 풍경 속에 느닷없이 한 인물이 등장하기 전까지는 그저 단조로운 정물화일 뿐이다. 그런데 느닷없이 그림 속에 불쑥 등장하는 한 사람이 있다. 겨울 외투 같은 검고 두꺼운 옷을 걸친 그가 느린 걸음으로 마당을 가로질러 왔다. 그러고는 장독대 앞으로 가서 쭈그리고 앉았다. 지팡이를 손에 쥐고 있었을까, 그것은 확실치 않다. 남자 어른은 한참 동안 그 자리에 그렇게 붙박인 듯 웅크리고 앉아 있었다. 마치 그림액자 속에 들어가 그대로 하나의 정물이 돼버린 것 같았다.

흐릿한 대로 이것이 나의 첫 번째 기억이다. 영화의 정지

화면처럼 어린아이의 기억 속에 각인된 필름. 어쩌면 내가 있던 곳이 그늘이고 그 남자 어른이 있던 곳이 환한 양지여서 그렇게 선명한 네거티브의 인상으로 남았겠지 싶다. 그 남자 어른이 누구였는지 그 장소가 어디였는지는 나중에 어른들 말씀을 듣고 알게 되었다. 그는 바로 나의 외할아버지였다. 외할아버지는 비교적 단신이었으나 단단한 체구에 건강한 분이었다. 그런데 갑자기 복막염이 발병하는 바람에 제때 치료하지 못하고 돌아가셨다고 한다.

돌아가시던 해가 바로 조국 광복이 이루어지고 난 3년 뒤인 1948년이다. 혼란기라서 의사나 의료 시설은 물론이고 그 단순한 페니실린 주사약마저 동이 나버려 한방치료와 민간요법에만 의지해 치료하다가 결국은 병이 악화돼 세상을 뜨고 만 것이다. 말하자면 시대적 혼란기에서 생긴 희생자였다. 막판에는 무속치료에 의지하여 무당을 불러 크게 굿판을 벌이고 경을 읽고 별별 일을 다 해보았지만 효과를 보지 못하고 끝내 일을 당하고 말았다고 한다. 그 바람에 있던 재산을 많이 축내고 종당에는 살고 있던 집까지 남의 손에 넘겨야 했다.

외할아버지의 제삿날은 음력으로 9월 15일. 그렇다면 어린 내가 보았던 외할아버지의 모습은 그 이전의 모습일 것

이제는 잊어도 좋겠다

이다. 아직 여름의 무더위가 채 가시지 않았던 날이었다. 늦여름. 그런데도 기억 속의 그 남자 어른은 검정 빛깔 겨울 옷을 입고 있었다. 그런 걸로 보아 남자 어른은 지극히 몸이 쇠약해졌고 그로 하여금 체온이 많이 떨어져 있었다고 볼 수 있겠다. 그것은 오랜 투병 생활로 인해 오는 저체온 현상이었다. 그래서 남자 어른은 좀 더 따스한 양지 쪽을 찾았고, 그곳이 바로 마당가 장독대 앞이었던 것이다.

외할아버지의 생애 마지막 해바라기의 시간. 그 기억과의 만남. 돌이켜보면 그것이 내 인생의 출발인 셈이다. 그만큼 나에게 외할아버지의 존재는 아주 크고 소중했다. 외조부의 성함은 김은명(金隱明). 1900년생. 경자년. 쥐띠. 집 나이로 49세에 세상을 뜨셨으니 너무 일찍 세상을 뜨신 셈이다.

역시 어른들 말씀에 의하면 외할아버지의 고향은 충북 청주의 한 시골 마을. 경주 김씨. 당시로는 늦은 나이인 26세에 열 살 연하인 여성과 혼인한 뒤 친가와 처가를 솔가(率家)하여 충남 서천군 시초면 초현리 면사무소 뒷동네 곽뜸 마을에 정착하였다. 그런 후 집을 사서 먼저 형님에게 드리고 두 채를 새로 지어 한 채는 처가에 준 후 남는 한 채에서 당신이 살았던 집안의 가장 격인 분이었다.

이분의 무남독녀 외딸이 바로 나의 어머니 되는 김경애(金

慶愛) 님이시다. 1926년 병인생 호랑이띠. 어머니는 1944년 열아홉 나이에 동갑이신 나의 아버지 나승복(羅承福) 님과 결혼하여 그다음 해인 1945년에 첫 아이로 내가 출생한 것이다. 그러면 왜 나의 첫 기억이 친가가 아니고 외가인가? 거기에는 또 까닭이 없을 수 없다.

나의 친가는 외가에 비해 매우 한미한 집안이었다. (그렇다고 외가가 대단한 집안이란 말은 아니다. 다만 상대적으로 그렇다는 이야기다.) 소작농에다가 삼촌 둘과 출가하지 않은 고모와 할머니 두 분이 함께 사는, 물에 씻은 무처럼 빈한한 집안이었다. 하지만 아버지의 이목구비 뚜렷한 인물과 남다른 재능이 외할아버지의 눈에 띄어 데릴사위로 결혼을 했던 것이다.

데릴사위. 얼마나 굴욕적인 이름인가. '겉보리 서 말과 갈자리 한 잎만 있어도 데릴사위로 가지 않는다'는 말이 있을 정도다. 데릴사위란 말은 그 자체가 서러운 호칭이다. 일반적으로 데릴사위란 '딸만 있는 집안에서 혼인한 딸을 시댁으로 보내지 않고, 처가에서 데리고 사는 사위'를 말한다.

당시는 일제 강점기였기 때문에 일본식 호적 정리 방법에 따라 데릴사위가 되면 아예 성씨까지 아내의 성을 따르도록 되었다고 한다. 그래서 아버지의 이름은 '나승복'이 아니

이제는 잊어도 좋겠다

라 '김승복'. 나 또한 광복 이전에 태어났으므로 일본식 이름인 '수웅(秀雄)'이란 이름 앞에 '김' 씨가 붙어 '김수웅'으로 호적에 올려졌다.

그러므로 애당초 나는 외할아버지의 자식으로 태어났고 실제 출생한 곳도 시초면사무소 뒷집 초현리 111번지 그 집이었던 것이다. 무남독녀 외딸인 어머니의 첫 아이로 태어난 아이에 대한 관심과 사랑은, 정작 아버지나 어머니의 것보다 외할아버지나 외할머니의 것이 더욱 강력하고 진했다고 한다. 한번은 내가 경기를 해서 급히 한의사를 모시러 가는데 아버지가 개울을 만나 돌아가려고 하니까 외할아버지가 신을 신은 채로 개울물을 텀벙텀벙 건너가면서 사위인 아버지더러 왜 빨리 오지 않고 머뭇거리느냐 나무라셨다고 한다.

말하자면 나는 외할아버지 말년에 오직 자랑스런 존재였던 것이다. 어찌나 어린 외손주를 사랑하고 자랑했던지 동네 어른들이 '외손주 사랑하느니 전라도 방앗고를 더 사랑해라'라고 입버릇처럼 말해주었다고 한다. '외손주 사랑하느니 전라도 방앗고를 더 사랑해라'는 말은 나중에 외할머니와 함께 살 때도 가끔 동네 어른들로부터 들은 말이다. 나는 내내 그 말뜻을 알 수 없었다. 하지만 외손주 사랑하는 일이 부질없는 것이 아니냐는 말 정도의 느낌으로 짐작할 수 있는 일이었다.

외할아버지가 임종을 앞두고 이제는 나라도 해방되었고 호적 정리 방식도 바뀌었으니 다시 호적을 정리하여 본래대로 돌아가도 좋다고 허락을 하시어 아버지와 나는 다시 김씨에서 나씨로 돌아올 수 있었다. 하지만 혈혈단신이 되신 외할머니를 홀로 둘 수 없어서 하는 수 없이 내가 외할머니 댁에 남기로 하였다. 물론 그것은 나의 의지와는 관계없이 어른들끼리의 약속에 의한 것이다.

내 나이는 네 살. 외할머니는 서른여덟. 모르는 사람이 보면 늦둥이 아들아이와 그 어머니로 보기에 딱 좋은 두 사람이었다. 얼굴 모습까지 둥그스름하고 넓적한 편이니 더욱 그랬다. 그리하여 나는 어쩔 수 없이 외갓집의 자식이 되었고 특히 외할머니 평생의 애물단지로 불리게 되었다.

겨울의 소나무 솔잎의 바늘 끝에는
스무 해도 훨씬 전에 돌아가신
외할아버지의 혼령이 살아 계신다.
저승에도 못 가고 스무 해 넘게 헤맨 나머지
비로소 솔잎 끝에 촛불을 밝힌

이제는 잊어도 좋겠다

그분의 피와 살이 묻어난다.

술이 취하면 흥얼흥얼 푸념도 하고
투정도 해 보이는
이승을 못내 못 떠나시고
장성한 외손이 보고 싶어
소나무 솔잎 끝에 맴을 돌며 흐느끼는
이제는 검은 머리카락뿐인 그분의 얼굴이 보인다.

내가 세 살 때 봄이니까,
지금부터 스물네 해 전
골수에 병이 깊어 지팡이 짚고
마당에 내려 마지막 해바라기를 하시던 그 날
마당 가득 만조 되어 일렁이던 햇볕,
외할아버지의 저승에도 비추고
세 살배기 내 눈에도 비추던 그 햇볕,
외할아버지 따라 저승의 문턱까지 갔다가
다시 외할아버지 따라 이승으로 내려왔는가.

햇볕은 또 소나무 아래
다시 천길 낭떠러지로 고여

그 날인 양 그 날인 양

일렁이고 있으니 말이다.

— 나태주, 「솔바람 소리 3」 전문

이제는 잊어도 좋겠다

두 번째 기억
— 외할아버지 재맞잇날

나는 낯선 아낙네 품 안에 안겨 울고 있었다. 어둠 속이었다. 눈물 고인 눈으로 고개를 돌려 둘레둘레 바라보아도 사방은 어둠뿐이었다. 머리 위로 높은 처마가 있는 것 같았고 왼쪽으로 커다란 방이 보였는데 그 방 역시 어두컴컴했다. 모든 것이 낯설고 두려웠다.

나를 안고 있었던 낯선 아낙은 누구였을까? 이것 역시 나중에 외할머니에게 들어서 안 일이지만, 그 아낙네는 외할머니네 동네에 살던 오빠꿀댁이란 분으로 평소 외할머니와 친하게 지냈던 분이었다. 외가 마을 사람들은 결혼한 여자를 부를 때면 그 여자의 친정 동네 이름을 따서 호칭으로 부르곤 했다. 그러니까 오빠꿀댁은 오빠꿀이란 마을에서 살다가 시집와서 사는 아낙네를 이르는 말이다.

마당을 가로질러 환한 빛이 보였다. 사방은 모두 어두운데 오직 그곳만이 눈부셨다. 몇몇 어른들이 모여 허리를 구부리고 손에 지팡이 하나씩을 짚고 울고 있다. 옷도 보통 때 입었던 옷이 아니고 색다른 옷이다. 머리에는 이상한 모자를 쓰고 있다. 어른들이 둘러서서 울고 있는 가운데에 무언가가 타고 있다. 주변에 비치는 환한 빛은 바로 그곳에서 번져 나오는 빛이다.

이것 역시 나중에 외할머니에게 들어서 안 일이지만 그날이 바로 외할아버지 사십구재 드리는 날이었다고 한다. 그러니까 그날이 외할아버지 돌아가시고 49일째 되는 날로, 사후에 영혼이 좋은 곳으로 가라고 불교식으로 기원하는 천도재(薦度齋)였노라 한다. 그리고 내가 본 모습은 외할머니와 아버지와 어머니가 외할아버지 생전에 쓰시던 물건과 옷가지들을 절 마당 귀퉁이에 모아놓고 종이돈과 함께 태우면서 울고 있던 모습이었다.

네 살 먹은 아이가 그러한 사연을 알기나 했을까. 다만 어둠이 무서웠고 저를 안고 있던 아낙네가 낯설어서 울었을 것이다. 하지만 그날 밤의 어둠과 넓은 마당을 가로질러 저편에서 번져오던 밝은 불빛과 그 불빛 주변에 옹기종기 모

이제는 잊어도 좋겠다

여 울음소리를 내던 어른들의 생소한 모습은 오랫동안 머릿속에서 지워지지 않았다. 주변에 탑이라도 하나 있었던가, 그런 기억은 없고 이파리 넓은 파초나무 같은 것이 불빛 주변에 어른거리고 있었던 것 같다.

그 뒤로 외할머니는 종종 그날의 행사를 '외할아버지 재맞잇날'이었다고 회상하셨다. 그러면서 외할아버지가 분명좋은 곳으로 가셨을 것이라고 말씀하곤 했다. "그래, 너의외할아버지는 인도환생(人道還生) 했을 것이다." 49세 이른나이로 세상을 떠났으니 그 남은 인생 동안 다시 태어나 누군가 다른 사람의 자식으로 살고 있을 것이란 믿음에서 하시는 말씀이었다.

*외할아버지와 외할머니

생각해보면 그렇게일찍 세상을 떠난 외할아버지보다 더 안쓰러운 분은 외할머니였다. 38세에 남편을 잃고 청상과부의 처지로 33년을 더 사시다가 71세에

세상을 떠났으니, 그 외로움과 한스러움을 무엇으로 표현할
수 있을까. 그러한 외할아버지와 외할머니의 고독한 일생과
더불어 나의 한 생이 시작되었고 또 이어져서 오늘에 이르
렀다. 참으로 감사하고도 눈물겨운 일이다.

이제는 잊어도 좋겠다

접방살이

내가 세상에 태어난 것은 1945년 3월 17일. 그러나 호적의 기록으로는 1945년 3월 16일. 그래서 가끔은 어른이 되고 시인이 된 뒤로는 윤동주 시인이 1945년 2월 16일 세상을 뜬 일을 상기시키며 윤동주 시인이 돌아간 뒤 꼭 한 달 만에 내가 태어났노라 의미를 부여하여 말하곤 했는데, 꼭 그건 아닌 성싶다.

어른들 말로는 태어난 날 양력으로 하루도 어기지 않고 면사무소에 찾아가 정확하게 호적을 작성했노라 했다. 하지만 음력 생일로 따져보면 하루가 빗나간다. 아무래도 옛날 분들의 습관이나 기억으로는 양력보다 음력이 더 정확하다고 할 수 있을 것이기에 그렇다.

나의 음력 생일은 2월 4일. 그 날짜를 가지고 '만세력(萬歲曆)'을 찾아보면 그 날짜는 1945년 3월 17일. 그러니까 호적상 생년월일보다 하루 늦게 태어난 셈이다. 을유(乙酉)생, 닭띠. 출생 시간은 점심 식사 마치고 한참 뒤, 오후 3시경. 그러므로 닭으로서는 한참 활기차게 모이를 찾으며 활동하는 시기다. 그것도 춘분을 나흘 앞둔 날이다.

나는 살면서 한 번도 무당을 찾거나 점집에 가서 점을 보거나 사주에 대해 알아본 일이 없다. 그런 걸 모두 부질없는 일이라 여겼기 때문이다. 나이 들어 어른이 되고 또 학교 선생이 되어 40년 넘게 선생을 하다가 정년퇴임을 하던 해 죽을병에 들어 허덕일 때 주변에서 나의 사주에 삼재(三災)가 들어 그렇다고 할 때도 믿지 않았다.

어쨌든 내가 태어난 것은 광복이 되던 해 일제 말기, 아직은 광복이 이루어지지 않았을 때다. 그래서 이름도 일본식 이름으로 호적에 올라 있었다. 나수웅(羅秀雄). 그러나 아버지가 데릴사위로 들어가 김씨였으므로 그 당시의 기록에는 김수웅으로 되어 있었을 것이다.

분명히 가난하고 불우한 가정의 맏이로 태어나서 출발한 인생이다. 그런데 어린 시절을 돌아보면 흐릿한 대로 가난하거나 불행했다는 느낌보다 평온하고 부드럽고 따스한 기억

이제는 잊어도 좋겠다

이 우세하다. 누군가로부터 한없이 보호받고 있었다는 믿음이 있었다.

역시 어른들 말씀을 떠올려보면 나는 어려서 글을 일찍 깨쳤고 엉뚱하고 성숙한 말을 자주 해서 주변 사람들을 놀라게 하곤 했단다. 나 다음으로 태어난 형제는 누이동생 희주다. 그녀의 어린 시절 이름은 영자였다. 이른바 아명인데, 내 아명은 '영주'였다.

두 살 터울로 누이동생이 태어났으므로 집 나이로 세 살 때 터를 팔았고 또 어머니의 젖을 떼야 했을 것이다. 아무래도 일찍 젖을 물려준 아이로서 애석함이 있었을 것이고 나는 젖을 먹고 있는 동생에 대한 부러움이 있었을 것이다. 그때 내가 했다는 말을 어른들은 두고두고 내게 들려주곤 했다.

"영자야, 오빠 젖 좀 주라고 해라." 이건 직접화법이 아니고 간접화법이다. 젖을 먹고 있는 동생에게 하는 말이지만 실상은 어머니 들으라고 한 소리였다. 그것도 간절한 마음을 담은 호소였으니. 끝내 어머니는 아이의 청을 물리칠 수 없어 반대쪽 젖을 나에게 물려주었다 한다. 그러니까 어머니는 양쪽 젖을 두 아이에게 하나씩 물려 빨게 한 셈이다.

또 한 가지. 가끔은 울기도 했는데, 울고 나서는 이렇게 말하곤 했다고 한다. "울어땡 땀났네." 말하자면 '울었더니 땀이 났다'는 말인데 그런 걸로 보아 어린 시절 나는 언어 발달이 비교적 다른 아이보다 빠르지 않았나 싶다. 또 이런 점이 집안 어른들에게 영리한 아이로 평가받게 하지 않았나 싶다.

하지만 나는 영리한 아이라고 하기보다는 무슨 일이든 집 중을 잘하는 아이가 아니었나 싶다. 이 역시 외할머니 말씀에 의한 것이지만 어머니 젖이 떨어지고 방바닥에 앉아 있을 때부터 혼자서 노는 것을 잘했다고 한다. 가령 팥이나 콩 한 되를 방바닥에 흩어주면 그걸 가지고 한나절 혼자서 흩었다가 모았다가 하면서 놀았다고 한다. 내향적이고 소심하고 조용한 성격의 아이가 아니었나 싶다.

그 시절은 누구나 춥고 배고프게 살던 시절이다. 일부 특별한 사람들, 부자들이나 배곯지 않고 헐벗지 않았지 누구나 힘든 시절이었다. 그런데도 나의 어린 시절은 마냥 포근하고 편안하게만 느껴진다. 생각하면 이상하게도 행복하기까지 하다. 왜 그럴까? 그 중심에 외할머니가 계시기 때문이리라. 낳아서 젖을 먹여 기르기까지는 어머니 몫이었지만, 그다음 네 살부터는 외할머니가 나를 받아서 키워주시고 보살펴 주셨던 것이다. 그래서 나에게 모성(母性)은 어머니

이제는 잊어도 좋겠다

가 아니고 외할머니다. 이 점이 평생을 두고 나를 힘들게 했고 심정적으로 고달프게 했다.

모성은 하나로 족한 것이다. 그런데 그 모성이 둘이라는 건 불행한 일이다. 하나의 갈등이고 모순이다. 오죽했으면 뒷날 내가 '외할머니는 둥글고 어머니는 네모지다'라고 어떤 글에서 썼을까. 마음은 언제나 외할머니를 향해 있었고 그걸 알기에 어머니는 내내 섭섭하게 여기셨던 것이다.

그도 그럴 것이 어머니의 젖에 대한 기억이 별로 없다. 나에게 있어 젖꼭지라면 단연 외할머니의 젖꼭지다. 네 살부터 어머니를 떠나서 살 때 밤에 자다가 칭얼거리기라도 하면 외할머니는 당신의 젖꼭지를 내게 물려주시곤 했다. 물론 젖이 나오지 않는 빈 젖꼭지다. 하지만 그 빈 젖꼭지를 오물거리다 아이는 잠이 들곤 했을 것이다.

외할아버지 세상 뜨신 뒤 집이 없는 사람이 되었다. 하는 수 없이 우리는 남의 집 방 한 칸을 빌려서 살아야만 했다. 접방살이. 시골말로 그랬다. 오늘날 말로는 셋방살이인데 그 당시 시골에는 그런 개념이 없었기 때문에 남의 집에 남은 방 하나를 빌려서 사는 걸 접방살이한다고 말했던 것이다. 군이 표준말로 바꾸면 곁방살이쯤 될 것이다.

하필이면 그 접방살이하는 집이 외할아버지가 청주에서

서천으로 와서 처음으로 마련한 그 집이었다. 당신이 잠시 살다가 형님에게 드리고 그 집 옆에 새로 집을 짓고 이사 갔던 집이다. 그런데 형님이 살림살이를 잘 못해서 집을 팔아먹고 천방산 산속으로 이사 가서 지금은 다른 사람의 소유가 되었다.

집주인은 강씨 성을 가진 사람이다. 시골 장을 돌면서 고무신 장수를 해서 먹고살던 사람인데 마을에서 비교적 재력이 좋은 사람이었다. 그는 본처가 먼저 세상을 뜨자 후처와 함께 살았는데 후처의 아들 이름이 완순이였다. 그래서 동네 아이들이 그들의 집을 '완순네 집'이라고 불렀다.

완순네 집은 내가 태어난 집인 면사무소 뒷집에서 비스듬히 올라가 언덕 위에 있는 집이었다. 언덕 거의 윗부분에 있는 집으로 제법 규모가 컸다. 널찍한 마당 앞으로 높은 흙담이 둘러져 있었고 사립문을 열고 들어가면 집의 왼쪽 부분에 따로 떨어진 방이 있었는데, 그곳이 바로 외할머니와 내가 접방살이를 하던 방이었다.

그 방에는 조그만 부엌이 하나 딸려 있었다. 그 부엌의 부뚜막 위로 종이 창문이 하나 뚫려 있었고 방으로 들어가면 왼쪽 벽에 창이 하나 더 나 있었는데, 그 창문을 열면 바로 행길이 나오고 그 길 건너편이 바로 가장물할머니네 집 마

이제는 잊어도 좋겠다

당이었다. 그러니까 행길과 마당과 처마 밑이 구분이 안 되게 뒤섞여 있었던 것이다.

외할머니와 나는 완순네 집 마당으로 다니는 것이 눈치가 보이고 신경이 쓰여 가끔은 가장물할머니네 집 쪽으로 난 열린 문을 사용하곤 했다. 가장물할머니는 외할머니보다 한두 살 나이가 많은 분으로 역시 홀몸으로 사는 여자분이었다. 외할머니가 가장 편하고 친하게 생각하는 분이었다. 어쩌면 사는 처지가 비슷해서 그랬을 것이다.

외할머니는 틈만 나면 가장물할머니네로 마실을 가곤 했다. 그때마다 나를 데리고 갔는데, 그 짧은 거리도 당신은 꼭 외손주를 안거나 등에 업고 가셨다. 아주 어렸을 때는 물론이거니와 나이가 들어 예닐곱 살이 될 때까지 외할머니는 나를 업어주셨다.

외할머니의 등은 넓고 아늑하고 한없이 푸근했다. 외할머니의 등에 업히기만 하면 세상 모든 근심이 사라졌고 걱정이 멀어졌다. 외할머니의 등이 나의 세상이었고 놀이터였고 잠의 터전이었다. 그렇다. 나는 외할머니의 등에 업혀서 자주 잠들곤 했다.

어쩌면 외할머니는 당신의 시름과 고달픔을 달래기 위해 어린 손주를 자주 등에 업고 가장물할머니네 마당을 서성였는지 모른다. 언제든 외할머니는 나를 등에 업고 노래를 불러주시곤 했다. 크지도 않고 분명하지도 않은 목소리로 불러주시던 외할머니의 노래. 그것은 나에게 자장가이기도 했고 세상에 나와 처음으로 듣는 음악이기도 했다.

가장물할머니네 윗집이 풍조 형네 집. 풍조 형은 나보다 한두 살 위인데 마음씨가 좋아 괵뜸 마을에서 나를 제일 잘 데리고 놀아주었다. 그 아래로 나와 동갑내기인 남동생이 있었는데 그 아이 이름은 태조였다. 나는 태조보다 풍조 형과 친했기 때문에 그 집은 태조네 집이 아니고 당연히 풍조 형네 집이라고 불렀다.

풍조 형네 집은 가장물할머니네 집보다 형편이 더 좋지 않았다. 집터가 좁아서 경사진 산비탈을 그대로 이용해 집을 지었는데, 그래서 마당이 그대로 행길이고 토방인 집이었다. 사람들이 오가려면 풍조 형네 집 마당을 밟고 건너가야 했다. 그런데 그 길이 괵뜸 마을 뒷동네인 천초나 처마꿀, 절꿀로 가는 지름길이었던 것이다.

혼자서 마을을 휘젓고 다니며 놀 만큼 자랐을 때, 내가 가장 많이 가서 논 집이 바로 풍조 형네 집이었다. 그만큼 편한 사이였다. 그 오른쪽으로 가장물할머니네 집 건너편으로 의용이네. 나보다 한두 살 아래의 남자아이로 장씨 성을 가진 아이였다. 장의용의 아버지는 완순이 아버지처럼 고무신 장수를 하는 사람이었는데 한결같이 마음씨가 순한 분이라서 가끔 외할머니가 시장에서 필요한 물건이 있으면 사다 달라고 부탁하기도 했다. 의용이네 집 뒤로는 울울창창한 대숲이 있어서 해질 무렵이면 참새들 지저귀는 소리가 요란하게 들리곤 했다.

어쩌면 꾀뜸 마을에 사는 참새들이 모두 그리로 모여 잠자리를 찾는지 몰랐다. 쩍쩌글 쩍쩌글 우는 새들의 소리가 시끄럽기도 했지만 오히려 외할머니와 나의 귀에는 또 다른 자장가인 양 편안하게 들렸다. 그것은 하루를 고달프고 힘겹게 보낸 모든 생명 가진 것들에게 보내는 위로와 안식의 저녁 인사였다.

가장물할머니네 집을 오른쪽에 두고 완순네 집 왼쪽에 있는 집이 바로 외할머니네 친정집이다. 외할아버지가 꾀뜸 마을로 이사 와서 처음으로 지은 집이 바로 그 집이었다. 그 집에는 외할머니의 친정어머니와 남동생 둘과 그들의 가족들이 살고 있었다. 완순네 집과 담장 하나 사이로 커다란 감나무 한 그루가 심겨져 있고 집 뒤에도 감나무 밭이 있었다. 그 나무들은 모두 외할아버지가 심은 것들이라고 했다. 가끔은 감나무로 해서 완순네 집 사람들과 다툼이 있었다.

거기다 그 집에는 솜틀이 하나 있어 종종 시빗거리까지 생겼다. '솜틀'이란 묵은 솜을 새 솜으로 만드는 기계를 말하는데 그 기계를 돌리면 소음이 무척 심하고 먼지가 많아 늘 상 피해를 입는 쪽이 있기 마련이었다.

어쩌면 내가 어렸던 시절엔 대부분의 사람들이 춥고 배고프고 하루하루 살아가기가 힘들었을지도 모른다. 일부 사람들만이 아니라 거의 모든 사람의 형편이 그랬다. 먹는 음식이며 옷가지며 살림살이가 두루 부족했던 것이다. 하지만 나는 그렇게 춥고 배고픈 어린 시절을 보냈음에도 전혀 궁핍함을 느끼지 못했다. 외할머니가 내 삶의 든든한 버팀목이 되어준 덕분이다.

외할머니와 함께 접방살이하던 한 칸짜리 방은 좁고 늘 어두컴컴했다. 빛은 양쪽의 조그만 창호지 문으로 들어오는 것이 전부였고 방바닥은 얼음장처럼 차가웠다. 방구석에 외할머니가 쓰시던 헌 장롱이 하나 있었을까. 그리고 벽에는 괘종시계가 하나 걸려 있었다.

그 시계는 외할아버지가 남긴 거의 유일한 유물이자 외할머니가 평생을 두고 간직하던 물건이다. 비록 남의 집 접방살이를 하는 형편이지만 그것만은 결코 남의 손에 넘기지 않았다. 말하자면 외할머니의 숨겨진 자존심이었던 것이다.

이제는 잊어도 좋겠다

시계는 날마다 멀리 서천 읍내에서 들려오는 낮 열두 시 사이렌 소리에 맞추어 타종을 했을 것이다.

유난히도 길고 추웠던 겨울밤. 의용이네 집 대숲에서 들리던 새소리도 잦아들고 사방이 고요해질 무렵, 가끔 가장 물할머니네 쪽으로 난 창문 앞으로 지나가는 발소리가 들리고 이어서 작은 목소리가 들렸다. "밥 좀 주세요. 배고파요." 어린 남자아이의 목소리였다.

그 소리는 궉뜸 마을 뒷동네 처마꿀에 산다는 땜쟁이 아들의 목소리였다. 가끔은 궉뜸 마을로 와서 밥을 빌어 다니는 아이다. 말하자면 거지 아이였다. 아버지가 땜쟁이 일을 해서 먹고살았는데 일감도 없고 또 병이 나서 하는 수 없이 하나밖에 없는 아들아이가 밥을 빌어 아버지와 함께 먹고 산다고 했다.

궉뜸 아이들은 그 아이만 보면 놀려댔다.

"땜쟁이. 땜쟁이. 땜쟁이 아들."

더러는 돌멩이를 집어 던지는 아이들도 있었다. 한두 번은 나도 아이들을 따라 그렇게 그 아이를 놀린 일이 있기도 했다. 그런데 바로 그 아이가 접방살이하는 우리 방문 앞에서 밥을 달라고 외치고 있었던 것이다.

"뒷동네 사는 아이가 왔나 보다. 쯧쯧. 어린 것이 날씨도

추운데…" 외할머니는 작은 소리로 두런거리다가 창호지 문에 대고 조금 큰 소리로 말했다. "애야, 조금만 기다려라." 외할머니는 완순네 집 마당으로 열린 창문을 열고 부엌으로 나가 저녁에 먹다가 만 찬밥을 대접에 담아가지고 나왔다.

외할머니는 가장물할머니네 쪽으로 난 창문을 열고 아이의 그릇에 밥을 담아 주었다. "애야, 춥겠다. 얼른얼른 집으로 가거라." 외할머니가 아이에게 밥을 건네주는 사이 차가운 바깥공기가 방 안으로 밀려 들어왔다. 아이가 떠나고 문을 닫은 뒤 외할머니가 나에게 말씀하셨다. "영주야. 사람에게 함부로 대하면 안 된단다." 나는 그때 다른 아이들과 함께 땜쟁이 아들을 놀린 것이 부끄럽게 여겨졌다. 나는 그때 사람이라면 그 누구도 차별을 해서는 안 된다는 서늘한 가르침을 외할머니로부터 받았다. 그렇게 그분은 나에게 첫 번째 인생의 스승이었다.

외할머니

시대가 어수선하고 좋지 않은 때였다. 내가 태어나던 해에 조국 광복이 이루어져 일본인들이 물러가고 새로운 세상을 만났지만 정작 사람들은 새롭게 찾아온 국가 독립과 민족자존에 대해 오히려 어리둥절하고 낯설어했다. 구태(舊態)를 벗고 새롭게 시작해야 하는 과제가 그들 앞에 놓여 있었을 것이다.

안정되지 못한 국가의 정치 체제와 사회, 거기에다 국제정세까지 신탁이니 반탁이니 흔들리고 있던 시절이었다. 혼돈의 세기. 그건 분명 어지러운 세상이었다. 그러한 판국에 전쟁까지 일어나게 되었다.

1950년, 6·25 한국전쟁. 어떠한 전쟁이든 전쟁은 나쁜 것이다. 전쟁은 인간을 가장 불행한 상태로 빠지게 하는 원인을 제공한다. 일단 전쟁이 일어나면 제일 먼저 희생되는 사람은 병든 사람과 약한 사람들이다. 노인이나 아이, 여성들이 곤란을 당하기 쉽다.

6·25 전쟁이 일어난 것은 내가 여섯 살 때였다. 당연히 먹고 입고 사는 일이 힘들었을 것이다. 뼈저린 삶의 고통이 있었을 것이다. 외부 사정이 그런데도 나에게는 전혀 그런 기억이나 느낌이 없다. 다만 따스하고 편안한 느낌일 뿐이었다.

왜 그랬을까? 생각해보면 그 중심에 또 외할머니가 계셨다. 외할머니가 밖으로부터 불어오는 온갖 비바람과 먼지 폭풍과 엄청난 총성의 굉음을 당신의 작은 몸으로 막아주셨던 것이다. 외할머니는 당신의 가슴에 나를 포근히 안거나 등에 나를 찰싹 업고 계셨다. 그렇게 외할머니의 품과 등은 나의 세상 그 자체, 전부가 되었다.

끼니때 밥상 앞에서도 외할머니는 잠시도 내게서 눈길을 떼지 않으셨다. 내가 숟가락으로 밥을 떠서 입에 넣으면 어느 사이 반찬이 눈앞에 와 있었다. 내가 먹고 싶어 하는 반찬을 젓가락이나 숟가락으로 옮겨 먹여주시곤 했다. 내가 지금도 젓가락질이 서툰 것은 그 때문이다.

저녁에 잠자리까지도 세심한 주의와 보살핌을 베푸셨다.

　　　　　　　　　　　이제는 잊어도 좋겠다

옛날 이불은 촉감이 뻣뻣하고 차갑다. 안에 솜이 들어 있기는 하지만 광목천에 풀을 먹여 홑청을 댔기 때문에 피부에 닿으면 선뜻하기까지 하다. 이런 걸 알기에 외할머니는 이불을 편 다음, 당신이 미리 들어가 이불을 덥힌 뒤 나에게 들어가 자도록 했다.

과잉보호라면 과잉보호였다. 하지만 나는 그러한 외할머니의 대접이 싫지 않았다. 외할머니야말로 내 인생 최초이자 최후의 보루 같은 분이었다. 그분에게 진 빚이 너무나 많았다. 살아서 하나도 갚지 못한 빚. 송구하기 이를 데 없는 일이다. 어떻게 하든지 잘 살다가 가는 길이 그분에게 진 빚을 갚는 길이라 여겨진다.

나에게 외할머니가 없는 어린 시절은 없다. 존재 자체가 불가능하다. 외할머니는 나의 놀이에 대해서도 관대하셨다. 무엇이든 도와주려 하셨고 당신 힘으로 불가능한 일이면 방관하려 하셨다. 이러한 도움과 방관이 나를 매우 자유분방 성격의 인간으로 이끌었다. 그 어떠한 속박이나 틀에도 매이지 않는 인간 말이다.

나중에 내가 자라 시인이 될 수밖에 없었던 것도 어릴 때 외할머니의 육아 방법이나 가정환경에 근원이 있다고 본다. 게다가 외할머니는 이야기를 즐기셨다. 시골 마을에서 전해져 오는 민간 설화나 재담을 좋아하셨고 또 가끔은 혼자만 아시는 전설 같은 것을 나에게 들려주시곤 했다.

가령 꾀꼬리 전설만 해도 그렇다. 첫여름, 나무에 신록이 퍼져 나뭇잎이 햇빛에 반짝일 무렵 꾀꼬리가 찾아와 울기 시작하면 외할머니는 꾀꼬리에 대해서 말해주시곤 했다.

"영주야. 저 꾀꼬리는 전생에 예쁜 여자였단다. 옆집 총각을 좋아하다가 죽어서 꾀꼬리가 되었는데 지금도 그 총각을 잊지 못해 저렇게 애타게 우는 거란다. 들어보렴. 꾀꼬리 울음소리가 꼭 이렇게 들리지 않니? 고추밭에 머리 곱게 빗은 저 도령! 고추밭에 머리 곱게 빗은 저 도령!"

그 후로 꾀꼬리 소리를 듣다 보면 '고추밭에 머리 곱게 빗은 저 도령!' 그렇게 들리는 듯싶기도 했다. 게다가 외할머니는 한글을 읽을 줄 아셨다. 이른바 어깨너머로 배운 글이다. 아무도 정식으로 가르쳐주지 않았지만 다른 사람이 글을 배울 때 함께 배운 글이다.

어쩌면 당신의 따님인 우리 어머니가 일제 강점기 심상소학교 다닐 때 조선어 독본으로 한글을 익히면서 더불어 배운 실력이었지 싶다. 외할머니는 잠이 없는 밤이면 호롱불 아래서 옛날이야기 책을 읽어주셨다. 그것은 시장의 난전에서 구해온 육전소설류. '숙영낭자전', '눈물전', '무궁화전', '추

　　　　　　　　　　이제는 잊어도 좋겠다

월색' 같은 책 이름들이 얼핏 기억에 남는다.

서른여덟에 혼자되신 분이다. 지금 세상 같으면 결혼도 하지 않았을 나이인데, 이미 결혼하여 딸 하나를 낳아서 길러 시집보내고 남편마저 잃고 혼자되신 분이다. 청상과부. 지극히 서럽고 안타까운 이름. 게다가 함께 살 자식이나 시댁 식구들조차 없는 처지. 오직 당신 곁에는 네 살 먹은 어린 외손자가 있었을 뿐.

외할머니는 나를 등에 업거나 가슴에 안고 작은 소리로 노래 비슷한 소리를 내셨다. 그것은 알아들을 수 없는 말이었고 노래였다. 당신의 가슴속에 쌓인 한이 그렇게 알 수 없는 곡조가 되어 밖으로 흘러나왔지 싶다. 나는 시시각각 외할머니가 흘려보내는 머나먼 노래와 슬픔의 강물 위에 가엾게 떠서 흔들리는 하나의 조각배가 되었는지 모를 일이다.

초록물감 질펀하게 어푸러진

밤

이파리 하나하나 지느러미를 달고 날개를 달고

하늘바다를 파들거리는 나무, 나무 수풀 사이

소쩍새 울음소리 깊은

우물을 파고 들어앉고

조이 창문이 두 개 달린 집

두 개 가운데 하나만 불이 켜져서

밤마다 나는 황금의 불빛 아래

숨쉬는 조그만 알이 되고

아침마다 나는 솜털이 부시시한 어린 새 새끼 되어

알껍질을 열고 나오고

외할머니 늘 조심스런 눈초리로

지켜보고 계셨다

불켜진 조이 창문이 쓰고 있는

썩어가는 볏짚 모자 속에

굼실굼실 뒹굴며 자라는 굼벵이들

짹짹글 참새들, 찍찍 쥐새끼들

더러는 굼벵이나 참새, 쥐새끼를 집어먹으며

몸통이 굵어가는 구렁이들

나는 참 이승에서 외할머니한테

진 빚이 많다.

— 나태주, 「외할머니랑 소쩍새랑」 전문

이제는 잊어도 좋겠다

감꽃

세상일이 어떻게 돌아가고 어른들의 삶이야 어떻든지 아이들의 세상은 다르다. 고달프고 근심 걱정 많은 어른들의 세상과는 아예 다른 것이 아이들만의 세상이다. 그들끼리의 독립적인 세계가 있다. 특히 나처럼 세상의 바람막이로서 외할머니 같은 어른과 함께 산 아이는 더욱 그랬을 것이다.

식민지 체제에서 독립된 나라로 바뀌고 그 소용돌이 속에서 사람들이 갈등하고, 거기에 더하여 생명까지 위협하는 전쟁이 일어났지만 나는 그런 세상 물정을 전혀 모른 채 그 시절을 살아낼 수 있었다. 이 얼마나 고마운 일인가. 이런 데서 부형의 고마움, 가족의 사랑을 느끼게 된다.

날마다 날마다가 축제 날이고 즐거운 날. 세상 모든 것이 반짝이고 즐거운 것들이었다. 눈에 보이는 것 하나하나가 장난감이고 놀잇감이었다. 오늘날 아이들처럼 장난감이 넉넉하게 있었던 것도 아니다. 어른들이 어울려 놀아주는 것도 아니다. 그냥 스스로가 놀이였고 스스로가 장난감이었을 뿐이다.

괵뜸 마을엔 나무들이 많았다. 집 뒤란에 심겨진 대나무. 대나무 수풀. 뒷동산에는 소나무나 참나무. 마을 길을 따라 쭉나무(참죽나무)가 줄지어 서 있었다. 더러는 느티나무. 그런 가운데 감나무는 집집마다 한두 그루씩 심어 가꾸는 나무였다. 가을이면 맛있는 과일을 선물하기 때문일 것이다.

감나무는 외할머니네 친정집 뒤란에도 있고 외할머니가 이른 아침 물동이를 이고 물을 긷기 위해 가는 동네 공동 우물터 부근에도 있었다. 아주 오래 살아 늙은 감나무다. 감나무는 봄이 되면 시커먼 가지에서 새로운 줄기를 내밀고 잎을 피우고 꽃을 피운다.

새로 나는 가지는 야들야들 아주 부드럽고 연한 초록이다. 거기서 감나무 이파리가 나온다. 감 이파리는 넓다. 둥글고도 길쭉한 모양이 물에 띄우는 나룻배를 닮았다. 마치 감나무 속에 숨어 있는 아이가 바깥세상을 향해 수줍게 손을 내미는 것 같다. 햇빛이 비치면 그 손바닥은 또 개구쟁이

이제는 잊어도 좋겠다

아이처럼 눈빛을 반짝이며 웃는다.

그렇게 감나무 잎이 자라 나무 전체를 초록빛으로 덮을 때 감꽃이 피어난다. 정말로 감꽃은 부끄럼쟁이 꽃이다. 너른감 이파리 뒤에 숨어서 꽃을 피운다. 언뜻 스쳐서 보면 잘 보이지 않는 꽃. 가던 걸음을 멈추고서 눈여겨보아야만 감꽃을 찾아낼 수 있다.

감꽃은 모양까지 크지 않다. 나무의 크기나 이파리를 보면 이건 너무나도 작은 꽃송이다. 새하얀 꽃. 조그만 종 모양. 그 조그맣고 새하얀 꽃이 아래쪽을 보며 조롱조롱 매달려 있다. 자세히 들여다보면 감꽃은 마치 어린아이의 배꼽처럼 안쪽으로 옴폭하게 오므린 모양이 여간 사랑스러운게 아니다.

때가 되면 감꽃은 땅으로 떨어진다. 불쑥불쑥 풀숲으로 내려앉는 감꽃들. 그러나 감꽃은 사람이 보고 있을 때는 결코 떨어지지 않는다. 한 저녁을 보내고 아침이 왔을 때 감나무 밑을 찾아가 보면 새하얗게 감꽃들이 떨어진 것을 볼 수 있다. 감나무가 아이들에게 주는 선물이다.

특히 전날 저녁 바람이 세차게 불었거나 비가 내린 날에 감꽃이 많이 떨어졌다. 그러기 때문에 꿰뜸 아이들은 감꽃이 필 무렵 바람이 세게 부는 날이면 일찍일찍 잠자리에 들곤 했다. 남보다 먼저 일어나 감꽃을 주우러 가기 위해서다. 나 또한 바람 소리를 들으면서 일찍 잠자리에 들던 기억이 선연하다.

"할머니, 내일 아침 물 길러 갈 때 나 좀 깨워주세요." "그래리." 대답은 그렇게 하셔도 할머니는 나를 깨우지 않으셨다. 아침에 일어나면 번번이 머리맡에 조그만 대바구니가 하나 놓여 있고 거기엔 새하얀 감꽃이 소복히 담겨 있곤 했다. 외할머니가 공동 우물로 물 길러 가서 나 대신 주워오신 감꽃이다.

감꽃은 아이들에게 유용했다. 우선은 군것질거리로 쓰였다. 감꽃을 씹어보면 달착지근하고 비릿한 게 먹을 만했던 것이다. 그런 다음, 감꽃은 장식품으로도 활용됐다. 먹다가 남은 감꽃을 실에 꿰어 목에 걸면 감꽃 목걸이가 되었다. 새하얀 감꽃 목걸이를 목에 걸고 웃고 있으면 외할머니도 환하게 웃으면서 나를 바라보시곤 했을 것이다.

아이들의 군것질거리가 거의 없던 시절이었다. 산이나 들로 쏘다니며 아이들은 자연에서 군것질감을 얻었을 것이다. 물오른 소나무 가지의 껍질을 벗겨 그 안에 들어 있는 속껍질을 발라 먹었고 아카시아꽃이나 골담초 꽃을 따서 먹기도 했다. 또 시앙(싱아) 풀잎을 잘라 먹거나 새로 돈아나 통

이제는 잊어도 좋겠다

통한 찔레 순이나 무순을 꺾어 속을 발라 먹었고 심지어는 삘기를 뽑아 먹기도 했다.

"선돌리양반 괴 벗기세. 선돌리양반 괴 벗기세." 이 노래는 어린 시절 외갓집 아이들이랑 함께 소나무 껍질을 벗기면서 부르던 노래다. 어떤 아이가 먼저 지어서 부르기 시작했는지는 모르지만, 우리는 그 노래를 부르면서 소나무 껍질을 벗기면 잘 벗겨진다고 믿고 그랬던 것이다.

외갓집 마을엔 선돌리란 마을에서 시집온 아낙네와 사는 남자 어른이 한 분 살고 있었다. 그래서 이웃들이 선돌리양반이라 불렀는데 그분은 한복 바지를 늘 허리춤까지 내려 입고 그 위에 허리띠를 둘러 바지춤이 아래로 흘러내릴 것같이 하고 다녔다. 그걸 보고 아이들이 지어낸 노래가 바로 그 노래다.

바람이 많이 부는 날은
감꽃이 많이 떨어졌다.

바람이 잠든 새벽 아침에
아이들은 깨어
뿌연 물안개 속에

바구니 하나씩 들고 감꽃을 주우러
감나무 밑으로 모인다.

감나무 아래
가슴 두근거리며 두근거리며
아이들을 기다리고 있는 하얀 감꽃들.

바구니 하나 가득 감꽃을 주워 들고
돌아오는 뿌듯한 이 기쁨!

이 감꽃으로 무엇을 할까?

입안에 집어넣고 자근자근 씹으면
떫떠름하고 달착지근한 감꽃 내음.
실에 꿰어 목에 걸면
화안한 꽃다발.

야, 내가 왕자님 같잖아!
갑자기 가슴이 밝아오는
아아 웃는 얼굴.

이제는 잊어도 좋겠다

바람이 많이 부는 날

바람 소리 속에 아이들은

일찍 일찍 잠들곤 했다.

새벽에 일어나

감꽃을 주우러 가야 하기 때문이다.

— 나태주, 「감꽃」 전문

솜틀집

곽뜸 마을에서 어린 내가 마음 놓고 드나들 수 있는 집은 풍조 형네 집 말고는 겹방살이하는 집 옆집인 솜틀집이었다. 이 집엔 낡은 솜을 새로운 솜으로 바꾸어주는 솜틀 기계가 있었다. 그래서 동네 어른들은 이 집을 솜틀집이라 부르고 아이들은 떨거덕집이라고 불렀다. 솜을 타려면 기계에서 떨거덕 떨거덕 소리가 크게 났기 때문이다.

솜이불이나 솜요를 오래 쓰면 솜이 짜부러들고 딱딱해지고 보온성도 떨어진다. 그러면 그 솜을 꺼내어 솜틀 기계에 넣고 타준다. 기계가 제법 컸다. 네모진 나무 상자같이 생긴 수동식 기계인데 기계 아래쪽에 있는 페달을 밟아주면 쇠바퀴가 돌아가면서 그 힘으로 솜을 타주도록 고안되어 있

이제는 잊어도 좋겠다

었다.

솜틀 기계가 동네마다 있던 게 아니라서 먼 동네에서까지 아낙네들이 묵은 솜 보퉁이를 이고 찾아와서 솜틀집에 솜을 맡겨 조금씩 솜을 타가곤 했다. 실은 이 집이 외할머니네 친정집이다. 거기엔 외할머니의 어머니, 그러니까 진외할머니가 생존해 계시고 외할머니의 두 남동생이 함께 살고 있었다.

나에게는 모두 할아버지라고 불리는 어른들이다. 그런데 외할머니가 맏이이시고 그 아래로 이모할머니(외할머니 여동생), 또 그 아래로 두 남동생이 있는 거니까 두 분은 그렇게 나이가 많은 분들이 아니었다. 큰할아버지가 나의 아버지보다 몇 살 더 위인 분이고 작은할아버지는 아주 많이 손아래인 분이었다.

두 할아버지는 마음씨가 좋으신 편인데 큰할아버지의 부인인 할머니가 문제였다. 그 할머니에게는 나와 비슷한 나이의 딸이 있고 그 아래로 딸들이 더 있었다. 그러니까 딸부잣집인데 이분이 심술이 있고 마음씨가 고약하여 동네 사람들과도 사이가 좋지 않았다. 그래서 외할머니도 그 집에 다녀오기만 하면 속상하다는 말씀을 많이 하셨다.

접방살이하는 집인 완순네 집과 솜틀집은 사립문을 나란

히 하는 집이었다. 그런데 사이가 나쁜 건 감나무 한 그루 때문이었다. 완순네 집과 솜틀집 사이에 낮은 담장이 있는 데 그 담장 안쪽으로 감나무 한 그루가 서 있었다. 그런데 가을이면 그 감나무의 낙엽이 손틀집 마당에만 떨어지는 게 아니라 완순네 집 마당에도 떨어졌다. 그래서 그것 때문에 자주 말다툼이 생기곤 했다.

실은 이 솜틀집은 외할아버지가 지으신 집이다. 처음 외할아버지가 청주에서 이사 와서 자리를 잡은 집은 지금 접방살이를 하는 완순네 집이다. 그 집에서 살다가 옆의 땅을 사서 새로 지은 집이 바로 솜틀집이었다. 외할아버지는 당신의 형님 되는 분에게 먼저 살던 집, 완순네 집을 드렸다. 그리고 당신은 지금의 솜틀집으로 이사 가서 살았다.

그러다가 면사무소 뒤편에 다시 집을 짓고 그리로 이사를 가서 살았다. 그 집이 바로 내가 태어난 집. 충남 서천군 시초면 초현리 111번지이다. 그러나 외할아버지는 얼마 안 가 몸에 병을 얻어 일찍 돌아가시고 외할머니만 혼자 남게 되었던 것이다. 그 시기가 문제였다. 병명은 복막염. 오늘날 페니실린 주사만 몇 대 맞았어도 나을 수 있는 병인데 고치지 못하고 세상을 떴다고 뒷날 어른들이 한탄하는 걸 나는 여러 차례 들었다. 해방공간의 혼란기에 일어난 불행한 일

이제는 잊어도 좋겠다

가운데 하나였다.

어쨌든 외할아버지는 대단한 분이었다. 한 마을에 와서 한 채의 집을 사들이고 두 채의 집을 새로 짓다니! 그 집들을 가까운 가족들에게 주었다니! 하지만 외할아버지의 형님 되시는 분은 당신이 받은 집을 제대로 지키지 못하고 완순네한테 팔아 넘기고 더욱 깊은 산골로 들어가 새로 움막집을 짓고 산다고 했다. 말하자면 파산을 한 셈인데, 이를 두고 가끔 외할머니는 '지객(지각)이 없고 속을 못 차려서 멀쩡한 살림살이를 들어먹었다'고 말씀하곤 했다.

솜틀집에는 감나무가 많았다. 마당가에도 한 그루 서 있지만 뒤뜰에도 여러 그루의 감나무가 심겨져 있었다. 이것도 실은 외할아버지가 처음 집을 짓고 심어놓은 감나무라 했다. 감꽃이 떨어질 때는 감꽃을 주우러 갔고 풋감이 떨어질 때는 풋감을 주워 우려먹는 재미로 나는 자주 솜틀집을 드나들었다. 뒤뜰에서 아이 발자국 소리가 들려도 그것이 나라는 것을 알면 솜틀집 어른들은 그러려니 눈감아주곤 했다.

풋감 떨어질 때

감꽃이 피었다 지고 나면 그 자리에 감알이 열린다. 초록빛 구슬처럼 둥그스름한 모양의 열매다. 감알은 사람들 눈길을 피해 넓은 감 이파리 뒤에 숨어서 몸통을 키워간다. 풋감이다. 그러다가 어느 때쯤 되면 그 풋감이 땅바닥으로 떨어지기도 한다. 감나무 스스로 감당이 안 되는 열매를 적당히 솎아내는 것이다.

군것질감이 부족한 아이들이 그 풋감을 버려둘 리 없다. 아주 작을 때는 몰라도 감나무 아래 떨어진 감알의 크기가 제법 커지면 그 풋감들을 주워다가 군것질감으로 삼았던 것이다. 그것은 나도 그랬다. 주워온 풋감을 조그만 단지에 넣고 물을 부어 우려냈다. 그러면 그럴듯한 군것질감이 되었다.

　　　　　　　　　　이제는 잊어도 좋겠다

외할머니는 조그만 단지를 하나 건네주셨다. 질그릇 단지. 풋감을 우릴 때는 그냥 단지에 물을 넣기만 하면 안 된다. 그 물에 된장을 한 숟가락 퍼서 풀어야 한다. 그런 다음 불을 피우고 미지근한 부엌의 이마 부분 한 귀퉁이(어른들이 이 맛독이라 부르는)에 그 단지를 놓아두어야 한다. 때로 외할머니가 물 길러 가는 길에 풋감을 주워다 주시기도 했다.

아이들은 단지 안에 익어가는 풋감을 진득하게 기다리지 못한다. 밖으로 놀러 나갔다가도 집에 돌아오면 제일 궁금한 것이 단지 안에 들어 있는 풋감이다. 단지 뚜껑을 열고 풋감을 꺼내어 풋감의 아랫부분을 이로 깨물어 맛보는 것이다. 여전히 떫은 맛이면 다시 단지 속에 넣고 조금이라도 단맛이 들었으면 그 자리에서 먹는 것이다.

아침에 잠에서 깨어 제일 먼저 해보는 일이 감의 단물 우려내는 단지 뚜껑을 열고 감알들을 차례로 꺼내어 밑둥을 깨물어 보는 일이다. "애야. 그렇게 자발을 떨면 감이 익고 싶어도 익지 못하겠다." 외할머니가 나무라는 소리를 해도 나는 그런 말엔 귓등으로 듣고 하고 싶은 일을 내처 하곤 했다.

그날 아침에도 잠에서 깨어 속옷 바람으로 부엌으로 나가 감알이 얼마나 익었나 확인해보고 들어와 늦잠을 자고 있었을 것이다. 오늘날처럼 내복이 따로 있고 팬티나 러닝 셔츠가 따로 있을 때가 아니다. 대충 외할머니가 바느질로 해서 만들어준 속옷. 흔히는 어른들이 입다가 남긴 헌 옷을 줄여서 만든 옷이었을 것이다.

삼결에 무슨 소린가 들렸다. 방문 밖에서 외할머니와 또 한 사람이 이야기 나누는 소리. 남자의 목소리가 들렸다. 아 버지였다. 아, 아버지가 왔다! 나는 긴장해야만 했다. 아버지 는 나와 열아홉 살 차이. 그때 내 나이가 집 나이로 쳐서 일 곱 살이었으니까 아버지는 스물 여섯이셨을 것이다.

아버지는 무뚝뚝하다. 무섭다. 자주 만난 기억도 없고 언 제나 멀게 느껴지는 남자 어른이다. 그런데 아버지가 이른 아침에 외갓집에 찾아온 것이다. 무슨 일일까? 밖에서 외할 머니와 아버지가 나누는 소리가 계속 들려왔다.

"이 아침 댓바람에 웬일인가?" "아이를 데려가려구요. 데 려다가 학교에 넣으려구요." "아니 이 사람아, 이 동네엔 학 교가 더 가깝지 않는가. 여기서 학교에 다니게 하면 되지." "그래두요, 시절이 뒤숭숭하니 집에 데려다가 학교에 다니게 하려고 그럽니다." "그런가… 그러면 아이와 아침밥이라도 먹고 가게."

먹는 둥 마는 둥 외할머니가 차려주는 밥상을 아버지와

이제는 잊어도 좋겠다

마주 앉아서 먹었다. 그런 다음엔 외할머니가 챙겨주시는 옷가지 보퉁이를 옆구리에 끼고 외갓집 마을을 떠났다. 약간은 비탈져서 아래로 기울어진 길. 완순네 집 대문을 나와 나는 아버지를 따라 길을 걷고 있었다. 등 뒤로 외할머니의 눈길을 느끼면서.

아버지가 무서워 차마 뒤도 돌아보지 못하고 땅만 보며 걸었을 것이다. 조금씩 외갓집과 멀어지는 길. 울고 싶었지만 울지도 못했다. 내내 마음속으로 생각이 나는 건 기껏 우려만 놓고 먹어보지도 못하고 온 외갓집 그 접방살이 부엌의 단지 속 풋감. 그 풋감을 외할머니는 어떻게 하셨을까. 당신이 드셨을까? 버리셨을까?

지금도 그 생각을 하면 가슴이 아릿하게 보랏빛 물감으로 물든다. 그것은 마치 가슴속 청동 항아리 바닥에 가라앉은 유리구슬과 같다. 그립고 아쉽고 안타까운 느낌이 거기에 머문다.

소왕굴 들

외갓집에서 아버지네 집으로 가려면 커다란 들판을 하나 지나야 한다. 소왕굴 들. 소왕굴이란 마을 앞에 있는 들판이라 해서 소왕굴 들이다. 큰 내라고 부르고 작은 내라고 부르는 개울이 이 들판 안에 있고, 또 봉선저수지 무넘기(무넘이)에서 흘러넘치는 물이 지나가는 커다란 수로가 마을 앞에 있다.

외갓집에서 아버지네 집으로 가는 길은 모두가 이 큰 내와 작은 내를 따라서 나 있고 무넘기 수로를 따라서 있다. 그리고 이것들을 이어주는 길은 논둑길로 이어져 있다. 이 길을 따라 우리 집 식구들은 얼마나 오랫동안 오갔는지 모른다. 자박자박 걸어서 줄이고 줄였던 길. 고달프기도 하고

이제는 잊어도 좋겠다

기대에 부풀기도 했던 길.

지금은 물론 자동차가 다니는 큰길이 뚫려 자동차를 타고 다니도록 되어 있지만 나로서는 그리운 길이 아닐 수 없다. 어린 마음에 그랬다. 외갓집에 가면 막동리 집이 궁금하고 막동리 집에 있으면 외갓집이 그립고. 어쩌면 나는 그 길 위에서 그리움이란 걸 배웠는지 모른다.

아버지를 따라서 막동리 집으로 가던 날 소왕굴 들의 무넘기 둑길에는 여러 마리의 소들이 매어져 있었다. 송아지를 데리고 있는 암소도 있었지만 수소도 있었다. 수소는 사납다. 사람을 겁내지 않는다. 특히 아이들을 깔본다. 아이들을 만나면 뿔을 세우고 달려든다.

그러나 그날은 어떠한 소도 아버지에게 달려들지 않았다. 나는 아버지를 따라가면서 아버지의 등판이 참 넓고도 든든하다는 걸 느꼈다. 아버지는 수소보다 힘이 센 사람이라고 생각했다. 머리로나 몸으로나 아버지에게 미치지 못한다고 생각했던 나. 아버지 앞에서 나는 늘 부족하고 열등하기만 한 아이였다.

지금도 기억이 나는 건 무넘기 둑길이 끝나는 곳쯤에 있는 다리다. 사람들이 진다리라고 부르는 다리다. 다리가 길어서 '긴 다리'인데 시골 사람들 발음대로 '진다리'라고 불렀다. 이 다리를 지나려면 오금이 저리도록 무섭다. 다리가 길고 높기도 하지만 허술하기 때문이다.

오늘날처럼 시멘트로 만들어진 튼튼한 다리가 아니다. 산에서 나무를 베어다 두 줄로 기둥을 세우고 그 위에 생나무 가지를 꺾어다 바닥을 놓고 흙을 얹어서 만든 다리다. 드문드문 흙이 떨어져 개울 바닥이 내려다보이기도 했다. 사람이 지날 때면 다리가 흔들리기도 했다.

"빨리빨리 안 따라오고 지금 뭐 하는 거냐!" 아버지의 불호령이 떨어질 때마다 나는 후들거리는 다리를 가누며 다리를 건넜다. 개울 바닥이 보이는 다리도 무서웠지만, 더 무서운 건 아버지였다. 그렇게 해서 나는 외갓집을 떠나 막동리에 있는 아버지 집에서 잠시 살게 되었다.

이제는 잊어도 좋겠다

간이학교

아버지 집은 외갓집에서 시오 리쯤 떨어진 곳. 외갓집 마을이 시초면이라면 아버지네 집은 기산면. 거기서도 막동리 24번지, 집너머마을. 집너머마을은 '막꿀'이라 부르는 막동리 자연부락 가운데 하나. 당살매, 백조개, 건너막꿀과 함께 북청매라 불리는 마을 뒷동네. 10개의 가구가 모여서 사는 조그만 마을이다. 북청매 강씨 네 집 뒤에 있는 마을이라 해서 '집너머마을'이란 이름이 붙었다고 한다.

아버지 집은 집너머마을 10여 가구 중에서도 중앙 부분에 있는 집. 가대(家垈)가 제법 크고 자리가 좋다. 나는 아버지 집, 친가에서 처음부터 국외자였다. 외가에서 살다 온 아이라 해서 식구들이 낯설어했고 나 또한 가족들이 낯설기는 마찬가지였다. 동생들도 나를 편하게 대하지 않았다. 언제나 특별한 아이, 특별 대접을 해주어야 하는 아이로 통했다. 물 위에 뜬 기름 같았다고나 할까. 어머니만이 나를 생각해주고 살가운 눈빛으로 바라봐주는 오직 한 사람, 아름다운 우군(友軍)이었다.

아버지 집은 먹고 입고 사는 모든 일이 불편했다. 넉넉하지 않았다. 궁핍하고 힘든 시절이라 그랬지만 외갓집에서는 오로지 외할머니의 보살핌이 있었다. 가난해도 가난하지 않았고 추워도 춥지 않았고 불편해도 불편하지 않은 날들이었다. 식구들은 또 왜 그리도 많았던지? 할머니 두 분에다가 아버지, 어머니, 삼촌 둘, 동생이 셋. 열이나 되는 식구가 둥근 상인 도래상(두레상) 하나에 둘러앉아 밥을 먹을 때면 밥이 코로 들어가는지 입으로 들어가는지 모를 지경이었다.

아버지 집에 오고 나서 며칠 뒤, 아버지는 나를 데리고 어딘가로 갔다. 간이학교. 정확히 말하면 기산국민학교 이사분교에 나를 입학시키러 간 것이다. 이사분교는 막동리 마을에서 외갓집 쪽으로 조금 더 올라가서 이사리란 산골마을에 있는 교실 한 칸짜리 학교. 부근의 아이들이 모여 1학년부터 4학년까지 공부하는 학교였다. 오전에 1, 2학년이 배우고 오후에 3, 4학년이 배우는 학교였는지 1학년부터 4학년까지 한꺼번에 한 교실에서 배우는 학교였는지는 기억에 없다.

"영주야, 이제부터 너는 학교에 다녀야 한다. 네가 다닐 학교는 이사리에 있는 이사리 분교다. 그런데 너에게 미리 말해줄 것은 네 이름이 학교에서는 영주가 아니고 수웅이란 것이다. 호적의 이름이 그러니 그렇게 알아라."

사실 나는 그때까지 수웅이란 이름을 별로 들어본 일이 없었다. 식구들도 영주라고만 불렀는데 갑자기 학교에 가면서 수웅이란 이름으로 바뀐다니 어리둥절하고 낯설기만 했다. 아버지 집에서 겪는 일들이 모조리 낯설고 서툰데 이름까지 새로운 이름으로 불리는 게 여간 불편한 마음이 아니었다. 하지만 아버지는 그런 내 마음을 전혀 짐작할 까닭이 없어 나를 데리고 학교로 향할 뿐이었다.

간이학교로 가는 길은 비교적 빠르게 뻗은 길. 집너머마을에서 나와 모텡이(모퉁이)란 곳에 이르면 행길(한길). 봉선지 저수지의 물이 흘러가는 수로를 따라서 난 길이다. 거기서 흐르는 물을 거슬러 올라가면 간이학교가 있는 이사리가 나온다. 아버지를 따라갈 때 저수지 수로에는 물이 가득 차서 벙벙하게 흐르고 있었다.

아랫녘 마을의 논에 물을 대주기 위해 저수지에서 흘려

보내는 물이다. 물 위에는 몇 마리의 잠자리가 흐르는 물을 거슬러 날고 있었다. 몸집이 커다랗고 몸 빛깔이 초록색으로 빛나는 잠자리. 왕잠자리. 왕잠자리는 초록빛 번쩍이는 몸뚱이를 가지고 있었다. 시익 시익 날갯소리를 내면서 날고 있었다. 그 또한 처음 보는 잠자리였다.

"영주야, 이제부터 너를 가르쳐주실 선생님이다. 인사드려라." 나는 아무 말도 하지 않고 앞에 있는 남자 어른에게 고개만 숙여 인사를 드렸다. "이 아이가 제 아들입니다. 선생님, 잘 좀 가르쳐주십시오." "아니, 나 형에게 벌써 이렇게 큰 자녀가 있었나요?" 처음 보는 선생님은 의아한 듯 아버지와 나를 번갈아 보았다.

그분이 바로 나의 첫 번째 선생님인 김상규 선생님. 아버지 집, 집너머마을에서 조그만 들판 하나를 건너가 월기리인데, 그 월기리의 자연부락 가운데 하나인 샘너머마을이란 곳에 사시는 분. 한 번도 가본 일은 없는데 산골마을이라 했다. 선생님은 첫인상부터 온화하고 인자한 분이었다.

조금 있다가 입학식이 열렸다. 학교 운동장 가의 벚나무 그늘. 아이들이 줄지어 세워졌다. 새로 학교에 들어오는 아이들과 이미 학교에 다니던 아이들, 상급생들이 함께 서 있었을 것이다. 아이들 앞에 네모난 상자 같은 물건 하나가 있

이제는 잊어도 좋겠다

었다. 그것이 바로 풍금. 처음 보는 풍금으로 선생님이 무슨 노래를 연주했다. 그 노래가 애국가였다. 상급생 아이들이 노래를 따라 불렀다. 그러고는 선생님이 몇 가지 말씀을 했다. 아이들에게 하는 말을 했을 것이고 학부형들에게 당부하는 말씀을 했을 것이다.

왜 초등학교 입학식이 풋감 떨어지는 계절인 늦여름에 열렸는지는 잘 모르겠다. 당시의 학제가 그래서 그런 건지, 아니면 6·25 전쟁이 일어나고 그다음 해여서 그랬는지. 어쨌든 그렇게 해서 나는 어른들이 간이학교라고 부르는 이사 분교의 1학년 학생이 되었고 영주란 이름에서 수웅이라 불리는 아이가 되었다. 그렇지만 학교에 입학한 것이 9월이었으므로 1학년 공부를 반년밖에 할 수 없었다.

나중에 어느 선배님에게 들어보니 그 당시엔 9월에 초등학교가 입학하는 제도가 잠시 시행되었다고 한다.

목화 열매

간이학교는 이사리, 시골 마을 중간쯤에 덩그러니 서 있
는 네모난 상자 갑 같은 집이었다. 교실이 한 칸. 교실 옆에
딸린 교사실이 한 칸. 교실은 크고 교사실은 작다. 그렇지
만 다 같이 썰렁하기는 마찬가지. 교실의 한쪽 벽에 커다란
칠판이 걸려 있고 아이들의 크고 작은 책상과 의자가 있어
서 그곳이 학교 교실임을 알려주었다. 유리창은 몇 장 깨져
있기까지 했다.

교사실 안쪽에는 선생님의 책상 하나가 초라하게 놓여
있을 뿐 아무런 치장이 없었다. 다만 밖에서 교사실로 통하
는 문이 하나 있고, 또 칠판이 있는 교실의 벽 쪽으로 통하
는 문이 하나 더 있어서 선생님은 그리로 드나드셨다.

이제는 잊어도 좋겠다

학교에는 선생님 말고 일을 보는 이 씨 아저씨란 분이 한 분 더 있어서 그분이 시간에 맞춰 종을 쳐주기도 하지만, 그 분이 없을 때는 선생님이 직접 시간에 맞춰 교사실 앞 처마 밑에 매달린 놋쇠 종을 쳐서 수업이 시작되는 시간과 끝나는 시간을 알렸다.

아이들은 왁살스러웠다. 선생님이 칠판에 분필로 글씨를 쓰느라 돌아서 있기만 해도 장난을 치고 떠들고 서로 투닥거리며 싸우기까지 했다. 간이학교는 1학년부터 4학년까지 아이들이 다니는 학교로, 1학년 아이들부터 4학년 아이들까지 한 교실에서 함께 공부했는지는 기억에 없지만 좀 더 큰 형들하고 같은 교실에서 공부했던 것만은 확실하다.

선생님은 칠판을 반으로 갈라서 거기에 따로 따로 필기를 하셨다. 한쪽엔 1학년 아이들 국어책에 있는 읽을거리를 쓰고 다른 쪽엔 2학년 아이들 산수책에 있는 셈하기 문제를 썼다. 물론 한쪽 아이들에게 읽기 연습을 몇 번 시키고 그것을 공책에 베끼도록 한 다음, 다른 쪽 아이들의 산수 문제를 풀어주는 방식으로 공부를 가르쳤다.

교과서가 어떠했고 공책이며 필통이 어떠했는지는 기억나지 않는다. 아마도 동네에서 다른 아이들이 쓰던 교과서를 물려서 썼을 것이고 오늘날처럼 필통이란 것이 따로 있지 않아서 공책이나 교과서에 연필이나 지우개 하나를 대충 끼워 넣어갖고 다녔을 것이다. 또 가방이란 것이 따로 없어서 집에서 쓰는 보자기에 학용품을 담아 둘둘 말아서 허리춤에 매달고 다녔다.

입고 다니는 옷도 어른들이 입나가 남긴 옷을 줄여서 만든 옷이거나 허름한 한복이었다. 나만 해도 어머니가 입혀주셔서 여러 차례 한복 차림으로 학교에 다녔던 기억이 있다. 바지저고리에 버선을 신고 밤색 두루마기를 입었다. 신발은 검정 통고무신을 신었는데, 바닥이 닳아 해질 때까지 신었다. 심지어 바닥에 구멍이 나서 새는 신발을 신거나 맨발로 다니는 아이들도 더러 있었다.

학교 공부가 끝나면 아이들은 우루루 교실을 빠져나와 운동장을 가로질러 집으로 돌아간다. 운동장 가에는 벚나무들이 줄지어 서 있을 뿐, 교문도 없다. 벚나무 사이로 보이는 조그만 돌다리 하나를 건너면 바로 거기가 마을 길이고 들판이었다. 들판에는 곡식들이 자라는 조그만 논과 밭이 있었다. 논둑길 밭둑길에는 키 큰 수숫대들이 병정들처럼 줄지어 서 있었다.

동급생 아이들보다 나이도 한 살 어리고 키도 작은 나는 부지런히 아이들 뒤를 따라가야만 했다. 집으로 가는 길은

이제는 잊어도 좋겠다

자칫 잘못하다가는 좁은 산길이거나 들길, 지나는 사람들도 없는 길로 혼자서 갈 때도 있었다. 간이학교 주변에는 띄엄띄엄 인가가 있었지만 조금만 더 가면 골짜기가 나오고 그 사이로 고샅길이 나 있었다. 장맛비에 흙이 쓸려나가 황토가 그대로 드러난 길을 지나면 언덕이 나오고 그 고개를 넘어야 마을이 나온다.

언덕을 오르는 골짜기 옆 좁은 밭에는 목화밭이 있었고 언덕 위 너른 밭에는 고구마가 자라고 있었다. 목화는 초여름에 연분홍빛 꽃이 피고 그 꽃이 진 자리마다 둥그스름한 열매가 열린다. 이른바 목화 열매다. 이 목화 열매가 가을에 익으면 목화솜이 된다. 새하얗게 터져 또 한 번 꽃이 핀 것처럼 보이는 목화 열매. 거기서 새하얀 눈송이 같은 목화솜이 나온다. 이 목화솜은 이불속으로도 소중하지만 실을 자아 옷감을 만드는 소중한 재료가 되기도 한다.

목화밭 옆을 지날 때였다. 앞서가는 아이 하나가 가던 발길을 멈추고 목화밭 속으로 한 발을 넣었다. 그러고는 손을 뻗어 목화 열매를 땄다. 뒤따라가던 아이들도 목화밭 속으로 발을 넣고 목화 열매를 땄다. 후두둑 후두둑, 아이들이 목화 열매 따는 소리가 번졌다. 아이들은 제각기 딴 목화 열매를 호주머니에 집어넣었다. 입안에 집어 넣고 씹으면 달

짝지근한 맛이 나던 목화 열매. 군것질감이 귀하던 시절, 목화 열매는 그렇게 아이들의 좋은 간식거리였다. 그런 날이 여러 날 계속되었다. 학교를 나와 골짜기 옆 목화밭 옆에만 오면 아이들은 습관처럼 목화 열매를 땄다.

어느 닐이있다. 그날도 아이들은 복화밭 옆길을 지나면서 목화 열매를 땄다. 실은 나도 아이들을 따라 열매를 한두 알 따기는 했다. 겁이 많아 다른 아이들처럼 많이 따지 못했을 뿐이다. 목화 열매를 조끼 주머니에 넣고 골짜기를 지나 고구마밭이 있는 언덕에 올라섰을 때였다.

저만큼 고구마밭 한가운데 고구마 막이 보였다. 고구마 막은 고구마밭을 지키는 조그만 의짓간을 말한다. 땅바닥에 기다란 나무 기둥 세 개를 세우고 그 끝을 모아서 묶어 삼각형 모양을 만들고 그 위에 짚을 덮어서 지붕을 만든 것이 바로 고구마 막이다. 고구마가 익어 먹을 만하면 더러 고구마를 캐가는 사람들이 있어서 그것을 막기 위해 주인이 안에 들어가 망을 보며 지키는 집이다.

아이들 뒤를 따라가는데 고구마 막 안에서 담배 연기 같은 것이 가늘게 피어오르는 것이 보였다. 본능적으로 '아, 저 안에 사람이 있다'는 느낌이 왔다. 혼자서 아이들 뒤를 따라갔기에 나만 그 연기를 목격했을 것이다. 나는 더럭 겁이 났다.

이제는 잊어도 좋겠다

얼른 조끼 주머니에 들어 있는 목화 열매 두어 알을 꺼내어 길옆에 버렸다. 아니나 다를까. 아이들이 고구마 막 옆을 지나갈 때 고구마 막의 가마니 문이 펄럭 밖으로 열리면서 안에서 사람이 불쑥 나왔다. 남자 어른이었다.

"이놈들, 거기 섰거라!" 남자 어른이 다짜고짜로 호통을 쳤다. "너희들 모두 이리 와서 한 줄로 서봐." 나도 아이들 뒤에 섰다. "이제부터 호주머니 검사를 하겠다! 모두 자기 호주머니 속에 들어 있는 것들을 꺼내봐." 아이들은 머뭇거리다가 다시 떨어진 남자 어른의 호통에 하나둘씩 호주머니 속의 물건들을 꺼내놓기 시작했다. 조금 전 고샅길 옆 목화밭에서 딴 목화 열매들이 하나둘 나왔다.

"야, 이놈들아. 내가 그럴 줄 알았다. 며칠 전부터 목화 열매가 없어지기에 네놈들 짓인 줄 알고 내가 오늘은 여기서 목을 지키고 있었다." 남자 어른은 아이들에게 두 팔을 들고 그 자리에 서 있으라고 시켰다. 벌이었다. "그런데 맨 뒤에 있는 너, 쪼그만 아이 말이야. 너만 호주머니에서 아무것도 나오지 않았지. 착한 아이인가 보구나. 너는 집으로 가도 좋아." 그렇게 해서 그날 나만 구사일생 혼자 풀려나 집으로 돌아올 수 있었다.

그러나 그것은 결코 좋은 일이 아니었다. 그다음 날부터

이제는 잊어도 좋겠다

아이들의 눈빛이 달라졌기 때문이다. 당장 아침마다 우리 집 뒤 탱자나무 울타리 가에 와서 "수웅아, 학교 가자!" 하고 부르던 건너막꿀 아이들의 소리가 들리지 않았다. 학교에 가서 만났을 때 아이들의 얼굴빛은 달라져 있었다. "야. 너도 목화 열매 땄잖아. 그런데 너만 빠져나가면 어떻게 해? 거짓말쟁이, 넌 나쁜 놈이야." 그날부터 나는 여러 날 아이들과 떨어져 혼자서 학교에 다녀야만 했다.

2장

그리운 외갓집

떡나무와 꿀강아지

지극히 가난하고 힘들게 살던 시절이었다. 이른바 춥고 배고프고 헐벗던 시절. 누구네 집이라고 예외가 아니었다. 세상이 혼란스럽고 어지러워 어떻게 처신해야만 좋을지 모르던 시절이었다. 어른들은 모이기만 하면 작은 목소리로 무슨 얘기를 나누었다. 그걸 수두레 수두레 말한다고 했고 그런 말의 모임을 '수두레 공론'이라고 했다. 어쨌든 세상의 정보가 궁하고 어두웠음에도 세상 돌아가는 상황은 뭔지 모르게 급박하고도 위태로웠다.

나중에 기억과 기록을 맞춰보고 안 일이지만 내가 초등학교 들어가던 해에 1·4 후퇴가 있었다. 1950년 6월에 한국전쟁이 발발한 후, 유엔군이 남한을 돕고 뒤이어 중공군이 북한을 도우면서 9·28 서울 수복을 거쳐 압록강과 두만강 유역까지 올라갔던 유엔군이 중공군의 공세에 부닥쳐 1950년 11월 말부터 1951년 1월 사이에 서울 이남 지역까지 철수한 사건을 말한다.

이 역시 어른이 되어 아버지에게서 들어서 안 일이지만 아버지도 1·4 후퇴 때 남쪽으로 피난을 떠났노라 한다. 동네 청년들을 모아 무리를 지어 충북 옥천을 거쳐 영동까지 내려갔다가 돌아왔다고 했다. 각자 등에 가마니 하나씩을 둘러메고 가다가 그것을 외투로 삼기도 하고 또 밤에는 잠자리로 삼기도 했다고 한다. 물론 식사는 민가에 들러 얻어먹는 걸로 해결했다고 한다.

아마도 아버지가 나를 간이학교에 입학시키기 위해 외갓집을 찾아온 것도 그 1·4 후퇴에서 돌아온 뒤의 일이었지 싶다. 하지만 그런 어려운 문제들은 어른들의 것일 뿐이다. 굳이 어른들이 아이들에게까지 알려주지 않았고 아이들도 그것을 알려고 하지 않았다. 다만 아이의 눈과 귀로 보고 듣는 세상은 날마다 신기하고 새롭고 눈부실 뿐이었다. 아이들끼리 어울려 열심히 놀고 즐기기만 하면 되는 일이었으니까.

이것도 지금 생각해보면 꿈만 같은 일인데 그렇게 어렵고

이제는 잊어도 좋겠다

힘든 삶 속에도 우리 집에 손님이 찾아왔다. 더러는 떠돌이 장수들이 와서 하룻저녁 묵어가기를 청했고 한 끼의 밥을 청하기도 했다. 우리 식구 먹기도 힘겨운 판에 그래도 어른들은 그들을 내치지 않고 밥상 앞에 앉히기도 했고 건넌방 한 구석을 잠자리로 내주기도 했다. 참으로 그것은 아름다운 시절이고 고마운 날들이었다.

주로 손님들은 농한기인 늦가을부터 겨울철에 자주 들었다. 먼 친척도 있었고 생면부지 모르는 사람도 있었다. 유독 인상에 남는 것은 혁필(革筆)을 쓰는 사람이다. 혁필이란 가죽 붓에 물감을 묻혀 그림 모양을 넣어 글씨를 쓰는 것을 말하는데 주로 사람의 이름 석 자를 한자로 썼다. 그 사람은 하룻밤 묵어가는 값으로 아버지의 이름을 혁필로 써주기도 했다. 그 혁필 글씨가 오랫동안 건넌방 벽에 붙어 있던 것을 기억한다.

전쟁 중에도 가을은 오고, 가을이면 논에서 벼를 베거나 온갖 곡식을 거두어들였다. 암울하고 아무런 희망도 없는 날들이지만 추수하는 날 어른들은 잠시 마음이 밝았고 기분이 좋았다. 어른들이 기분 좋으면 아이들도 따라서 기분이 좋아진다. 집안 분위기가 그렇게 만들어졌다. 더하여 추수한 볏짚으로 지붕을 새롭게 얹는 날은 잔칫집 분위기가 된다.

새로운 짚으로 나래와 이엉을 엮어 초가집 지붕을 새롭
게 얹고 나면 집이 새 집처럼 화사해졌다. 노란 볏짚을 얹은
지붕 덕분에 방 안까지 환해지는 느낌이었다. 다음 날은 또
메주를 만들기도 했다. 메주는 간장이나 된장을 담는 재료
로 역시 새로 수확한 콩을 무쇠솥에 삶아 그것을 절구통에
넣고 절구로 짓찧어 곱게 만든다. 그리고 도마와 같은 나무
판에 올려놓고 네모진 모양으로 다듬어 만들면 비로소 메
주의 모양이 완성된다.

메주를 쑤는 날은 콩 삶는 냄새가 집 안에 구수하게 번
져 모처럼 따스한 느낌이 든다. 평화로운 온기다. 사람의 체
온 같은 느낌이라 할까. 그런 날이면 용케 알았다는 듯 찾
아오는 손님이 있었다. 말머리 아저씨. 장항이란 곳에서 산
다고 했다. 아버지가 형님이라 부르는 걸 보면 나에게는 아
저씨뻘이 되는 분이다. 재봉틀 고치는 일을 한다고 했다.

그렇다고 우리 집같이 가난한 집에 재봉틀이 있을 까닭
이 없었다. 한 동네에 한 집이나 두 집 있을까 말까 했던 것
이 재봉틀이다. 그러니까 말머리 아저씨는 이 동네 저 동네
다니며 재봉틀이 있는 집을 찾아 재봉틀을 손봐주고 약간
의 돈을 받는 일을 하는 분이었다. 옷차림새가 꾀죄죄했다.

이제는 잊어도 좋겠다

언제 빨아 입은 옷인지도 모를 옷. 겉옷에는 재봉틀 기름이 묻어 번질거리기까지 했다.

말머리 아저씨는 한쪽 다리를 약간 절기도 했다. 가을에 벼를 베어 썰렁해진 논과 논두렁 길을 따라 커다란 가방 하나를 들고 휘적휘적 팔을 저으며 걸어오는 남자 어른이 바로 말머리 아저씨였다. 절뚝거리며 걷는 말머리 아저씨의 등 너머로 구불구불한 논두렁 길이 멀리 보이며 아저씨의 벗겨진 머리와 겹쳐질 때는 해도 뉘엿뉘엿 저물 무렵이기 십상이었다.

가을에는 일감이 많다. 곡식을 거두어들여 타작하는 일, 볏짚을 엮어 무언가를 만드는 일 등이다. "타작관 오셨슈?" 사립문 안으로 들어서는 말머리 아저씨를 향해 삼촌이 하던 일을 멈추고 농담처럼 던지는 인사말이다. 타작관이란 농사를 지어 타작할 때마다 밥을 얻어먹으러 온다는 뜻으로 하는 비아냥 섞인 말. 그럴 때면 아버지가 차분한 말투로 삼촌을 타이르곤 했다. "그게 무슨 소리야? 형님을 보고." 그러면 정식으로 인사를 차리곤 했다. "형님, 어서 오셔요. 그동안 별고 없으셨고요?"

말머리 아저씨는 우물쭈물 인사를 받으며 말을 한다. "동생들, 일감이 바쁜게벼. 내가 좀 도와줄까?" "아닙니다, 형님.

일손은 많습니다. 그냥 방에 들어가 쉬세요." 그러면 말머리 아저씨는 마루에 들고 온 가방을 턱 하니 내려놓으며 앉는다. 그런 뒤로는 있는 듯 없는 듯 며칠 동안 윗방에서 삼촌들과 지낸다. 식구가 많아 양식이 부족해도 그 누구도 말머리 아저씨를 구박하거나 빨리 돌아가라고 눈치를 주는 사람은 없었다. 그냥 한 가족처럼 여러 날 우리 집 식구들과 함께 있다가 어느 날 훌쩍 떠나곤 했다.

말머리 아저씨 말고도 우리 집에 가끔 오는 손님이 있었다. 승모 아저씨. 아버지와 항렬이 같아 우리가 역시 아저씨라고 부르는 분인데, 재 넘어 대종중의 재실을 지키며 사는 분이라 했다. 그때까지도 총각이었는데, 이 사실도 나중에 어른들로부터 들어서 안 일이지만 6·25 전쟁이 한창일 때 군대에 나가 전사했다고 한다. 한 번 보고 다시는 보지 못했던 분이다. 그러기에 그만큼 아련함이 남아 있다. 승모 아저씨가 사는 대종중엔 기와집이 여러 채라고 했다.

"영주야, 영주야. 내가 사는 집은 기와집인데 기와집이 여러 채 모여 있단다. 달밤이면 그 기와집들이 지네 발처럼 살아서 꾸물거리기도 한단다." 나는 그만 승모 아저씨의 한마디 말에 마음을 빼앗겼다. 막동리를 통틀어도 기와집이 두 채밖에 없던 시절이다. 그래서 윗기와집, 이랫기와집이라

이제는 잊어도 좋겠다

부르던 때다. 그런데 그런 기와집이 여러 채에다 모두 승모 아저씨네 집이라 했다. 나는 그만 아스라한 보랏빛 상상에 물들고 말았다.

"그런데 말이야. 우리 집엔 떡나무도 있단다." "떡나무요?" "너, 떡나무 몰라? 떡이 열리는 나무 말야." "무슨 떡이 열리는데요?" "아무 떡이나 열리지. 에… 인절미, 백설기, 가래떡, 송편, 깨끼떡, 시루떡, 무지개떡… 무슨 떡이든지 열린단다." "정말요?" "그럼 정말이구말구. 내 말이 안 믿어지면 아저씨 따라 우리 집에 가보면 알 거야." 일 년에 한 번이나 두 번, 명절날이나 제삿날 얻어먹었던 떡이다. 그런데 그런 떡이 주 렁주렁 열리는 나무가 있다니, 그것도 여러 가지 떡이 한꺼번에 열린다니, 나는 그만 마음의 중심을 잃어버리고 만다.

이러한 나의 눈치를 살피며 승모 아저씨가 한마디 더 했다. "떡나무만이 아니라 꿀강아지도 있단다." "꿀강아지요?" "너 꿀강아지 몰라? 꿀똥을 누는 강아지 말이야. 단지를 가져다 대면 강아지 똥구멍에서 꿀이 나오는 강아지 말이야." 햐, 정말일까? 정말로 꿀강아지가 있을까? 떡나무도 신기한데 꿀똥을 누는 꿀강아지가 있다는 말에 나는 그만 황홀해지기까지 한다. 외할머니와 함께 살 때, 외할머니가 가끔 '엿도 없는데 꿀!' 하고 말씀하셨던 그 꿀이다. 세상에서 가장

달고 맛있는 꿀이다. 분명히 두 눈을 가늘게 뜨고 무언가를 상상하고 있었을 것이다.

"나하고 우리 집에 가지 않을래? 네가 가기만 하면 꿀강아지와 떡나무를 너한테 모두 줄게.""네, 아저씨, 나 데려가 주세요. 나 아저씨 따라갈래요.""그럼, 그럼. 데려다주고 말고." 승모 아저씨가 비실비실 웃고 있었다. 그러나 나는 승모 아저씨가 왜 웃는지 그런 건 몰라도 좋았다. 나한테 중요한 건 떡나무와 꿀강아지였을 뿐이다. 그때 윗방에서 삼촌과 함께 가마니를 짜고 있던 아버지가 한마디 했다. "저런 바보같은 녀석 좀 봐. 가긴 어딜 간다고 그래? 꿀강아지가 어디 있고 떡나무가 어디 있다고." 아버지는 무섭다. 아버지 말을 듣지 않으면 안 된다. 나는 승모 아저씨를 따라가고 싶은데 어떻게 하면 되나?

그때 승모 아저씨가 마루에서 내려와 신을 신었다. "영주야, 아저씨랑 가자. 가면 떡나무와 꿀강아지를 너에게 모두 줄게." 그러나 나는 승모 아저씨를 따라갈 수 없었다. 아버지의 눈총이 무서웠던 것이다. 우리 집에서 가장 무섭고 힘이 센 사람이 아버지였기 때문이다. 승모 아저씨는 사립문을 빠져나가 골목길로 해서 등성이 길로 천천히 걸어서 사라져갔다. 승모 아저씨가 넘어간 언덕길에 뉘엿뉘엿 저녁 해가

이제는 잊어도 좋겠다

지고 있었다. 그 뒤로 승모 아저씨는 다시는 마을에서 볼
수 없는 사람이 되었다. 다만 그날 밤 나는 속으로 훌쩍이
며 오래도록 잠을 이루지 못했다. 떡나무, 꿀강아지, 승모 아
저씨······.

자치대장

참으로 살기 힘든 세월이었다. 도대체 세상이 어떻게 돌아가는지 보통 사람들은 잘 몰랐고, 더구나 시골 마을에 사는 사람들은 더욱 어리둥절하기만 했다. 혼란을 넘어 혼돈 그 자체였다. 1945년 민족광복을 맞아 일장기를 내리고 일장기의 붉은 원 아랫부분을 먹으로 칠해 태극문양을 만들고 네 귀퉁이에 4괘를 그려 대문에 걸었던 사람들이다.

그렇게 5년도 채 지나지 않아 다시 6·25 한국전쟁이 터져 서울이 북쪽 군대에 넘어가고 정부가 부산으로 내려갔다는 소식에 사람들은 그저 망연자실 두렵기만 했을 것이다. 태극기를 내리고 인공기를 거는 날들이 90일이나 계속되었고 다시 9월 28일, 유엔군의 인천상륙작전이 성공하여

이제는 잊어도 좋겠다

서울이 탈환되고 국군이 압록강까지 밀고 올라간 소식이 바람결에 들려왔을 것이다. 사람들은 다시 웅성거리고 갈팡질팡했을 것이다.

문제는 어떻게 하든지 살아남아야 한다는 것. 그 중심에 아버지도 있었다. 10살 나이에 할아버지가 돌아가시고 소년 가장이 된 아버지. 위로 형님이 한 분 있었지만 돈 벌어 오겠다며 집을 나가 일본으로 건너갔다는 소식이 있을 뿐, 그 뒤로는 소식이 끊겨 어쩔 수 없이 아버지가 집안의 가장이 될 수밖에 없는 상황이었다.

씻은 듯 가난한 집안이었다. 여섯 마지기 논이 있었다 하지만 그 역시 소작으로 부쳐 먹던 논이었다. 기록에 의하면 남한지역에서 농지개혁이 이루어진 것이 1950년 3월 10일 이었으므로 6·25 전쟁이 일어나기 직전의 일이다. 아버지의 이름으로 불하받은 논의 주인, 지주의 이름은 김윤환. 김윤환은 공주 갑부이며 친일파였던 김갑순의 사돈이 되는 사람으로, 그 역시 친일파였는데 그런 그가 서천의 산골 그 먼 곳의 논까지 소유하고 있었다니 놀라운 일이다.

아버지는 겨우 초등학교 교육을 마친 뒤 동갑인 어머니와 결혼하여 데릴사위로 살면서 외할아버지의 지원으로 서울의 체신양성소란 데서 잠시 공부를 하고 서천우체국에

공직자로 근무하기도 한 이력이 있다. 하지만 아버지의 꿈은 초등학교 선생님. 그러나 초등학교 졸업할 때의 나이가 너무 많았고 친일파인 지역 유지의 추천에 실패하여 꿈을 접어야만 했다.

세상이 혼란스럽고 전쟁까지 일어나면서 우리 집에서 제일로 곤란을 겪은 사람은 아버지였다. 그때 아버지의 나이는 스물다섯. 이미 세 아이의 아버지였다. 여러모로 처신이 힘들었을 것이다. 이쪽 편을 들어야 살아남을 것인지 저쪽 편을 들어야 살아남을 것인지 눈치를 살피는 입장이었을 것이다.

소작농 집안의 아들. 건장한 신체와 명석한 두뇌. 이보다 좋은 조건이 있을 수 없었다. 실지로 북한의 군대가 마을까지 들어오지는 않았다지만 한동안 세상은 북쪽 사람들의 세상이었고 공산주의 사상을 지닌 사람들이 지배하고 있었다. 이러한 때 아버지가 마을 청년들의 우두머리로 뽑힌 것이다. 자치대장. 마을의 청년들을 모아 군대식 훈련을 시키기도 했다. 그것은 목총을 들고 정렬하여 제식훈련 같은 것이었다.

내가 아버지의 모습을 본 것은 막동리 집으로 돌아와 이사리 분교에 입학하던 해의 가을, 논에서 벼를 베어낸 다음

이제는 잊어도 좋겠다

이니까 아마도 11월쯤 되는 어느 날이었지 싶다. 동네 아이들이 말했다. 그들은 나보다 나이가 많은 아이들이었다. "얘들아, 유꿀로 구경 가자. 거기서 남자들이 훈련받는단다." 유꿀은 우리 집이 있는 집너머마을에서도 구석진 곳으로 어린애들 무덤인 애장이 있다 해서 아이들이 가까이 가기를 무서워하는 곳이었다.

거기 비탈진 곳에도 작은 다랭이 논이 있었다. 논에는 벼를 베고 난 뒤의 벼포기들만 남아 있었는데, 바닥에는 물이 없어서 마치 조그만 운동장처럼 편편했다. 가까이 갈수록 두런두런거리는 사람들의 목소리가 들렸다. 시든 수풀 사이로 사람들의 모습이 하나둘 보이기 시작했다. 모두가 남자 어른들이었다. 스무 명쯤 되었을까. 그들은 몇 개의 줄로 나란히 서서 걸어가고 있었다.

하낫 둘, 하낫 둘. 누군가가 구령을 붙이고 있었다. 그 남자 어른들은 하나같이 젊은 분들인데 어깨 위에 총 비슷한 것을 메고 있었다. 나무로 총 모양을 깎은 목총이었다. 한동안 남자 어른들을 지켜보던 나는 깜짝 놀랄 수밖에 없었다. 줄지어 걸어가는 남자 어른들과는 달리, 행렬 밖으로 나와 혼자 걸어가면서 구령을 붙이는 남자 어른이 바로 아버지였던것이다.

'아버지다! 아버지가 왜 저기에 있을까? 그리고 왜 사람들에게 왜 구령을 붙이고 있을까?' 나는 무서운 생각이 들어 그 자리를 슬그머니 빠져나와 한달음에 집으로 돌아오고 말았다. 집에 와서도 식구들 누구한테도 그 말을 꺼내지 않았다. 어머니에게도 말하지 않았다. 비록 어린아이였지만 그런 말은 하지 않는 게 좋겠다는 나름의 판단이 있었던 것이다. 그렇게 그날의 일은 평생의 비밀이 되었다.

그로부터 오랜 뒤의 일이다. 어른이 되어 군대에 입대했다가 제대하여 고향의 경찰지서(오늘날의 파출소)에 제대신고를 하러 갔을 때다. 제대군인 명부에 이름을 올리려고 담당 경찰이 장부를 한 장씩 넘기고 있었다. 빠르게 장부를 넘기는 경관의 손놀림 사이로 아버지의 이름이 얼핏 보였다. '기산면 막동리 24번지 나승복.' 분명히 우리 아버지의 이름이었다. 그런데 비고란에 '자치대장'이란 말이 쓰여 있었다.

제대군인 명부에 아버지의 이름이 올라 있는 건 당연한 일이다. 그런데 비고란에 쓰여 있는 '자치대장'이란 말은 영 낯설다. 그때 섬뜩하게 스치는 장면이 있었다. 바로 일곱 살 때 유꿀에서 본 아버지의 모습이었다. 아, 그랬었구나. 그때 아버지가 우리 마을의 자치대장이었구나. 그걸 아버지도 한평생 숨기고 사셨구나. 아주 오랜 뒤 어느 날 편한 자리가

이제는 잊어도 좋겠다

있어 아버지에게 그 얘기를 물어보았다.

"아버지. 자치대장이 뭐예요?" 아버지는 자초지종을 묻지도 않고서 대뜸 내 말을 알아들으셨다. "네가 그걸 어찌 아니?" 아버지는 당황하시는 눈치였다. 그때서야 그동안의 일들을 말씀드렸다. 이야기를 들은 뒤, 아버지는 안도하시는 표정이었다. 그랬다. 그 시절엔 다 같이 살아남기 어려운 시절이었고 살아남기 위해서라면 무슨 일이든 해야만 했던 시절이었다.

어린 시절 당시의 기억 속에 공백으로 남아 있던 미스터리한 퍼즐 한 조각의 자리. 역사적 사실과 맞춰보면 이렇다. 1950년 6월 25일, 전쟁 발발로부터 서울 퇴각과 9월 28일 서울 수복, 다시 서울 퇴각과 1951년 1월 4일 후퇴. 그런 역사적 소용돌이 속에 아버지 또한 휘말려 있었던 것이다. 그것도 맨몸으로 겪어내는 고난이었다. 나 같은 아이들이 세상 돌아가는 형편을 알 까닭이 없었다. 어머니나 할머니 같은 여자 어른들도 아버지의 뒤에 숨어서 기다리면서 인내하는 길밖에 다른 도리가 없는 일이었다.

아버지는 큰삼촌 하나만 데리고 자주 어디론가 집을 떠났다. 그러다가 한참 만에 돌아오곤 했다. 집을 떠날 때도 저녁 시간이었는데 돌아올 때도 한밤중이었다. 어느 날, 추운 밤에 있었던 기억이다. 안방에서 할머니랑 잠을 자고 있는데 무슨 소린가 들렸다. 어른들의 말소리. 어른들은 작은 소리로 말하고 있었다. 그런 말소리 가운데 아버지의 목소리도 들렸다. 그날 저녁 아버지와 큰삼촌은 방으로 들어오지 못하고 차가운 골방에 오랫동안 숨어서 하룻밤을 지새우기도 했다.

이 또한 나중에 아버지로부터 들어서 안 일이지만, 아버지는 마을의 청년들을 인솔하여 남쪽으로 피난을 떠난 적이 있다고 한다. 일행은 충북 옥천을 거쳐 영동까지 내려갔는데 더는 내려가기 힘들어 발길을 돌려 집으로 돌아왔다고 했다. 아버지는 집으로 돌아온 뒤에도 마음 놓고 바깥 활동을 하지 못하는 것 같았다. 주로 집에서만 지내며 외출을 삼가고 있었다.

그러던 어느 날이었다. 우리 집에 경찰관 한 명이 자전거를 타고 들어닥쳤다. 사복 차림이었으므로 그 사람의 신분이 정말 경찰인지는 알 수 없었다. 그 시절만 해도 경찰관에게는 상당한 사법권과 수사권이 있어서 아무 집이나 방문하여 수색도 하고 조사도 벌일 수 있는 권한이 있었다.

온 식구가 긴장했다. 그런데 경찰관의 입에서 뜻밖의 말이 나왔다. "이 집에서도 김치를 담았겠지요? 지난가을 논

이제는 잊어도 좋겠다

산 훈련소로 보낼 김치를 한 도가지(독)씩 준비하라고 했는데, 어디 김치 좀 봅시다."

혹시나 아버지를 붙잡아가려고 온 경찰인 줄 알았는데 김치를 보자고 하니 오히려 어른들이 안도하는 눈치였다. 아버지가 경찰관을 안내하여 뒤란으로 갔다. 거기에는 골방에 불을 넣는 자그마한 부엌이 있고 그 앞에 새우젓 도가지가 서너 개 세워져 있는데, 그것이 바로 김장김치를 담은 그릇이었다.

"여기 있습니다. 이 새우젓 도가지가 바로 그 논산 훈련소로 보낼 김치입니다." "그래요? 그럼 한번 뚜껑을 열어보시오." 아버지가 뚜껑을 열자 김치가 나왔다. "아니 무슨 김치가 이래요? 고춧가루가 하나도 안 들어갔지 않소?" 분위기가 험악해지자 옆에 있던 어머니가 거들었다. "경찰관 어르신, 그건 그렇지 않습니다. 아랫부분에는 고춧가루를 많이 넣었는데 윗부분이 우거지라서 그렇습니다. 옆에 있는 저희 집 김치도 좀 보십시오. 똑같이 그렇습니다." 젊은 아낙네가, 그것도 등 뒤에 갓난아기를 업은 아낙네가 상냥스레 말하자 경찰관도 슬그머니 말투가 누그러졌다. "그러면 좋소. 뚜껑을 닫으시오. 이 김치야말로 우리나라 국군이 먹을 김치요."

그렇게 김치 검사를 당한 뒤 얼마 지나지 않아서 아버지는 군대에 입대했다. 논산 제2육군훈련소. 전쟁이 일어나자 신병 교육을 위해 제주도 모슬포에 급하게 세운 제1육군훈련소에 이어 오늘날 논산시 연무읍에 두 번째로 세워진 육군훈련소였다. 그것이 1952년 2월 1일. 그로부터 얼마 뒤 아버지는 논산의 육군훈련소에 입대하여 자랑스런 대한민국의 국군이 된 것이다. 경찰관한테서 육군훈련소 장병들이 먹을 김치를 잘못 담갔다고 치도곤을 당하고 나서 바로 육군훈련소에 국군이 되어 입대하다니! 그것은 묘한 느낌을 주는 아이러니였다.

당시 아버지는 집 나이로 스물여섯. 아이까지 넷이나 딸린 가장이었다. 거기다 아래로는 남동생이 둘, 모셔야 할 어머니가 두 분이다. 식구들 먹여 살리는 일이 급했지만 그런 일들을 뒤로 미루고 징집영장을 받고 군인이 되었다. 오늘에 와서 생각해보면 그런 결단과 단행은 참 잘하신 일이라고 여겨진다. 마을의 자치대장으로 한때 자생적인 공산당에 동조한 이력을 남겼지만 여러 차례 인민군보국대(人民軍報國隊)에 동원되어 인근 공주지역, 보령까지 가서 노역(勞役)하고 나중에는 퇴각하는 북한군에 끌려가다가 보령 주산면 부근 산길에서 꾀를 부려 탈출한 뒤, 그러한 과오를 과감하

　　　　　　　　이제는 잊어도 좋겠다

게 밝히고 대한민국 국군이 되었다는 것은 상당한 용기가 필요했을 것이다. 필경은 그런 일들이 뒷날 아버지와 나의 인생에도 영향을 미쳤을 것이기에 그러하다.

나일론 양말

학교 공부를 마친 아이들이 우루루 교실 밖으로 쏟아져 나왔다. 아이들은 무엇이 그리도 바쁜지 우당탕탕 빠르게 움직인다. 한 시간 수업을 마치고 잠시 쉬는 시간이 되어 선생님이 교사실에 가 계신 동안에도 아이들은 한시도 가만히 있지를 못한다. 책상이나 의자에 올라가기도 하고 뛰어 다니기도 하고 장난을 치기도 한다.

그러나 선생님은 그런 아이들을 크게 나무라거나 야단치시지 않는다. "얘들아, 교실에서는 좀 얌전히 있으려무나." 김상규 선생님은 겨울철이면 검정색 한복 두루마기를 단정히 입고 다니시던 분으로 매우 인자하셨다. 언제나 얼굴 가득 미소를 머금고 계신 분이었다. '우리 아버지도 선생님처럼

이제는 잊어도 좋겠다

저렇게 마음씨가 좋은 분이었다면 얼마나 좋을까?' 나는 선생님을 볼 때마다 그런 생각을 하곤 했다.

학년은 달라도 학교 공부는 한꺼번에 끝이 났다. 오전 시간 공부를 마치면 선생님이 아이들을 하교시켰던 것이다. 같은 마을에 사는 아이들이 모여서 자기 동네로 돌아갔다. 아니, 키가 큰 아이들이 앞서고 키가 작은 아이들이 뒤따라갔다. 키가 작은 아이들은 눈치껏 키가 큰 아이들 뒤를 따라가야만 한다. 우물쭈물해서는 안 된다. 그러다가는 산길이며 들길을 혼자 걸어가야만 한다.

운동장 주변 벚나무 아래를 지나면 바로 거기가 개울. 개울을 가로지른 조그만 돌다리 하나를 건너면 또 들길과 밭길. 며칠 전에 내린 눈이 아직 다 녹지 않아 길은 미끄럽고 또 질척거렸다. 나는 키 큰 아이들 뒤를 놓치지 않으려고 열심히 걸음을 옮겼다. 등에 책 보퉁이를 메었을 것이다. 책가방이 없던 시절, 어른들이 쓰는 보자기에 책을 담고 둘둘 말아 허리춤에 차거나 어깨에 메는 방식이다.

아이들은 한결같이 검정 고무신 차림. 모두 맨발이었다. 나도 물론 맨발이었다. 다른 점이 있다면 양쪽 허리춤 허리띠에 양말 한 짝씩을 끼고 있었다는 점이다. 나일론 양말이다. 외할머니가 설빔으로 보내준 양말. 아침에 신고 나왔는데 학교 오는 길에 눈을 밟아 젖어버린 탓에 수업 시간에는 벗고 있었다. 그런데도 아직 양말이 마르지 않아 신을 수가 없었던 것이다.

그러니까 그것은 조금 더 오래전 일이다. 그날도 나는 학교에 가고 있었다. 큰 동네 아이들이 나를 부르러 오지 않아서 혼자서 학교에 가는 길이었다. 집에서 나와 모퉁이 길을 돌아서 똘뚝길이라고 부르는 저수지 수로길을 가던 참이었다. 그 길은 꽤나 넓었다. 눈이 많이 내리고 있었는데 거기에 바람까지 세게 불고 있었다. 저수지 길을 가다 보면 두 개의 언덕이 나온다. 저수지 수로를 가로지른 개울물을 건너는 다리 부분이다.

마침 아래 언덕을 오를 때였다. 저만큼 한 어른이 오고 있었다. 등에 커다란 짐보따리를 지고 머리에는 벙거지 모자를 쓰고 당꼬바지 차림에 신발은 새끼로 감발을 했다. ('감발'이란 '버선이나 양말 대신 발에 감는 좁고 긴 무명천'을 말하는데, 여기서는 눈길에 미끄러지지 않기 위해 새끼로 신을 둘둘 감은 것을 말한다.) 머리와 어깨 위에 눈이 소복한 것이 마치 눈사람이 걸어오는 것 같았다.

그 어른과 스쳐 지나칠 때였다. 언뜻 얼굴이 낯익었다. '아, 의용이 아버지다!' 의용이 아버지는 외할머니네 동네에

이제는 잊어도 좋겠다

사는 분이다. 외할머니와 함께 살던 접방살이집 옆이 가장 물할머니네였고 그 위가 의용이네 집이었던 것이다. 의용이 아버지도 외할머니가 접방살이로 살던 완순네 집 아버지처럼 시장을 돌며 고무신을 파는 고무신 장수였던 것이다.

그날도 아마 시골 시장에 고무신을 팔러 가던 길이었을 것이다. "안녕하세요?" 내 입에서 저절로 인사말이 나왔다. 그렇게 눈이 많이 내리는 날 똘뚝길에서 아는 어른을 만나는 것은 매우 반가운 일이었다. "네가 누구냐?" 어른은 가던 걸음을 멈추고 물었다. "제가 영주예요." "아, 영주. 너네 집이 이 근방이었냐?" "네. 저 안으로 가면 저의 집이 나와요." "그렇구나. 착하구나. 어른을 보고 인사를 다 하고."

그렇게 의용이 아버지와 헤어진 뒤, 의용이 아버지 편으로 외할머니가 보낸 양말이 바로 그 나일론 양말이었다. 그것은 설빔이기도 했다. 당시만 해도 버선이나 목양말을 신었다. 그런데 버선은 불편했고 목양말은 쉽게 망가졌다. 하기는 목양말도 귀하고 비싸서 아무나 아무 때나 신는 것이 아니었다. 명절 때나 겨우 한 켤레 얻어 신을 수 있었다.

그즈음에 등장한 것이 나일론 양말이다. 나일론 양말은 우선 질긴 것이 특징이었는데 색깔도 고와서 모두가 신고 싶어 했다. 그런 양말이기에 나는 소중히 허리춤 허리띠에 한 짝씩을 끼고 길을 걸었던 것이다. 집으로 돌아가는 길, 조금이라도 물기가 말랐으면 좋겠다 싶어서 더욱 그랬을 것이다.

한참을 그렇게 키 큰 아이들 뒤를 따라 걸어가는데 갑자기 맹운이 형이 말을 걸어왔다. "수웅아, 너 나일론 양말 잘 있나 살펴봐. 한 짝이 길에 떨어졌을지도 몰라." 맹운이 형은 나보다 나이가 두 살이나 많고, 막동리의 한 마을인 백조 개란 동네에 살았다. 심술이 있고 잔꾀가 많은 아이였다. 나는 고개를 돌려 허리춤에 있던 양말을 살폈다. 오른쪽에는 양말 한 짝이 있는데 왼쪽에는 양말이 없었다.

아, 양말이 없다! 이를 어쩌면 좋아. 외할머니가 설빔으로 의용이 아버지에게 부탁하여 장날에 사서 보내준 귀한 양말이지 않은가. 집에 가서 어머니께 어떻게 말해야 하나! 나는 가던 길을 멈추고 오던 길을 되짚어 한참 동안 돌아가면서 길바닥을 살폈다. 그러나 아무리 살펴도 양말 한 짝은 찾을 수가 없었다.

그렇다고 아이들과 떨어져 학교까지 돌아갈 수는 없는 일이었다. 어느 만큼 가다가 돌아서야만 했다. 아이들은 벌써 저만큼 앞서가고 있다. 그런데 이상한 건 맹운이 형이었다. 아이들을 보내놓고도 그 자리에서 나를 기다리고 있었던

이제는 잊어도 좋겠다

것이다. "수웅아. 실은 내가 네 양말을 가지고 있었어. 네가
흘린 양말을 내가 주워 왔던 거야. 이거 받아."

나는 두 눈이 환해지는 느낌이었다. 아, 살았다. 양말을 찾
았으니 됐다. 양말을 받고 멍하니 서 있는 나에게 맹운이 형
이 다시 말했다. "그런데 말야. 이거 공짜로 주는 게 아니야.
네가 쓰고 있는 지우개가 너네 집에 많다고 그랬지? 그거
하나 내일 나한테 갖다주어야 해. 그렇지 않으면 다시 그
양말 내놔. 내가 주웠으니까 내 거란 말야." "알았어, 형. 내
가 내일 꼭 지우개 하나 가져다줄게." 그렇게 해서 양말 한
짝을 잃어버린 사건은 무사히 끝이 날 수 있었다.

검정 지우개

외할머니와 함께 살던 집은 남의 집 사랑방 한 칸에 작은 부엌 하나가 전부였는데 아버지, 어머니와 사는 막동리 집은 제법 규모가 큰 집이었다. 아버지 열 살 때 돌아가신 할아버지가 지으신 집이라 했다. 처음엔 그야말로 방 두 칸에 부엌이 달린 초가삼간이었지만 식구들이 늘면서 집을 키웠을 것이다.

바로 그 키운 부분이 아버지와 어머니가 쓰시는 사랑방이다. 사립문을 들어서면 바로 보이는 방이 사랑방. 그 옆이 윗방, 안방 그리고 부엌으로 되어 있다. 마루가 있었는데 그 당시에 있었던 건지 나중에 살림살이가 나아지면서 놓은 건지는 확실치 않다.

이제는 잊어도 좋겠다

안방은 식구들이 모여서 밥을 먹기도 하고 할머니 두 분과 동생들이 잠을 자기도 하는 방이다. 웃방은 삼촌 두 분이 일하면서 쓰는 방이고 나는 사랑방에서 아버지 어머니와 그리고 깐난애기(갓난아이) 여동생과 함께 지냈다. 개다리소반이라고 불리는 조그만 밥상을 가져다 놓고 글씨 공부를 하던 방도 바로 그 방이다.

막동리 집은 방마다 조그만 방이 하나씩 딸려 있었다. 그 방을 어른들은 골방이라 불렀다. 사랑방에도 그 골방이란 것이 있었다. 사랑방 골방에 어머니가 시집올 때 가져온 장롱이 있었는데, 장롱 위에는 이불이며 베개가 얹혀져 있고 장롱 안에는 어머니와 식구들의 옷가지가 들어 있었다.

장롱은 세 부분으로 나누어지는데 3분의 1만큼 윗부분은 여닫이로, 아랫부분은 미닫이로 되어 있고 중간 부분은 여러 개의 서랍 형태로 되어 있다. 바로 그 서랍들 속에 어머니가 쓰시는 자잘한 물건들이 있있다. 분첩이며 바느질 도구, 색실, 더러는 어머니가 처녀 때 쓰셨던 쥘부채 같은 특별한 물건도 들어 있었다.

그 어머니의 서랍 맨 끝자리에 내가 쓰는 공책 몇 권과 연필 그리고 검정색 네모난 지우개가 들어 있었다. 그 검정 지우개를 명운이 형이 가지고 오라는 거였다. 처음엔 자랑

삼아서 해본 얘기다. 그런데 나일론 양말을 잃었다가 찾던 날 맹운이 형이 그 대가로 나에게 지우개를 달라고 말했던 것이다.

마지못해 억지로 그렇게 하겠다고 한 대답이었다. 그렇지만 앞으로도 맹운이 형을 따라서 학교에 다니려면 그 청을 들어주어야만 한다. 어떻게 하든 어머니의 장롱 서랍 속에서 지우개를 꺼내야만 했다. 그러나 어머니에게 그 얘기를 다 할 수 없는 일. 어머니 몰래 지우개를 가져가야 하는데, 그것은 결국 도둑질이 되는 일이었다.

어머니가 부엌 일을 하기 위해 밖으로 나갔을 때 나는 여러 차례 어머니 장롱의 서랍을 열어봤다. 하지만 차마 지우개를 꺼낼 수는 없었다. 그것은 어머니를 속이는 일이고 어머니에게 죄를 짓는 일이라고 생각했기 때문이다. 결국 다음 날 나는 지우개 없이 학교에 갔다.

학교에서 공부를 끝내고 돌아오는 길에 맹운이 형이 물었다. "나수웅, 너 지우개 가져왔어? 어제 양말 주워준 값으로 지우개 하나 가져오라 했잖아!" 나는 대답을 하지 못하고 있었다. "아니, 그럼 안 가져왔단 말야? 그러면 벌로 내일은 두 개 가져와." 그것 또한 제멋대로 일방적인 약속이고 일방적인 요구였다.

이제는 잊어도 좋겠다

그날도 나는 어머니 장롱 서랍을 여러 번 열었다가 닫았다. 그다음 날 맹운이 형은 다시 물었다. "너, 오늘은 가져왔겠지? 어제 약속한 대로 두 개야." 여전히 나는 아무런 말도 할 수 없었다. 다만 고개를 숙이고 있을 때 맹운이 형의 날카로운 말이 떨어졌다. "내일은 세 개 가져와야 해. 그렇지 않으면 학교길에 데리고 다니지 않을 거야."

이제 더는 뒤로 물러설 수 없다는 생각이 들었다. 어머니에게 거짓말을 하고 죄를 짓더라도 지우개를 하나 꺼내어 맹운이 형에게 가져다주어야 한다는 생각이 들었다. 그날은 집에 돌아오자마자 지우개를 꺼내어 책 보퉁이 속에 감추는 일부터 했다.

"형, 지우개 가져왔어." 다음 날 하학길, 지우개를 내밀었을 때 맹운이 형의 반응은 싸늘했다. "야, 내가 언제 하나만 가져오라고 그랬어? 세 개 가져오라고 했잖아. 아직도 두 개 남았다는 걸 잊지 마." 지우개를 받아 들며 맹운이 형이 씨익 웃었다. 웃는 얼굴의 눈매가 날카로웠다. 번들번들 번뜩이는 것이 꼭 논길에서 만나는 뱀이나 개구리의 눈처럼 보였다.

눈길

어린 시절엔 어쩌면 그리도 눈이 많이 내렸는지 모른다. 한 번 내렸다 하면 어김없이 발목이 빠지고 종아리까지 묻히도록 흐무지게 눈이 내리곤 했다. 왜 그랬을까? 눈은 그때나 지금이나 비슷하게 내렸지만 어린 시절 사람의 몸이 작아서 그랬던 것이 아닐까.

어차피 인간은 지극히 주관적인 존재다. 사물에 관한 판단의 근거가 자기 자신이고 세상살이의 기준 역시 자기 자신이다. 그러기에 엇비슷하게 내리는 눈도 많이 내린 것처럼 느끼기도, 또 적게 내린 것처럼 여겨지기도 하는 것일 게다.

할머니가 쓰시는 막둥리 집 안방 문을 열면 울타리 너머로 들판이 보이고 그 위로 아스라이 산봉우리가 건너다보

이제는 잊어도 좋겠다

였다. 유두날이면 할머니가 목욕하러 가는 강태공 샘물이 있는 산봉우리다. 기린봉. 눈이 내린 아침이면 그 산봉우리가 가깝게 보이곤 했다.

나는 그것이 또 신기하게만 느껴졌다. 왜 멀리 보이던 산이 눈이 내린 날이면 가까이 보이는 걸까? 혹시 저 산이 간이학교 입학식 때 상급생 형들이 불렀던 애국가에 나오는 그 백두산이 아닐까. 아무도 알려주는 사람이 없었으므로 나는 혼자서 그렇게 생각하곤 하면서 답답한 마음이 들기도 했다.

"어머니, 나 외갓집에 가고 싶어요." "누가 데려다주어야 하는데 어쩐다냐." "아니에요. 나 혼자서도 갈 수 있어요. 아버지랑 여러 번 왔다 갔다 한 길인 걸요." "그래? 그럼 너 혼자서 다녀올 수 있겠니?" "네." "그럼 이번 토요일에 한번 갔다 오려무나."

그렇게 해서 토요일 간이학교 공부를 마친 다음, 외갓집에 간 일이 있다. 아닌 게 아니라 아버지를 따라 여러 차례 오갔던 길이다. 어머니와 동생들과도 오갔던 길이다. 간이학교가 있는 배저울 동네에서 나와서 소왕굴 들 하나만 지나면 바로 외갓집 동네가 나온다.

외할머니는 깜짝 놀라시는 눈치였다. 전혀 생각지도 못했는데 손자 아이가 불쑥 찾아왔으니 그도 그럴 법한 일. 여전히 완순네 집 사랑방. 곁방살이하는 방. 어두컴컴한 방이지만 대번에 정겨운 마음이 돌아왔다. 벽 위에 걸린 괘종시계도 여전히 그 자리에 있었다.

간이학교에 입학하기 위해 풋감 떨어질 무렵 갑자기 떠난 외갓집이다. 그러고 나서 눈이 내리는 겨울철에 다시 왔으니 그동안 반년쯤 시간이 지난 셈이다. 막동리 집에 외할머니도 오지 않으셨으니 참 오랜만에 만나는 외할머니다.

어떻게 토요일 하룻밤을 보내고 어떻게 또 일요일 한 날을 보냈는지 모른다. 꿈결같이 보낸 시간들이었다. 외할머니는 당신이 할 수 있는 모든 것을 하셨다. 우선은 부엌 아궁이에 불을 지펴 방안을 따뜻하게 해주셨고 내가 좋아하는 음식들을 만들어 주셨다.

방바닥은 따뜻하겠다, 먹고 싶은 음식을 배불리 먹었겠다, 아마도 나머지 시간은 잠을 자는 것으로 보냈을 것이다. 음식을 먹거나 잠을 잘 때도 외할머니는 물끄러미 내 얼굴을 내려다보고 계시기만 했다. 어여쁜 손주 얼굴을 바라만 보아도 당신의 마음이 편해지고 흐뭇하셨던 모양이다.

그다음 날은 월요일. 학교에 가는 날이다. 아침에 잠에서 깨어 부엌으로 나갔다 오신 외할머니가 말씀하셨다. "영주

이제는 잊어도 좋겠다

야, 큰일 났다. 밖에 눈이 많이 왔어. 너 학교 가야 하는데 어쩐다냐!" 밤사이 사람들을 깊은 잠에 빠뜨리고 하늘이 또 눈을 내려주신 모양이다.

하지만 나는 크게 걱정하지 않았다. 옆에 외할머니만 계시면 모든 일이 잘 해결되었으니까 걱정은 애당초 내 몫이 아니었던 것이다. 외할머니가 차려주시는 아침밥을 먹고 책 보퉁이를 둘러메고 완순네 집 마당을 질러 마을 길로 나왔다.

아닌 게 아니라 완순네 집 마당에도 소복하게 눈이 쌓이고 담장 위에도 눈이 쌓이고 마을 길에도 많은 눈이 쌓여 있었다. 외할머니가 검정 고무신에 새끼줄을 감아 감발을 해주어 눈길이 미끄럽지는 않았다. 이제부터 눈길을 걸어서 간이학교까지 가기만 하면 된다.

그런데 혼자서 외갓집 마을에서부터 간이학교까지 가는 길은 만만한 길이 아니었다. 눈이 내리지 않았을 때도 제법 먼 길인데 눈이 내리니 학교가 더욱 멀게 느껴졌다. "영주야, 눈이 많이 내린 날이니 할미가 바래다주마." 외할머니가 앞장 서서 눈길을 걸어갔다.

하얀 치마저고리를 입고 낭자머리 쪽을 진 외할머니는 몸집이 큼직하고 걸음도 남자 어른처럼 성큼성큼 씩씩하다. 눈길 위에 외할머니의 발자국 모양이 하나씩 생기고 그 위에 내 작은 신발의 자국이 얹혀진다. 새하얀 들길에 찍히는 발자국, 발자국.

한참을 그렇게 걸었을 것이다. 마을 길을 나와 면사무소 앞 신작로를 지나 큰 내 작은 내가 있는 소왕굴 들 앞쯤에 왔을 때, 외할머니가 가던 발길을 멈췄다. "아무래도 안 되겠다. 이대로 가다가는 너 학교에 늦겠다. 내 업어서 데려다주마."

외할머니가 돌아서더니 그 자리에 쪼그려 앉았다. 그러자 당장 눈앞에 넓은 외할머니의 등이 나타났다. 막동리 집으로 가기 전까지 날마다 업히던 등이다. 외할머니의 등에 업히기만 하면 아무런 걱정이 없이 편안하기만 하다. "뭐 하냐? 얼른 업히지 않구." 외할머니가 재촉했다.

한편으로는 미안한 생각이 들었다. 학교에 들어간 아이가 외할머니 등에 업혀서 가다니. 그것도 눈이 내려 미끄럽고 발이 빠져 걷기에 불편한 길이다. 눈이 뭉쳐 있는 곳도 있어 발을 헛디디면 넘어질 수도 있는 위험천만한 길이었다. 그렇지만 나는 모른 척 그 편안해 보이는 등에 바짝 몸을 맡겼다.

이게 얼마 만에 업혀보는 외할머니의 등인가! 들판에 쌓인 눈 위로 비치는 겨울 햇빛이 눈부셔 나는 살그머니 눈을 감았다. 외할머니의 등에 닿은 앞가슴이 따스했다. 든든한

이제는 잊어도 좋겠다

양어깨를 붙잡고 오른쪽 볼을 어깨에 대고 가만히 외할머니의 등에 찰싹 붙어 있으면 따스한 체온에 갑작스레 졸음이 몰려오기도 했다. 그렇게 얼마 동안 길을 갔는지 모른다. 미안한 마음이 들어 문득 내가 말을 걸기도 했을 것이다.

"할머니. 그만 내려주세요. 인제 걸어갈 수 있어요." 그래도 외할머니는 나를 내려놓아 주지 않았다. "아니다. 조금만 더 가다가 내려주마." 그렇게 가다가 그만 소왕굴 들을 지나고 소왕굴 마을 앞에 있는 긴 둑길을 지났다. 어느새 외할머니의 발걸음은 진다리 앞에 멈춰 서 있었다.

"이젠 됐다. 진다리는 위험해서 업고는 건널 수 없는 다리다. 여기서 내리려무나." 아버지와 함께 건넜을 때도 무서웠던 다리다. 섶다리. 나무 기둥을 세우고 그 위에 나뭇가지를 얹고 흙을 덮어서 만든 다리였다. 다리를 건너다가 아래를 내려다보면 어지럽기까지 했던 다리다.

외할머니가 앞장서서 건너고 내가 뒤따라서 건넜다. 이상스럽게도 외할머니를 따라가니 하나도 무서운 생각이 들지 않았다. 그렇게 외할머니만 있으면 마음이 편하고 좋았다. 그 어떤 문제도 어려울 것이 없었다.

다리를 건너 봉선저수지에서 물을 내려 보내는 수로의 둑길을 조금 걸어가자 저 멀리 간이학교가 건너다보였다.

"영주야, 저기 네 학교가 보인다 여기서부터는 혼자서 갈 수 있겠지?" "그럼요. 나 혼자서 갈 수 있어요." 간이학교는 검정색 네모난 상자 모양의 집. 모든 지붕에 눈이 쌓였지만 마을의 초가지붕들 사이에서 유독 더 눈에 띄었다.

나는 둑길에서 내려 산기슭으로 난 길로 접어들었다. 그 길을 따라가면 마을 길이 나오게 되어 있었다. 내가 한참 길을 가고 있을 때까지 외할머니는 그 자리에 서 계셨다. 아무래도 미덥지 않으셨던 모양이다. 할머니가 손을 흔들었다. "어여 가거라."

나도 외할머니를 향해 손을 흔들었다. 그렇게 한참을 가다가 되돌아봐도 외할머니는 그 자리에 그대로 서 계셨다. 점점 작게 보이는 외할머니의 모습. 점점 작게 보이는 외할머니의 손짓. 눈 덮힌 들판 길에 하얀 한복 차림의 외할머니가 하나의 점처럼 작아지고 있었다.

외할머니의 모습이 거의 보이지 않을 때쯤 나의 발길은 학교 앞에 다다랐고 외할머니와 완전히 헤어져 학교 안으로 들어갈 수 있었다. 그날 학교에서 공부하면서도 내내 외할머니에 대한 생각이 머리에서 떠나지 않았다. 외할머니는 나를 업고 왔던 그 길을 혼자서 타박타박 걸어서, 곁방살이 그 집으로 돌아가셨을 것이다.

문둥이 고개

시절이 어수선해질수록 살기는 더욱 고달팠다. 오랜 식민지 시대를 끝내고 조국 광복을 이루기는 했지만 세상은 여전히 어지러웠다. 국제적으로 신탁이니 반탁이니 그런 문제가 있었고, 국내적으로는 남과 북의 이념 갈등이 있었고, 남쪽 안에서도 서로 세력을 잡기 위한 다툼이 심했다.

겨우 남한만의 정부를 세운 것이 1948년의 일인데 그로부터 2년 뒤 6·25 한국전쟁이 터진 것이다. 그렇지만 사람들은 세상 소식에 목말랐고 답답했다. 오늘날처럼 인터넷이나 핸드폰 같은 소식통들이 발달한 시대가 아니라 더러 묵은 신문이나 한 동네에 한두 개 있는 라디오나 멀리 떠도는 입소문만으로 세상 정세를 읽던 시절이다.

어른들의 삶은 아이들의 삶에 영향을 미치게 마련이다. 어른들의 삶이 피폐하므로 아이들의 삶도 자연스레 피폐해졌다. 말씨가 거칠고 행동 또한 거칠었다. 집단이나 개인에 대한 배려와 호의보다는 자기 독선과 이기심으로 흘렀다.

그건 우리 집의 사정도 예외가 아니었다. 식구들은 많은데 먹을 양식이 늘 부족했다. 게다가 집안 살림살이의 중심인 아버지마저 군대에 입대하게 된 것이다. 그것은 내가 간이학교에 들어간 다음 해인 2월 7일. 그 전해 9월에 둘째 여동생 연주가 태어났으므로 아버지는 네 아이를 두고 군대에 가신 것이다. 집안 살림의 책임이 온통 어머니 혼자의 몫이었다.

아침부터 비가 내리고 있었다. 비는 종일 줄기차게 쏟아졌다. 초가지붕을 적시고 처마 밑으로 떨어졌다. 쪼로록 쪼로록. 굳세게 떨어지는 처마 밑 빗소리가 사람 마음을 심란하게 했다. 나는 그때 책 보퉁이를 어깨에 메고 처마 밑에서 비를 피하고 있었다. 학교에 가기 싫었던 것이다. 아니, 학교에 가는 것이 두려웠다. 간이학교가 아니다. 이사리 간이학교의 본교인 기산 국민학교에 가기 싫었다. 그러니까 새해가 되어 2학년이 되기 얼마 전, 간이학교의 김상규 선생님은 우리 마을 아이들만 모아놓고 말씀하셨다.

이제는 잊어도 좋겠다

"애들아, 학구가 바뀌어 너희들은 다음 학기부터 기산 국민학교로 다녀야 한단다." 그때 나는 울음을 터뜨렸다. 그러자 선생님은 내 머리를 쓰다듬어 주시면서 말씀하셨다. "수웅아. 거기 가도 여전히 선생님은 계시고 친구들도 있단다. 공부 잘하려무나." 나는 그런 김상규 선생님이 그리웠고 간이학교가 그리웠다.

간이학교 가는 길은 저수지 둑길을 따라서 가는 들길이지만 기산국민학교로 가는 길은 산길이었다. 가는 길목에 공동묘지도 몇 군데 있고 신산재라는 으스스한 고개도 지나야 했다. 오늘날은 신산재의 높이가 많이 낮아졌지만 그 당시엔 매우 높고 가팔랐으며 외지고 무서웠다. 제일 무서운 것은 고개 주변에 우거진 보리밭이었다.

큰 아이들 말로는 그 보리밭에 문둥이('한센병 환자'를 당시 시골에서는 그렇게 불렀다)가 숨어서 산다고 했다. 문둥병은 살이 썩어 들어가는 병인데 그 병에 걸린 사람은 어린아이 간을 세 개만 빼서 먹으면 병이 씻은 듯 낫는다고 했다. 누가 낸 소문인지는 모르지만 여하튼 떠도는 소문이 그랬다. 그래서 나같이 어린아이들을 붙잡으려고 보리밭 속에 숨어서 기다린다고 했다. 말만 들어도 끔찍한 일이었다.

이 말은 이내 아이들 사이에 퍼졌고 그 누구도 부정할 수 없는 사실로 굳어졌다. 어떤 아이들은 문둥이를 만나면 고 춧가루를 문둥이 얼굴에 뿌리고 도망가야 한다면서 집에서 몰래 가지고 나온 고춧가루 한 봉지를 가슴에 품고 다니기 도 했다. 그런 생각만 해도 더욱 학교 가기가 싫어졌다.

또 떠도는 소문 중에는 비가 내린 후 진달래꽃 빛깔이 급 격이 바래지는 이유가 문둥이가 빨아 먹어서 그렇다고도 했다. 신산재 올라가는 길 양옆에 우거진 보리밭. 드문드문 산길에 피어 있는 진달래꽃들. 아, 그 생각만 해도 학교 가 기가 싫었다. 오늘은 아침밥도 늦었다. 건너막꿀 아이들은 이미 학교에 갔을 것이다. 나만 어찌 그 무서운 신산재를 넘 는단 말인가! 나는 여전히 그런 생각으로 처마 밑에 서서 비를 맞고 있었다. 아니, 울고 있었다.

그런 내 모습이 고집스럽게 보여졌을 것이다. 성격이 매섭 고 무뚝뚝한 할머니가 마루에서 혀를 차며 보고 계셨을 것 이다. 외갓집에서 외할머니와 살다가 온 아이라 해서 늘 물 에 기름 돌 듯하던 손자 아이가 눈에 거슬렸을 것이다. "아 이가 웬 고집이 저렇게 세다냐!" 할머니가 한마디 하셨다.

"영주야. 너 학교 안 가고 왜 그러냐? 왜 에미 속 썩이고 그래?" 어머니는 사랑방에서 베를 짜고 계시다가 화난 목소 리로 말했다. 그것은 질책이고 또한 강력한 요구였다. 하지만 나는 발을 뗄 수가 없었다. 이미 머리와 옷은 비에 젖어 있었고 쓰고 갈 우산도 없었다. 그때는 시간이 더 늦어져서 아이들을 따라 신산재를 넘기는 틀린 뒤였다.

"영주야, 안으로 들어오든지, 학교 가든지 그래라." 그것은 하나의 하소연이었다. 그래도 나는 그 자리에 끄떡하지 않고 울고 있었다. "저것 봐. 애가 저렇게 고집이 세다니까." 할머니가 다시 한마디 하셨다. 그때 어머니는 더는 참을 수 없었을 것이다. 베를 짜던 손길을 멈추고 베틀에서 내려 마루로 나오셨다.

화가 많이 났을 것이다. 아버지가 군대에 입대하고 나서 얼마 되지 않았을 시기다. 평소는 나에게 특별히 대해주셨던 어머니다. 또 나는 그걸 빌미 삼아 가끔은 고집을 부리고 떼를 쓰기도 했을 것이다. 하지만 그날의 어머니는 달랐다. 마루에 나온 어머니는 마루 밑에 흩어진 신발 하나를 집어 들고 나를 향해 던졌다.

"왜 너까지 에미 속을 썩이고 그러는 거야?" 두 번째 던진 신발이 내 얼굴에 맞았다. 그것도 정통으로 코에 맞았다. 아이쿠! 고개를 숙였을 때 코에서 피가 쏟아져 내렸다. 조금 흘러내리는 코피가 아니었다. 빗줄기처럼 쏟아져 내리는 코피였다. 코피를 흘리는 나를 보자 어머니가 급히 다가와서 나를 안아 마루로 옮겼다.

여전히 코피가 쏟아지고 있었다. "아이고 내 새끼야, 내 새끼야." 어머니는 당신의 치맛자락으로 내 얼굴의 코피를 닦으며 울고 계셨다. 할머니도 마루에서 안방으로 들어가시며 아무 말씀도 하지 않았다. 어머니는 나를 안아 사랑방으로 들어갔다. 그 방엔 어머니가 모시 짜는 베틀이 놓여 있고 갓난아기 연주가 누워 있었다.

"내가 잘못했다. 잘못했어. 애야, 인제 학교 안 가도 된다." 어머니는 내 코피를 닦으며 계속해서 눈물을 흘리셨다. 나는 밖으로 나오고 목구멍으로도 넘어가는 코피를 느끼며 오히려 마음이 편안해졌다. 어머니 치마폭에서 나는 짓가루(콩가루) 비린내가 코피 냄새와 섞여 더욱 비릿하게 느껴졌다.

그날 나는 종일 어머니가 모시를 짜는 베틀 아래에 멍하니 앉아서 하루를 보냈다. 코피를 많이 흘려 멍한 머리로 처마 밑에 떨어지는 빗소리를 종일 듣고 있었다. 주루룩 주루룩. 어쩌면 그 소리는 어머니 마음의 소리였고 내 마음의 소리였을 것이다.

그 뒤로 나는 코피를 흘리기만 하면 지레 겁을 집어먹는 사람이 되었다. 평생을 살면서 여러 차례 코피를 흘려본 적

이제는 잊어도 좋겠다

이 있는데 그때마다 초등학교 2학년 5월의 일이 떠올랐다. 문둥이 고개, 보리밭 우거진 신산재를 넘기 싫어 떼를 쓰며 울다가 어머니가 던진 신발에 코를 맞고 크게 코피를 많이 흘렸던 일이 생각나 내내 두려웠던 것이다.

아버지 면회

봄비가 내리던 날, 학교 가기 싫다고 처마 밑에서 비를 맞으며 울다가 어머니가 던진 신발에 코를 맞고 코피를 많이 흘린 날 이후로 나는 학교에 가지 않아도 좋은 아이가 되었다. 집에서 놀면서 책을 뒤적이거나 동생들하고만 굼실굼실 지내면 되었다. 무엇보다도 그 무서운 문둥이 고개를 넘지 않아도 되는 일이 좋았다.

건너막꿀 아이들을 따라 다니지 않아도 되었고 무엇보다도 맹운이 형의 매서운 눈초리를 벗어날 수 있어서 자유로 웠다. 그렇게 얼마를 지냈을까. 여전히 집안에서 나는 찬물에 도는 기름 신세였다. 동생들과도 잘 어울리지 못하고 막내 삼촌과도 사이가 불편했다. 너는 너, 나는 나, 그저 무덤

이제는 잊어도 좋겠다

덤한 인간관계였다 할까.

그러던 어느 날 식구들이 아버지 면회를 간다고 했다. 한국전쟁이 일어나고 그 이듬해. 아직은 전쟁이 포연이 남아 있던 시절이다. 한번 전쟁터에 나가면 온전히 살아서 집에 돌아온다는 보장이 없던 시절이다. 그만큼 뒤에 남은 가족들의 마음은 불안하고 초조하고 안타까웠을 것이다. 날짜가 잡히고 드디어 면회 갈 식구들이 결정되었다.

우선은 할머니와 어머니, 젖먹이 누이동생 연주, 그리고 외할머니와 나. 그렇게 다섯 사람. 특별히 내가 일행에 낀 것은 아버지의 부탁에 의한 것이다. 어떤 방식으로 소식이 왔는지는 모르지만 아들아이가 보고 싶으니 면회 올 때 꼭 데려 오라는 아버지의 부탁이 있었다고 했다. 전쟁터에 나가는 사람으로서 당신의 후계자 격인 맏자식을 마지막으로 보고 싶었던 것이리라.

이래저래 분위기는 심각하고 결연했다. 분명한 말을 서로 나누지는 않아도 느낌과 눈치로 알고 있었다. 아, 이것은 중요한 일이구나. 이것이 마지막 만남이 될지도 모른다. 그렇게 해서 아버지 면회 가는 일이 준비되었다. 무엇보다도 아버지에게 대접할 음식이 중요했다. 인절미 떡을 만들고 닭을 잡고 반찬을 만들고. 음식 익힐 조그만 양은솥과 그릇

들을 챙기고.

그러고는 삼촌에게 부탁하여 불쏘시개와 잘 마른 나무장작을 가늘게 쪼개어 땔나무를 한 단 만들기도 했다. 아버지를 만나면 양은솥에 음식 재료를 넣고 음식을 익히기 위한 연료가 필요했던 것이다. 그 모든 것을 두 개의 대나무 광주리에 나누어 담아 보퉁이를 만들었다. 두 분 할머니가 머리에 이고서 논산 훈련소까지 가져 갈 물건들이었던 것이다.

아침 일찍 일어나 길을 떠났다. 우선은 막동리 집에서 이른 아침밥을 먹고 다섯 사람이 걸어서 자동차를 타러 갔다. 자동차를 기산에서 탔는지 한산에서 탔는지는 기억에 없다. 다만 그것이 내가 맨 처음 탄 자동차였다는 점이 특별했다. 그리고 그 자동차가 버스 같은 것이긴 했지만 오늘날 같은 버스가 아니고 트럭 같은 차를 개조한 것이었다는 점이 달랐다.

당시는 우리의 힘으로 자동차를 만들 수 있던 시절이 아니다. 아마도 일본 사람들이 쓰다가 버리고 간 트럭 같은 차를 버스 형태로 개조한 자동차였지 싶다. 자동차 엔진에 시동을 거는 방식이 트럭과 같았다. 한글 자모의 니은 자와 기역 자를 겹쳐 이은 것 같은 쇠막대기를 자동차 앞부분 구멍에 찔러 넣고 세게 돌려서 시동을 걸었다.

이제는 잊어도 좋겠다

자동차로 들어가는 입구는 매우 높았다. 나 같은 어린아이는 어른이 들어 올려주어야만 할 정도였다. 어쩌면 외할머니가 나를 들어 올려서 자동차 위로 올려 놓아주었을 것이다. 차 안에는 넓은 철판 바닥이 깔려 있고 차창이 있는 양편으로만 몇 개의 의자가 띄엄띄엄 놓여 있었다. 어머니와 할머니가 앉고 나는 외할머니 무릎에 앉았을 것이다.

가운데 부분에 두 분 할머니가 이고 온 보퉁이를 놓았는데 자동차가 흔들릴 때마다 심하게 흔들렸다. 신작로라고는 했지만 전혀 다듬어지지 않은 길이다. 덜커덩 덜커덩. 자동차 바퀴가 굴러갈 때마다 자동차가 흔들리고 자동차에 타고 있는 사람들이 흔들리고 짐짝들은 더욱 흔들렸다.

자동차 안에는 손님이 별로 많지 않았다. 가까운 거리는 걸어서 다니던 시절이다. 아마도 우리 집 식구들처럼 논산 훈련소로 면회 가는 사람들이 대부분이 아니었던가 싶다. 자동차는 털털거리며 끝없이 달렸다. 노선으로 본다면 서천군의 장항이나 서천 읍내에서 부여군의 세도나루까지 가는 자동차다. 거기가 종점, 더는 갈 수가 없었다.

금강이 가로막고 있었던 것이다. 금강 이쪽은 부여군 세도면. 저쪽은 논산군 강경읍. 그래서 사람들은 그 나루를 서로 다른 이름으로 불렀다. 부여 사람들에게는 세도나루였고 논산 사람들은 강경나루였다. 양안(兩岸)을 잇는 다리 같은 것은 고사하고 자동차를 실어 나르는 거룻배 같은 배도 없던 시절. 오로지 사람이 배를 타고 건너야만 했다.

어떻게 배에 오르고 어떻게 건넜는지는 역시 기억에 없다. 다만 나루터에 황포돛배가 여러 척 있었다는 것만 기억에 남는다. 강물에 뜬 배 위에 배보다 훨씬 크고 높은 노랑색 포장 같은 것이 걸려 있어서, 그것이 펄럭일 때마다 신기한 눈으로 보았을 뿐이다. 배에서 내리면 그것이 바로 강경읍. 오늘날 황산나루라고 말하는 곳이다.

처음 가는 길이다. 사람을 만나 물어물어 가는 길이다. 주로 말수가 많은 외할머니가 물었을 것이다. "말 좀 물어유. 논산 훈련소는 어디루 가야 한대유?" 우리의 발길은 황산나루를 벗어나 강경 시내를 가로지르고, 강경 시내 동편 끝에 있는 강경상업고등학교 교문을 들어서고 있었다. 그리로 가면 질러가는 길이 나온다 했던 것이다.

어린아이의 눈에 강경상업고등학교 운동장은 너무나도 넓고 환하고 멀었다. 아득했다. 간이학교 운동장에 비길 것이 아니었다. "사람들 말에 이 운동장으로 질러서 운동장 동쪽 편 나무 울타리 사이 쪽문으로 나가면 바로 논산 훈련소로 가는 지름길이 나온다 했어요." 아기 업은 어머니가

이제는 잊어도 좋겠다

맨 뒤에서 따라오면서 말했다.

이 강경상업고등학교 역시 내가 제일 먼저 만난 가장 큰 학교요 건물이었다. 운동장 또한 가장 넓은 운동장이었다. 운동장 멀리 검정 교복 차림의 남자 학생들이 무리지어 무엇인가를 하고 있었다. 그들은 이미 내 눈에 어른이었다. 그 모습 역시 아득하고 멀었다. 나중에 중학교를 졸업할 때, 장래의 꿈을 은행원으로 정했던 것도 이때 생긴 기억 때문이었지 싶다.

강경상업고등학교 나무 울타리를 벗어나자 바로 개울이고, 그 개울을 건너자 들판이 나왔다. 끝없이 이어진 들판이었다. 방향만 그쪽으로 잡았지 가는 길을 몰랐다. 사람을 만나서 물어보려 하는데 보이는 사람도 없었다. 논산 훈련소로 아들 면회를 간다는 남자 어른과 마주치기는 했지만 걸음이 빠른 그 남자 어른은 우리 일행을 앞질러 먼저 가버리고 말았다.

한참을 더 가다가 밭에서 일하는 남자 어른 한 분을 만났다. 콩밭이었는지 참깨밭인지는 모르겠지만 넓은 이파리가 달린 식물이 심어진 밭이었다. "논산 훈련소가 얼마나 남았대유?" 이번에도 외할머니가 먼저 길을 물었다. "십 리쯤 가면 될 거유." 남자 어른은 퉁명스럽게 답했다. "원, 무슨 길이 그렇게 가도 가도 십 리야." 할머니가 작은 소리로 불평을 했다.

참말로 그것은 가도 가도 줄어들지 않는 십 리였다. 시골 사람들이 갖는 거리 감각이 그렇기는 했지만 강경에서 논산 훈련소까지는 사실 십 리보나 너 먼 거리였나. 실지로 강경읍과 논산읍 사이에 채운면이 하나 끼어 있었으니까 말이다. 날씨가 제법 더웠던 계절이었던가 보다. 외할머니와 할머니의 옷차림이 모시옷 치마저고리 차림이었기 때문이다.

맨 앞에 할머니가 가고 그 뒤를 외할머니가 가고 그 사이에 내가 끼고 맨 뒤에 젖먹이 동생을 업은 어머니가 뒤따르고 있었다. 그 초라하면서도 고달픈 행렬. 앞서가는 두 분 할머니는 머리에 커다란 광주리를 싸맨 보따리를 이고 있었다. 나는 다리도 아프고 힘들어서 쉬었다 가자고 말하며 외할머니를 붙잡고 싶었지만 차마 말을 꺼내지도 못하고 종종걸음을 옮기고 있었다.

드디어 들판 사이로 넓은 길이 나왔다. 황토 흙으로 덮힌 신작로 같은 길이었다. 그 길을 따라서 가다 보니 길 양옆으로 드문드문 사각형 모양의 웅덩이가 보였다. 거기서 고약한 냄새가 번져 나왔다. 사람의 똥 냄새였다. "저게 말로만 듣던 논산 훈련소 훈련병들 똥인가 봐유." 어머니는 금세

이제는 잊어도 좋겠다

아버지라도 만난 양 생기 있는 목소리로 말했다.

어느 결에 우리는 논산 훈련소 앞에 도착했고 그다음은 훈련병 면회를 하는 움막 같은 면회소 안에 앉아 있었다. 바닥에는 멍석이 깔려 있었고 문짝도 없는 출입구 쪽으로는 훈련소의 전경이 펼쳐져 있었다. 어린 눈에 그것은 너무나 삭막한 풍경이었다. 하늘은 잔뜩 찌푸린 채 구름을 머금은 잿빛이었다. 넓고 황량한 연병장엔 먼지와 낙엽 같은 것이 바람에 나부끼고 있었다.

가까이 보이는 언덕에는 면회 온 사람들이 솥단지를 걸어놓고 나무를 때어 음식을 만든 흔적인 양 시커멓게 그을린 돌들이 여기저기 널려 있었다. 아버지에게도 그렇게 돌을 모아 집에서 준비해온 양은솥을 걸어놓고 음식을 대접했으리라. 두 분 할머니는 멀찌감치 앉아 있고 아버지와 어머니가 가까이 앉고 그 뒤로 내가, 어머니 가슴에 젖먹이 동생이 안겨 있었다.

어머니는 아기가 울자 곧장 젖을 물렸다. 어머니가 수유를 마친 다음 아버지에게 아기를 넘겨주었을 때, 아버지 옆에 앉아서 우리 가족의 모습을 물끄러미 지켜보던 군인 하나가 아버지에게 말을 걸었다. "저도 아기를 한번 안아보면 안 될까요? 입대하기 전에 저도 저런 딸아이를 두고 왔거든요." 남자 군인의 말씨가 반듯한 서울 표준말이었다.

"그러세요." 어머니가 아버지로부터 아기를 되받아 군인에게 넘겼다. 군인은 사뭇 흥분된 표정으로 아기를 바라보다가 두어 번 어르기 시작했다. 추석추석, 아기를 위아래로들어 올렸다 내렸다 했다. 그 바람에 아기가 그만 젖을 게워버렸다. 방금 어머니가 안고 먹인 그 젖이다. "에그머니나, 저런!" 어머니가 서둘러 손수건을 꺼내어 남자 군인에게 주었다.

"아닙니다. 군인은 이런 거 아무렇지도 않습니다." 남자 군인은 바지 위에 허옇게 묻은 아기의 토사물을 한 손으로 툭툭 털어내더니 자리에서 일어나 저만큼 가버렸다. 그 뒤로우리가 어떤 얘기를 하고 어떤 일을 했는지는 모른다. 아버지 면회는 그쯤에서 끝이 나고 아버지는 집에서 준비해온인절미 떡 동구리를 들고 부대 안으로 들어갔을 것이다.

그런데 그날 아버지가 부대 안으로 들어갈 때 내가 아버지를 따라가겠다면서 크게 소리 내어 울었다고 한다. 이 일은 실제로 내 기억에 없는데 아버지가 오래전 일을 떠올려나중에 여러 차례 말씀해주신 내용이다. 그전에 떡나무와꿀강아지를 준다고 해서 승모 아저씨를 따라간다고 운 일이 있었는데 아버지를 만나서도 그런 마음이 생겼던 모양

이제는 잊어도 좋겠다

이다.

그런데 아버지는 그런 내가 별로 귀찮지 않았다고 한다. 어디를 따라온다고 그러느냐 나무라기는 했지만, 마음속으로는 오히려 좋았고 아들을 둔 것이 보람 있고 자랑스럽기까지 했다고 한다. 그것이 바로 혈육의 마음이고 정이다. 그렇게 아버지의 면회는 짧게 어이없이 끝나고 긴 하루가 저물었다.

저녁이 되자 우리는 논산 훈련소 부근의 어느 민가에 들어 하룻밤 신세를 져야 했다. 잠을 자는데 숙박비 조로 돈을 주었는지 안 주었는지는 어른들의 일이라 내가 알지 못하는 일이다. 다만 그날 저녁 커다란 방 하나에 여러 사람이 촘촘히 끼어서 칼잠을 잤다는 것만 기억에 남는다. 피곤이 지나쳐서인지 잠이 쉽게 오지 않았다.

커다란 방 한가운데 기둥 나무 하나가 있었다. 그런 걸로 보아 방 두 칸을 헐어 한 칸으로 만든 방이었지 싶다. 코를 고는 사람, 잠꼬대하는 사람이 여럿이었고 심지어는 자면서 한 발로 방바닥을 탁, 탁, 탁, 소리 나게 치는 사람까지 있었다. 어떻게 보냈는지 모르는 하룻밤이 지나고 다음 날 아침에 왔던 길을 되짚어 집으로 돌아와야만 했다.

하지만 돌아오는 길에 대한 기억은 전혀 없다. 다만 다리

*논산 육군훈련소 초창기, 면회하던 모습

가 많이 아팠다는 것과 발바닥이 헐어서 진물이 터졌다는 것과 새끼발가락에 티눈이 박혀 오랫동안 나를 괴롭혔다는 것이 기억에 남는다. 여덟 살 먹은 아이에게 있어 그것은 너무나도 벅찬 노정. 하나의 오랜 기억의 훈장 같은 것이었다. 아버지 면회 갔던 길. 그것은 내가 태어나서 맨 처음 겪은 아주 특별한 일이었고 가장 멀리까지 갔던 여행이었다.

이제는 잊어도 좋겠다

그림 부채

지난봄, 비가 유난히 많이 내리던 날에 학교 가지 않겠다고 처마 밑에서 고집부리며 울다가 어머니가 던지는 고무신 짝을 맞고 코피가 터지는 사건이 있었다. 피를 얼마나 많이 흘렸는지 웃옷에 남은 선연한 핏자국의 흔적이 아직도 다 지워지지 않았을 정도다. 그후 식구들은 나에게 여러모로 관대하게 대해주었다. 어차피 함부로 다뤄서는 안 되는 유리그릇 같은 아이라는 생각에서 그랬을 것이다. 어머니는 물론이거니와 할머니며 삼촌, 동생들까지 그렇게 보아주는 눈치였다.

더구나 어른들을 따라 아버지 면회를 다녀온 뒤로는 식구들이 더 잘해주었다. 아버지가 일부러 나를 특별히 만나

보겠다고 한 것도 그렇지만 일곱 살짜리가 어른들을 따라서 그 먼 길을 걸어 아버지를 면회하고 온 것을 대견하게 여겨서 그랬지 싶다. 늘 엄격한 집안의 규칙에서도 치외법권인 아이, 외갓집에서 살다 온 아이, 그런 배려 아닌 배려 같은 것이 가족들 사이에 공감대를 형성하고 있지 않았나 싶다.

학교에 가지 않는 대신 어머니가 베를 짜는 사랑방에 앉아서 교과서를 꺼내놓고 그것을 읽으며 시간을 보냈다. 그런 나를 바라보는 어머니의 얼굴에는 미소 같은 것이 잠시 스쳐 지나곤 했다. 아이가 신통하다는 생각을 했을 것이다.

어머니가 잠시 베 짜는 일을 멈추고 밖에 볼일을 보러 나갔을 때의 일이었을 것이다. 끼니를 준비하는 것이 어머니의 일이었기 때문에 어쩌면 밥을 지으러 부엌에 나갔을 때인지도 모른다. 사랑방에도 골방이란 것이 있었다. 본래의 방 옆에 달아낸 조그만 쪽방이다.

그 골방에는 어머니의 자잘한 살림살이들이 있었다. 경대가 있고 또 크지는 않지만 장롱이 하나 놓여 있었다. 어머니가 시집올 때 마련해가지고 온 장롱이다. 장롱 위에 이불과 베개가 놓여 있고 여러 가지 물건들이 올려져 있다.

어머니의 장롱에는 위와 아래가 두 부분으로 나누어졌는데 위에는 두 짝의 유리 창문이 있고 아래쪽에는 커다란 서랍장이 있다. 그리고 그 중간에는 여러 개의 조그만 서랍장이 가로로 놓여 있다. 어머니가 필요한 것들을 보관해주는 조그만 서랍장이다.

저 속에는 무엇이 들어 있을까? 늘 나는 그 서랍장의 속이 궁금했다. 어머니가 오랫동안 방을 비웠을 때, 나는 그 서랍장들을 차례로 열어보았다. 거기에는 자질구레한 물건들이 들어 있었다. 바느질 도구들이며 가위, 수를 놓다가 멈춘 조그만 수틀이며 수실, 그리고 털실 같은 것들이 아무렇게나 뒤섞여 있었다.

나는 어머니의 물건들을 하나하나 뒤져보는 것이 재미있었다. 그러던 중 하나의 특별한 물건이 눈에 띄었다. 부채였다. 부채 가운데서도 쥘부채. 나는 그때까지 한 번도 쥘부채를 본 일이 없었는데 그 처음 보는 물건이 마냥 신기했다. 만지작거리다 보니 어느새 쥘부채가 옆으로 촤르르 펼쳐진다는 사실을 알게 되었다.

그것은 그냥 민둥한 쥘부채가 아니었다. 꽃 그림이 들어 있는 쥘부채였다. 나는 그 꽃 그림을 자세히 들여다보았다. 그 또한 처음 보는 희귀한 것이었다. 자란 다음 안 것이긴 하지만 그것은 수국꽃 그림이었다. 검정 바탕 종이에 진한 보라색 물감으로 그려졌는데 수국꽃을 돋보이게 하기 위해

은빛 물감을 섞어서 그린 것이었다.

　부채는 온전한 것이 아니었다. 바탕의 종이가 여러 군데 찢어져 있었고 수국꽃 그림도 상해 있었다. 아마도 어머니가 처녀 시절에 사용하던 물건인데 망가져서 오랫동안 그렇게 당신의 장롱 서랍 속에 방치해 두었건가 싶다. 나는 그 부채가 무척 갖고 싶었다. 무엇보다도 그림이 섬세하고 예뻤기 때문이다.

　하지만 어머니에게 갖고 싶다는 말을 끝내 하지는 못했다. 어머니의 물건이기도 하지만 사내아이가 왜 그런 여자 물건을 갖고 싶어 하느냐는 꾸중을 들을 것이 뻔했기 때문

　　　　　　　　　　　　　　이제는 잊어도 좋겠다

이다. 그 뒤로도 나는 여러 차례 어머니의 장롱 서랍에서 그 부채를 꺼내어 수국꽃 그림을 오랫동안 들여다보다가 다시 제자리에 넣어두곤 했다.

어머니의 쥘부채에 그려진 수국꽃 그림. 더구나 은빛 물감을 섞어서 반짝이게 그린 보랏빛 그림. 그것은 내가 맨 처음 세상에 나와서 만난 아름다운 세상, 멋진 그림이었다. 분명 남자아이로 태어났지만 어쩌면 내 마음속에는 여자아이가 하나 더불어 살고 있었는지도 모를 일이다.

이 여자아이가 나를 평생 여기저기 끌고 다니면서 예쁜 것, 사랑스런 것을 보게 하지 않았을까. 미세하고 멀지만 곱고 아름다운 소리에 귀 기울게 했던 게 아닐까. 또 시인으로 평생 살게 하지는 않았을까, 뒤늦게 혼자서 생각해보는 것이다.

쏘내기 맞고 오는

한산 세모시

치마저고리

가는 눈썹이 곱던 어린 시절의 내 어머니.

베를 짜고 계셨다,

호박넌출이 기웃대는 되창문 열고
어쩌면 하이얀 그림이나처럼.
땀도 흘리고 숨도 쉬는 꽃송이나처럼.

아버지 군대 가시고
남겨진 우리 네 남매
보리밥도 없어 서로 많이 먹으려다 다투고
어머니한테 들켜 큰놈부터 차례로 매 맞아
시무룩히 베틀 아래 놀고 있는 한낮,

무성히 자라난 여름 수풀 속
그 해 따라 유난히 무성하던 매미 소리여.
울다 만 눈으로 바라보던
옷 벗은 흰 구름의 알몸뚱이들이라니!

— 나태주, 「매미 소리」 전문

이제는 잊어도 좋겠다

경기

아버지 어머니는 재산이나 돈복은 부족했지만 두 분이 정이 두터웠고 자식 복 또한 많은 분들이시다. 내 나이 75세 때 어머니가 먼저 세상을 뜨셨으니 적어도 75년 동안 한결같은 마음으로 산 분들이다. 슬하에 육 남매를 두었는데 신기하게도 아들을 먼저 낳고 딸을 이어서 규칙적으로 낳아 아들 셋에 딸 셋을 두셨다.

나이 터울도 넷째까지 2년 만에 하나씩 정확히 아이를 낳으셨다. 그런데 험한 세상에 한 아이도 잃지 않고 잘 기르셨다. 당시만 해도 유아 사망률이 높던 시절인데 그렇게 한 아이도 놓치지 않고 기르신 것을 보면 자식을 키우는 정성이 어떠했는지를 짐작할 수 있다.

그러나 단 한 번 아이를 잃을 뻔한 일도 있었다. 그것은 나의 두 번째 동생인 선주의 경우다. 내 밑으로 여동생 희주가 있고 그 아래로 남동생인 선주가 있었다. 그 아이가 어려서 경기를 심하게 앓다가 죽을 고비를 여러 차례 넘겼다고 한다.

선주와 나는 네 살 차이. 내가 간이학교에 들어가기 위해 막동리 집에서 살 때의 일이다. 그 해에 넷째 아이 연주가 태어났다. 내 나이는 집 나이로 일곱 살이었고 그때 선주의 나이는 세 살이었다. 그런데 내가 세 살짜리 동생인 선주를 안아서 재운 적이 있었다.

우리 집 아래채가 그 당시엔 헛간채였다. '강녕'이라 불렀다. 거기에 농기구와 여러 가지 잡동사니를 놓아두고 살았다. 가끔은 삼촌이 거기에 참새 덫을 놓아 새를 잡기도 했던 곳이다. 집안의 아이들을 위해 삼촌이 헛간채 대들보에 그네 하나를 매어 준 일이 있다.

심심하면 헛간채로 가서 그네를 탔다. 아무런 놀이기구도 없던 시절이라 그네야말로 최상의 놀이기구였다. 어머니가 젖먹이에게 매달려 있었으므로 집안에서 누구든 선주를 돌보아주어야만 했다. 나는 자주 선주를 안아주었다. 가끔은 선주를 안고서 그네를 함께 타기도 했다. 그러다가 선주가 잠이 들면 "어머니, 내가 선주를 재웠어요" 하며 잠이 든 동생을 안고 어머니에게 가서 자랑스럽게 말하기도 했다. "그래, 잘했구나. 앞으로도 자주 애기를 보아다오." 어머니는 나에게 칭찬을 해주었다.

바로 그 선주가 어려서부터 경기를 자주 앓았다고 한다. 경기란 젖먹이 어린아이가 주로 일으키는 풍으로 의식을 잃고 몸을 떠는 병증을 말한다. 나도 어린 시절 경기가 심했다는데 선주의 경우는 더욱 심했던 모양이다. 한두 번이 아니라 간헐적으로 자주 생기는 증상이었다.

한번은 경기가 너무 심해서 의원도 더는 손을 쓸 수 없는 지경이어서 마지막 수단으로 극약 처방을 했다고 한다. 약의 이름은 경명주사(鏡面朱砂). 경명주사는 진사(辰砂)라는 광물을 가루로 만든 약인데, 이 약을 먹이면 아이가 깨어나더라도 벙어리가 될 수 있다고 의원이 경고했다고 한다.

그래도 좋다고 어른들이 동의해주어서 그 약을 먹이긴 했는데 아이가 전혀 살아날 기미가 없었다 한다. 기다리다 못한 의원은 돌아가고 이제는 살아날 가망이 없어진 아이를 윗목에 이불을 덮어서 밀쳐두었다 한다. 그런데 얼마 뒤에 아이가 살아났다는 것이다.

그런데 아이가 그렇게 심하게 경기를 일으킨 데에는 또

다른 이유가 있었다고 집안 어른들은 굳게 믿고 있었다. 집에서 돼지를 잡은 동티가 원인이 됐다는 믿음이 그것이다. 아닌 게 아니라 나에게도 그런 기억이 있다. 무슨 까닭인지 모르지만 막동리 집에서 키우던 돼지를 잡은 일이 있다.

시뻘건 돼지고기를 나리째 처마 밑에 매달아 놓아 밤에는 무서워 밖에 나가지 못했다. 날씨까지 더운 여름철이라 돼지고기에서 나오는 피 냄새가 온 집안에 진동했다. 나중에는 생솔가지를 태워 그 연기로 그것을 쫓으려 했지만, 돼지고기 피비린내는 쉽게 지워지지 않았다. 매캐한 연기에 섞인 돼지 피 냄새가 오랫동안 처마 밑을 맴돌았다.

어린 나에게도 그것은 매우 어둡고 불길한 느낌이었다. 이러한 기운과 느낌이 세 살배기 아이에게 전해져 경기를 일으킨 게 아닌가 싶다. 그렇다면 어른들이 말하는 동티라는 것도 전혀 근거가 없는 말은 아닌 성싶다.

그런 뒤로 선주는 별 탈 없이 잘 자랐다. 몸이 튼튼했다. 하지만 유독 말이 늦어 초등학교 들어가기 전까지도 발음이 어눌했다. 한글도 2·3학년에 가서야 겨우 깨쳤다. 그러나 인생에는 놀라운 반전이 기다리고 있었다. 선주는 대학을 마친 후 초등학교 선생님이 되었다. 그리고 정년퇴임 때까지 학교에서 학생들을 가르치는 사람이 되었다.

이제는 잊어도 좋겠다

풍조 형

막동리 집에서 1년 정도 살았을까. 막동리 집은 외갓집과 아주 많이 달랐다. 식구도 많고 먹는 것 입는 것, 자는 잠자리가 모두 불편하고 부족했다. 하루도 잊어버리지 않았던 외할머니와 외갓집이었다. 외할머니라면 이러지 않았을 텐데. 외갓집에서라면 이러지 않았을 텐데. 그것은 양쪽 집을 비교하는 마음이고 불행한 마음이었다. 마음이 항상 멀리가 있었다. 그리움의 시작이었다.

막동리 집에 정을 붙이지 못하고 빙빙 도는 아이가 어머니도 내심 불편하고 못마땅했을 것이다. 아이가 왜 저러나. 왜 내 곁에 살갑게 와서 머물지 않나. 어머니는 내심 그것이 섭섭하셨을 것이다. 실상 나에게도 그것은 하나의 괴로움이었다. 괴로움이라 해도 뿌리 깊은 괴로움. 누구에게나 모성이 하나가 아니라 둘이라는 건 매우 불편한 일이다.

어머니보다는 어머니의 어머니인 외할머니한테서 더욱 정다운 모성을 느낀다는 것. 그것은 행복감이었으면서도 한편으로는 아릿한 아픔이거나 섭섭함, 상실감 같은 것이었다. 어머니와 외할머니도 나를 사이에 두고 약간의 긴장된 감정을 느끼고 조금은 경쟁심 같은 것으로 일관했던 것 같다.

끝내 어머니가 지고 말았다. 몇 달을 두고 학교에도 가지 않고 집안을 맴돌면서 빈둥빈둥 놀기만 하는 아이를 더는 두고 볼 수는 없었지 싶다. 그래, 다시 저 아이를 외갓집에 보내자. 군대에 간 아버지와 편지로 상의했는지는 모르지만 나는 그렇게 다시 외갓집으로 돌아가 살게 됐다.

내심 바라던 일이었다. 막동리 가족들 역시 무던했을 것이다. 우선은 먹을 양식이 턱없이 부족했다. 소작농으로 지어 먹던 논 여섯 마지기가 있다지만 그것으로는 집안 살림살이가 힘들었다. 아버지가 군대에 가신 뒤론 젖먹이 딸린 어머니까지 나서서 베를 짜 집안 살림에 보태는 형편이었다.

고구마 밥, 감자밥, 보리밥을 먹다가 그것도 어려우면 수제비를 만들어 먹었고, 그마저 어려우면 죽을 쑤어 먹었다. 밥을 지을 쌀이 귀하다 보니 시래기나 아욱, 시금치 같은

　　　　　　　　　이제는 잊어도 좋겠다

푸성귀는 물론이고 들판에서 나는 쑥이나 자운영 같은 풀들까지 죽을 쑤는 재료로 사용되었다. 밀기울이며 쌀겨까지도 밥상에 올라왔다.

그러니 밥 먹을 입이라도 하나 줄여야 할 판이었다. 할머니 또한 모르는 척 내가 다시 외갓집으로 돌아가는 걸 묵인하셨을 것이다. 아버지는 군대에 가시기 전, 학령에 미치지 못한 나를 데려다가 간이학교에 입학까지 시켰다. 자식을 통해 이루고 싶은 미래에 대한 계획이나 포부로 그러셨을 것이다. 그러나 내가 다시 외갓집으로 돌아가므로 잠시 그 계획은 보류된 것이다.

외갓집에 돌아와보니 변한 것이 별로 없었다. 외할머니가 겹방살이로 사는 완순네 집도 여전하고, 완순네 집과 담장 하나로 붙어 있는 외할머니의 친정집인 솜틀집도 여전하고 가장물할머니네 집도 여전하고 가장물할머니네 집 옆의 의용이네 집, 의용이네 집 대나무 수풀, 그 위에 있던 풍조 형네 집도 여전했다.

그러나 아이들의 놀이는 달라져 있었다. 우악스러워졌다. 무서워지기까지 했다. 남자아이들은 항복장난이란 걸 했다. 막동리에서는 보지 못하던 놀이였다. 오늘날 레슬링 같은 건데 두 아이가 엉켜서 몸으로 누른 채 부둥켜안고서 어떻게 하든 상대방이 항복! 하고 소리내어 포기할 때까지 공격하는 경기였다. 묘지 앞 마당 같은 볕바른 잔디밭에서 했다.

그다음으로는 병정놀이다. 두 아이가 긴 대나무나 나무막대기를 하나씩 들고 상대방과 맞서서 그 막대기를 휘두르거나 때리는 놀이였다. 상대방이 들고 있는 막대기를 떨어뜨릴 때까지 공격했다. 때로는 편을 짜서 하기도 했다. 두 줄로 늘어서서 아무나 만만한 상대를 골라서 막대기를 휘두르거나 때리는 놀이였다. 처음 나는 그런 놀이가 이상했는데, 하루 이틀 외갓집 마을 아이들과 어울리며 나도 모르는 사이에 몸에 익게 되었다.

막동리 집으로 가기 전보다 아이들의 성격이 많이 거칠어졌다. 서로가 서로에게 함부로 대했다. 어쩌면 그것은 전쟁의 한 영향이 아닌가 싶다. 세상이 흉흉하다 보니 아이들의 놀이가 변하고 아이들의 심성까지 그렇게 변했지 싶다. 그런 중에서도 유독 나에게 친절하게 대해주고 잘해준 사람은 풍조 형이다.

풍조 형네는 외갓집과 먼 친척이 되는 집이다. 외할머니에게 사돈이 되는 집. 성씨가 최씨인데 아주 가난하게 살았다. 풍조 형네 집은 가장물할머니네 집에서 위로 올라가 산등성이에 기대어 지은 집인데, 그야말로 초가삼간으로 마당도 없는 집이었다. 마당이 그대로 행길이어서 길을 가는 사람들이 풍조 형네 집 방문 앞으로 걸어다녔다.

듣기로는 풍조 형네 아버지가 생활력이 없어서 어머니가 생활전선에 나섰는데 농사짓는 땅마지기조차 없어서 어떤 때는 산에서 자라는 무릇 뿌리를 캐어 그것을 곰으로 만든 다음 함지에 담아 이고 다니며 판다고 했다. 한두 번 나도 풍조 형네 어머니가 이 집 저 집 다니며 무릇 곰을 팔러 다니는 걸 본 적이 있다.

풍조 형에게는 내 또래의 동생이 하나 있었다. 태조란 아이다. 태조는 풍조 형과 달리 성격이 거칠고 사나웠다. 나이는 나와 비슷했지만 오히려 나는 풍조 형과 친했다. 일방적으로 내 편에서 풍조 형을 따랐다는 말이 적당할 것이다.

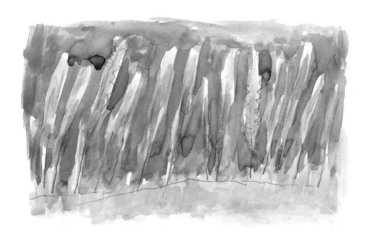

그래서 그랬던지 내가 태조와 항복장난을 하다가 번번이 질 때도 나를 일으켜주고 몸에 묻은 티끌을 털어준 사람 역시 풍조 형이었다.

그러나 어른이 되어 한 번도 풍조 형을 만나지 못했다. 풍문으로 태조는 군대에 갔다가 사고를 당해서 세상을 뜨고 풍조 형만 인천 어딘가에서 살고 있다는데 발이 닿지 못해 만나지 못했다. 만약에 사람을 찾아주는 이벤트를 하는 티브이 프로그램에 나가 누군가 찾을 사람이 있다면 나에게는 단연 풍조 형이다. 어린 시절 나에게 그렇게 좋은 친구이자 동네 형이 있었다는 사실이 참 다행스럽고도 감사하다.

이제는 잊어도 좋겠다

구애순 선생님

풍조 형은 자기 반 담임선생님 자랑을 자주 했다. 선생님의 이름은 구애순. 학교 건너편 마을 신곡리에 사는 분이었는데, 체구가 통통하고 얼굴형이 둥그스름해서 마치 보름달 같은 분이라 했다. 그 시절엔 얼굴형이 둥근 여성을 가장 미인으로 여겼고 또 그런 여자를 일컬어 부잣집 맏며느릿감이라고 했다.

풍조 형은 자기 선생님이 참 좋은 선생님이라고, 세상에서 가장 훌륭한 선생님이라고 말했다. 아이들이 크게 잘못하거나 많이 떠들거나 숙제를 해오지 않는 날이면 선생님은 반장을 시켜 교실 벽에 걸어놓은 회초리를 가져오라고 하신다는 것이었다. 그러고는 교단에 올라가 선생님 스스로 종아리를 걷고 그 회초리로 당신의 종아리를 치신다고 했다. 너희들이 잘못했으니까 선생님이 대신 벌을 받아야 한다며 그러신다는 것이다.

그냥 슬쩍슬쩍 치는 것이 아니라 정말로 아프게 치신다고 했다. 그럴 때마다 아이들은 몸을 움칠움칠하면서 진저리를 치고 나중에 보면 또 선생님의 종아리에 시뻘겋게 회초리 자국이 남아 있다는 것이었다.

그래서 그런지 풍조 형네 반 아이들은 교실에서도 쥐 죽은 듯 조용히 하고 공부도 다른 반보다 잘하고 선생님 말씀도 잘 듣는다고 했다. 어떻게 하든지 담임선생님이 자신의 종아리를 걷어 회초리로 때리는 일이 생기지 않게 하려고 애쓴다는 것이었다.

구애순 선생님은 오랫동안 내가 다니던 시초초등학교에 계시다가 나중에 결혼을 하면서 학교를 떠나셨다. 안타깝게도 나는 한 번도 구애순 선생님이 담임을 하는 학년의 학생이 되지 못했다. 그것이 나에게는 못내 섭섭한 일이 되었다.

지금도 누렇게 빛바랜 초등학교 졸업사진을 들여다보면 맨 앞줄 선생님들 자리에 구애순 선생님의 모습이 있다. 한복 차림에 생머리를 뒤로 묶은 아름다운 아가씨의 모습이

이제는 잊어도 좋겠다

다. 비록 나의 담임선생님은 아니었지만 나는 이 사진을 보면서 선생님 고맙습니다, 인사를 하곤 한다.

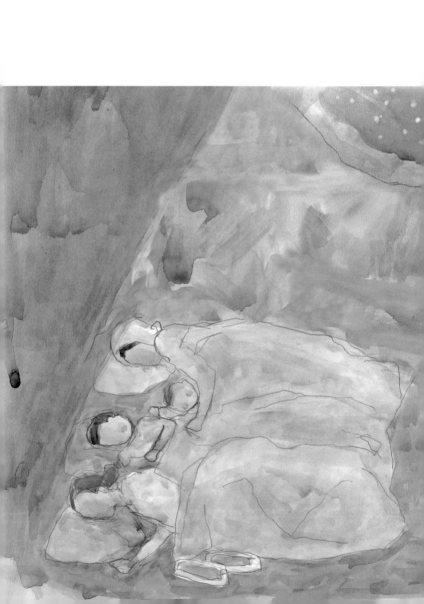

풍뎅이

풍조 형네 집 주변은 온통 동네 아이들의 놀이터였다. 우선 오른쪽으로 올라가면 묘 마당이 나오는데 거기는 아이들이 모여 항복장난을 하는 장소였다. 여러 채의 묘가 있고 그 주변에는 품종이 좋은 부드러운 모종의 잔디가 자라고 있어서 거기서 아이들이 뒹굴며 놀기에 안성맞춤으로 좋았던 것이다.

그리고 왼편으로 가면 등 너머로 가는 길이 나오는데 거기 넓고 기름진 밭이 있어 고구마가 자라고, 그 앞에 우거진 소나무 수풀과 함께 참나무 군락이 있었다. 참나무는 시골 사람들이 상수리나무라고도 부르는 키가 큰 나무로 묵을 쑤어 먹는 상수리 열매가 열렸다.

상수리가 익는 가을철이 오면 사람들은 커다란 돌멩이를 들고 가서 상수리나무 밑동을 때린다. 그러면 나무에 열린 상수리 열매가 후두둑 떨어지기도 한다. 그래서 해마다 상수리나무에는 몸통에 커다란 생채기가 난다. 또 나무에서 나오는 진액이 고여 껍질이 질척질척해지기도 하는데 그 진액을 먹고 자라는 곤충도 있다. "영주야. 나 따라와봐. 꽉지와 풍뎅이가 사는 곳을 일러줄게." 그렇게 해서 풍조 형이 나를 데리고 간 곳이 바로 상수리나무 숲이었다.

풍뎅이는 그렇다 치고 꽉지란 말은 그때 처음 들어본 말이었다. 오늘날 곤충도감 같은 데에 나오는 사슴벌레가 바로 꽉지다. 사슴벌레도 곤충이기 때문에 여섯 개의 다리가 있는데 앞다리 두 개가 유난히 크게 발달했고 그 다리에 가위손이 달렸기 때문에 붙여진 이름이다.

사슴벌레도 어린 벌레는 굉장히 귀여웠다. 몸 빛깔이 새까맣고 윤기가 반들반들 났는데 그 모습이 또 여간 사랑스러운 게 아니다. 그런데 이 녀석은 아직 다 자라지 않았기 때문에 앞발이 아주 작아서 손으로 잡아도 사람을 물지 못했다. 손안에서 꼬물거리기만 할 뿐이다.

"영주야. 영주야. 여기, 풍뎅이도 있다. 이걸 잡아다가 놀자." 풍조 형은 나에게 풍뎅이를 알려주고 풍뎅이 몇 마리를

이제는 잊어도 좋겠다

잡아주었다. "형, 이걸 가지고 어떻게 놀아?" "응. 나만 따라와봐." 풍조 형은 풍뎅이를 손에 쥔 채 한달음에 가장물할머니네 마당으로 내려갔다.

그러고는 익숙한 솜씨로 풍뎅이의 앞다리 두 개를 잘라냈다. 풍뎅이 다리는 여섯 개. 다리마다 세 개의 마디로 되어 있었다. 그 가운데 안쪽 하나만 남기고 두 마디를 잘라내는 것이다. 그런 다음 풍뎅이를 마당에 엎어놓는다. 그러면 풍뎅이가 날개를 펼치고 땅바닥을 뱅글뱅글 돈다.

"앞마당 쓸어라. 뒷마당 쓸어라." 풍조 형은 구구단을 외듯이 노래를 불렀다. 그랬더니 풍뎅이가 더욱 세게 날개를 퍼덕이면서 뱅글뱅글 땅바닥을 돌았다. 그 바람에 땅바닥에서 흙먼지가 일었다. 재미있었다. "앞마당 쓸어라. 뒷마당 쓸어라." 나도 풍조 형을 따라서 외워보았다. 풍뎅이가 잠자코 있으면 남은 다리 가운데 두 개를 그렇게 잘라낸다. 나중에는 결국 모든 다리가 잘려나갔다.

그 뒤로 나는 틈만 나면 혼자서라도 그 참나무 숲으로 가서 풍뎅이를 잡아다가 풍조 형한테서 배운 풍뎅이 놀이를 했다. 얼마나 그렇게 놀았던가. 어느 날 외할머니가 나를 불러 조용히 타일렀다. "영주야. 아무리 작은 목숨이지만 그렇게 함부로 하면 안 되는 거란다. 풍뎅이가 그렇게 푸덕거

리는 건 아파서 그런 거란다." 오늘에 와 나는 나 자신의 잔
인성과 야만성에 고개가 숙여진다.

나는 인간의 성선설을 믿고 지지하는 사람이다. 인간은
태어나면서 백지와 같이 깨끗한 마음을 갖고 태어났으며
그 심성은 본래 선량하다는 주장. 그러나 이러한 대목에서
과연 내가 착한 아이였나 의심스럽다. 오히려 이기적인 존재
가 아니었을까 하는 생각이 든다.

김용옥 교수는 어떤 방송 프로그램 강연에서 '인간의 일
생이란 어린아이로 태어나 어른으로 살다가 다시 어린아이
시절로 돌아가는 과정이다'란 뜻의 말을 했었다. 탁견이었
다. 나는 그 말을 듣는 순간 귀가 번쩍 뜨이면서 그렇구나,
깊은 공감을 느꼈다.

생텍쥐페리는 『어린 왕자』의 서문에서 '어린아이 시절이
없었던 어른은 없다. 그러나 어린아이 시절을 기억하는 어
른은 별로 많지 않다'란 문장을 남긴 바 있다. 나는 이런 좋
은 말에 공감하면서 나대로 생각을 달리해본다.

인간의 본성이란 오히려 이기적이고 자기중심적이고 본능
적인 게 아닐까. 그걸 교육이나 삶을 통해서 조금씩 바꾸어
가는 과정이 바로 인생 아닐까. 그리하여 끝내는 좀 더 이
타적인 인간, 배려심 있는 인간으로 변화하는 게 아닐까. 나

이제는 잊어도 좋겠다

이든 후에도 여전히 이기적이고 자기중심적인 인간으로 남는다면 그 사람이야말로 제대로 진화하지 못한 사람이 아닐까.

여름밤, 방 안에서 문을 열어놓거나 가장물할머니네 집 마당에 밀짚 방석을 깔고 동네 여자 어른들이 모여 모시 삼기나 모시 째기 일을 할 때, 켜놓은 호롱불을 향해 물컷들이 날아들곤 했다. 날파리나 나방 같은 종류가 대부분이지만 더러는 풍뎅이도 있었다.

풍뎅이가 달려들면 호롱불이 꺼지기도 한다. 다른 곤충에 비해 풍뎅이의 몸집이 크기 때문이다. "풍뎅이는 자기 새엄마가 불을 가져오라고 시켜서 저렇게 죽을 둥 살 둥, 불을 찾아서 날아오는 거란다." 외할머니는 호롱불을 끄는 풍뎅이까지도 안쓰럽게 생각하시는 분이었다.

가장물할머니네 집

외할머니는 내가 초등학교 3학년에 다닐 때까지 나를 업어주셨다. 초등학교 3학년이면 집 나이로 아홉 살이다. 조금은 남부끄러운 줄 알았던가. 낮에 외할머니가 업어주겠다고 등을 내밀면 싫다고 손사래를 쳤다. 하지만 해가 지고 날이 어두워지면 은근히 외할머니더러 업어달라고 졸랐다. 그러면 두말없이 등을 내밀어 나를 업어주시던 외할머니.

외할머니의 등은 언제나 넓고 푸근해서 좋았다. 넓은 들판이거나 언덕이거나 산이거나 그랬다. 막동리 집에서 살 때도 제일로 그리운 것은 따뜻한 외할머니의 등이었는지 모른다. 막동리 어른들은 그 누구도 그렇게 살갑지 않았기 때문이다. 또 그럴 만한 마음의 여유가 없었던 것이다.

이제는 잊어도 좋겠다

둥기둥기 우리 애기

잘도 잔다 우리 애기

금은 준들 너를 사랴

은을 준들 너를 사랴

자장자장 잘도 잔다

우리 애기 잘도 잔다

멍멍개야 짖지 마라

꼬꼬닭아 울지 마라

자장자장 우리 애기

잘도 잔다 우리 애기

나라에는 충신동이

집안에는 효자동이

복(福)일랑은 석순이 복

명(命)일랑은 삼천갑자

동박삭이 명을 주소

자장자장 우리 애기.

외할머니가 나를 업고 들려주시는 자장가 소리는 끝도 없이 이어지는 강물 같은 노래였다. 실은 그것이 당신의 신세를 한탄하는 노래이기도 했다는 것을 어린 내가 어찌 짐작이나 했을까. 다만 나는 외할머니의 자장가 소리를 들으면 저절로 잠이 왔고 더없이 마음이 편안했다.

서른여덟에 혈혈단신으로 혼자 된 중년 아낙네가 외손자 아이를 업고 갈 만한 집은 별로 많지 않았다. 솜틀집인 당신의 친정집은 물론이고 곁방살이하는 완순네 집은 더욱더 그러했다. 마당으로 다니는 일조차 조심스러워 가장물할머니네 집 쪽으로 난 바깥문으로 출입을 하던 외할머니가 아니던가.

해가 저물고 서쪽 하늘에 진한 황톳빛 노을이 물들기 시작하면 의용이네 집 대숲에 참새들이 모여 지절거리기 시작했다. 재, 재, 재재……. 새들은 저들의 고달팠던 하루의 일과를 서로 고백하듯이 수없이 많은 소리의 소나기를 쏟아부었다. 그 소리가 마치 강물 소리, 파도 소리처럼 짜아하니 귓가에 몰려왔다.

식구가 둘이니 밥상 차리는 일이며 설거지도 단출했을 것이다. 저녁 식사를 마친 뒤 외할머니가 자주 가는 집은 어김없이 가장물할머니네 집이었다. 가장물할머니네 집은 풍

이제는 잊어도 좋겠다

조 형네 집에서 내려오는 골짜기 땅에 지은 집이다. 울타리도 없고 대문도 없는 집. 의용이네 안마당을 바깥 마당으로 함께 쓰고 있었다.

외할머니에게는 가장물할머니가 가장 허물없는 사람이고 만만한 상대였던가 보다. 가장물할머니도 가난한 집에서 혼자 사는 여자분으로 처지가 같았으니까. 외할머니가 친하게 지내는 분은 또 오빠꿀댁이 있었다. 내가 네 살 때 외할아버지 재맞잇날 밤, 어두운 절간의 추녀 밑에서 나를 안고 있었던 바로 그 아낙이다.

주로 세 사람이서 만나 이야기하고 잡다한 일을 했을까. 마치 의용이네 집 대숲에 모인 참새들이 저녁마다 떼를 지어 저들의 고달프고 신산한 하루의 삶을 서로 나누듯이 말이다. 물론 외할머니 옆에 늘상 껌딱지처럼 붙어 있던 사람은 바로 나였다. 가장물할머니네 집 마당에 마실 갔다가 내가 잠이 들면 외할머니가 안고 접방살이 방으로 돌아오기도 했다.

가장물할머니네 집 마당은 질척질척 습기가 많았다. 그래서 여름밤이면 밀짚 방석을 깔았다. 밀짚 방석은 키가 큰 호밀대를 엮어서 만드는 방석으로 촉감도 좋았지만 그 짜임이 성글어서 습기 있는 땅에 좋았다. 밀짚 방석 가운데에는 조그만 호롱불이 하나 켜져 있었다. 따라서 주변이 어둑했다.

하늘을 바라본다. 별이 초롱초롱하다. 금방 별빛이 쏟아져 내릴 것처럼 밝다. 나는 곧잘 외할머니 치마폭에 앉았다가 슬그머니 누워서 하늘의 별빛을 바라보곤 했다. 와, 별이 참 많기도 하다. 별들도 사람이나 새들처럼 서로 이야기를 나누는 것처럼 느껴졌다. 그때 마당가에서 무슨 소린가 들렸다.

또르르 또 또르르르. 한 번도 들어본 적 없는 소리였다. 마치 빛이 부서지는 소리처럼 눈부셨다. 저게 무슨 소릴까? "할머니 저 소리가 무슨 소리예요?" "무슨 소리 말이냐?" "저기 저 또르르 또 또르르르 하는 소리 말이에요." "아, 저건 지렁이가 우는 소리란다." 지렁이가 어떻게 울까? 나는 속으로 의아하게 생각했다.

그렇지만 외할머니가 그렇다고 하니까 그리 믿었다. 외할머니는 한 번도 나에게 거짓말을 해본 적이 없는 분이었으니까. 또르르 또 또르르르. 나는 자꾸만 지렁이 울음소리에 귀를 기울이면서 내가 보았던 지렁이 모습을 떠올려보았다. 길을 가다가 가끔 만나던 그 지렁이 말이다.

지렁이의 몸 빛깔은 암갈색이지만 햇빛을 받으면 몸의 일부가 진한 보랏빛으로 보이기도 했다. 몸의 앞부분에 띠를

이제는 잊어도 좋겠다

두른 것 같은 부분이 그렇다. 그것은 마치 보라색 보석 가루를 품은 듯 햇빛에 반짝였다. 가끔 나는 그것을 황홀한 느낌으로 바라보기도 했었다. 또르르르 소리 내어 우는 지렁이 울음소리에 보랏빛 펄이 반짝이고 있었다.

이렇게 소리를 빛깔로 바꾸어 생각해보는 작업은 매우 특별한 것이다. 그것이 아이의 상상력이기에 더욱 특별한 일이다. 말하자면 청각 이미지를 시각 이미지로 바꾸는 작업 같은 것이었으니까 말이다. 돌이켜보면 그때부터 나는 시를 써야만 하는 그 어떠한 숙명 같은 것을 품고 있지 않았나 싶다.

그러나 그것은 지렁이가 우는 소리가 아니었다. 소리의 주인공은 땅강아지. 땅강아지 가운데서도 수컷. 두 개의 날개를 비벼서 만들어내는 소리였다. 수컷이 암컷을 부르기 위해 내는 소리란다. 그걸 내가 어찌 알았을까? 몇 년 전 우연한 기회에 동물학을 연구하는 공주대학교의 조삼래 교수를 만나 이야기하다가 알게 된 내용이다. 그런 줄도 모르고 사람들이 지렁이 울음소리로 잘못 알았던 것이다. 땅강아지의 먹이가 지렁이다. 그러므로 지렁이가 사는 곳엔 땅강아지가 모이게 되었던 것이다.

우리 인간이 무엇을 알고 모르는 일은 종잇장 한 장 차이

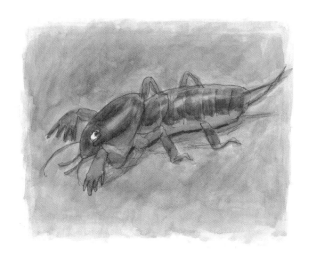

이고, 그것이 어떤 경우에는 오류로 끝나는 때도 있다. 아직도 여름밤 시골집 마당가에서 땅강아지가 우는 소리를 지렁이가 우는 소리로 잘못 알고 있는 사람들이 많을 것이다. 그건 지금 하늘나라에 계신 우리 외할머니도 예외가 아니다.

이제는 잊어도 좋겠다

갈칫국

학교에서 돌아오는 길이었다. 나는 풍조 형한테서 배운 노래를 흥얼거리고 있었다. "산 높고 물 맑은 우리 마을에 꽃 피고 새 우는 봄이 왔어요." 외갓집으로 돌아와 새로 다니기 시작한 학교는 시초 국민학교. 외갓집이 있는 괵뜸 마을에 있는 학교다. 정확한 이름은 서천군 시포면 초현리 홍현 부락. 그 가운데서도 괵뜸이라고 부르는 마을. 동아시, 서아시, 비성거리, 괵뜸. 마을 이름이 그렇다.

나는 괵뜸 마을이 참 좋다고 생각했다. 외할머니가 살고 있기도 하지만 무엇보다 학교와 가까워서 좋았다. 외할머니는 '넘어지면 코 닿을 곳'이라고 말씀하시곤 했다. 처음 들어간 간이학교나 두 번째 다니던 기산국민학교와는 비할 바가 아니었다. 학교에서 종을 치는 소리가 마을에서도 들릴 정도니까 말이다.

지금 생각해보면 이것도 아득한 일이지만 나는 초등학교 6년 과정을 온전히 다니지 못했다. 우선 1학년에 입학했을 때가 9월이었으므로 한 학기가 빠지는 일이고 2학년에 올라가 한두 달 기산국민학교를 다니다 말다 하다가 끝내는 집에 주저앉고 말았으니까 그 또한 그렇다.

차분히 되돌려 생각해보면 2학년 후반기 가을쯤 외갓집으로 돌아가 학교에 다니기 시작했던 것 같다. 그러므로 초등학교 6년 과정 가운데 5년만 학교에 다녔을 것이다. 그건 나에게만 해당된 일이 아니라 그 시절 다른 아이들에게도 흔히 있던 일이었다.

교과서도 마찬가지였다. 1, 2학년까지는 교과서를 제대로 갖추고 공부했던 것 같지 않다. 교과서가 있었다고 하더라도 누군가의 헌 교과서를 물려받아 공부했다. 새 교과서를 제대로 갖추었던 건 3학년부터가 아닌가 싶다. 운크라(UNKRA/국제 연합한국재건위원단)에서 돈을 대어 만들어준 푸르스름한 마분지에 인쇄된 국판 크기보다 작은 크기의 교과서였다. 책의 뒷장에 '대한민국 문교부장관'이라는 확인 서명이 있었다.

이제는 잊어도 좋겠다

바로 그 운크라에서 제공해준 5학년 음악책에 들어 있는 노래가 〈봄이 왔어요〉란 노래였다. 5학년에 다니던 풍조 형이 배워서 부르던 걸 따라서 배웠던 것이다. 가사가 밝았으며 리듬이 또 경쾌하고 좋았다. 나는 가사 앞부분에 나오는 '산 높고 물 맑은 우리 마을'이 바로 외갓집 마을인 궉뜸 마을이라고 생각했다. 아마도 이 노래가 내가 학교에 들어가서 맨 처음 배워서 기억하는 노래가 아닌가 싶다.

산 높고 물 맑은 우리 마을에
꽃 피고 새우는 봄이 왔어요
한겨울 땅속에 자던 개구리
바스스 잠 깨어 뛰어납니다.

앞 내와 뒤뜰에 얼음 풀리고
남산에 쌓인 눈 녹아내리니
넓은 들 잔디는 속잎이 나고
실버들 가지가 파랗습니다.

쟁기 멘 농부들 밭 갈러 가고
이웃집 아가씨 나물 캐는데

하늘에 종달새 노래 부르고
멀리서 피리 소리 흘러옵니다.

이 노래의 작사가는 최창남 시인. 방정환 선생과 동시대에 활동한 아동문학가로 충북 출신이다. 이 작품은 어린이잡지 《아이 생활》 14권 4호(1939년 4월호)에 실린 작품인데 본래의 제목은 〈봄〉이다.

학교에서 궉뜸 마을 외갓집으로 돌아가는 길은 조금쯤 비탈져 숨이 가빴다. 그렇지만 책 보퉁이를 둘러매고 가는 길은 마냥 경쾌하고 즐겁기만 하다. 집에 가면 외할머니가 기다리고 있을 것이기 때문이다. 완순네 집 사립문을 통해 마당에 들어갔다. 다른 날과 달리 완순네 집에 사람들이 많이 모여 있었다.

마루와 방에 남자 어른들이 앉아서 밥을 먹고 있었다. 그날은 마침 완순네 집 논에 모내기 하는 날. 벌써 오전의 일을 마치고 일꾼들이 점심밥을 먹는 시간이었다. 동네 여자 어른들이 모여 일손을 돕고 있었다. 외할머니도 그 가운데 있었다.

"할머니, 저 왔어요." 인사를 하자 할머니가 알은체했다. "배고프겠다. 어여 와서 너도 밥 먹어라." 외할머니는 완순네

이제는 잊어도 좋겠다

집 부엌에 들어가 밥 한 그릇과 국 한 그릇을 들고 왔다. 약간은 완순이 엄마 눈치가 보였겠지만 나를 위해서는 그런 것 정도는 충분히 감내하는 외할머니였다. 나는 마루에 두레상을 놓고 밥을 먹고 있는 어른들 틈에 끼어 앉았다.

수저를 들고 외할머니가 가져다준 국을 살펴보았다. 갈치로 끓인 국이었다. 갈치 고기 한 토막이 들어 있었다. 그리고 머위 줄기도 듬성듬성 들어 있었다. 머위는 봄에는 이파리를 쪄서 쌈으로 먹고 이파리가 쇠어서 먹지 못하게 되면 줄기를 잘라 나물을 만들어 먹는 채소다. 완순네 집에서 모내기하는 날 그 머위 줄기를 넣어서 갈칫국을 끓인 것이다. 국물 위에 둥실둥실 기름이 떠 있었다. 갈치의 몸에서 나온 기름이었다.

봄 조기 가을 갈치, 봄 도다리 가을 전어라는 말이 있지만 봄에 먹는 갈치도 맛이 있었다. 새하얀 머위 줄기도 아삭아삭 씹히는 식감이 신선했다. 배가 고파서 그랬을까. 외할머니와 겹방살이하던 초등학교 3학년 때의 봄. 완순네 집 모내기하던 날에 얻어먹은 갈칫국 한 그릇. 그것은 내 생애 가장 맛있는 음식이었다. 아니다. 그 이후에 어디에서도 먹어본 일이 없는 음식이었다.

정수좌

초등학교 3학년 때쯤이었을까. 외할머니를 따라 괵뜸 마을 뒤편 산기슭에 있는 절에 한 번 가본 기억이 있다. 외할아버지가 돌아가시고 내가 네 살 때, 외할아버지 사십구재를 지내면서 재맞이 하던 바로 그 절이다.

넓은 마당이 있었고 마당 가에는 파초와 같이 잎새가 넓은 나무가 서 있었고 멀리 탑이 보였던 것 같다. 그늘이 매우 시원하고 정갈했다는 느낌. 외할머니와 함께 인절미 떡을 몇 개 얻어먹었는데 그게 좀 쑥스러웠다.

그 절에는 예쁜 비구니가 살고 있었다. 마을 사람들이 정수좌라고 부르는 스님이 있었다. 그런데 남자 스님도 한 분 살고 있었다. 남자 스님의 이름은 몽수리. 마을 사람들은 그 두 사람이 수덕사인가 하는 절에서 눈이 맞아 도망 나와 사는 거라고 수근거렸다.

아슴아슴한 기억이다. 그런데 언제 그 두 스님이 절을 떠났는지 아는 사람은 없다. 또 그 절이 언제 어떻게 없어졌는지 아는 사람도 없다.

그렇다면 그 절은 애당초 지상에 없었던 것인가. 다만 내가 잠시 꿈을 꾼 것이고 꿈속에서 만난 환상인가. 정말 그런가! 그렇다면 있는 것이란 무엇이고 없는 것이란 무엇인가. 몽중방황(夢中彷徨)함에 대하여 생각해본다. 다만 생각이 아득할 따름이다.

절꿀 이모네

집안에 초상이 났다고 한다. 어머니의 친정 큰아버지가 돌아가셨다고 했다. 그러니까 외할머니로서는 시숙이 되는 분이고 외할아버지로서는 형님 되는 분. 본래 그분이 살던 집이 바로 외할머니가 접방살이하는 집인 완순네 집이었다고 한다. 외할아버지가 청주에서 이사 올 때, 맨 먼저 사서 형님에게 드린 집이라 했다. 그런데 외할아버지 형님 되는 분이 그 집을 완순네한테 팔아먹고 다른 곳으로 떠났다고 한다.

글자를 전혀 알지 못했던 외할아버지에 비해 형님 되는 분은 서당에서 공부도 하신 분이라는데, 살림살이를 잘 못해서 집을 팔아먹기까지 했다고 한다. 외할머니는 그런 큰할아버지네 식구들을 향해 '속을 차리지 못하는 사람들',

이제는 잊어도 좋겠다

'지객이 없는 사람들'이라고 했다. 아마도 '지각이 없는 사람들'이라는 뜻이었을 것이다.

기별을 듣고 막동리 집에서 어머니가 오셨다. 아직은 젖먹이인 누이동생 연주를 업고 있었다. 여름방학이 끝나고 추석이 가까워올 무렵이었다. 나는 외할머니와 어머니를 따라 상가를 찾아갔다. 절꿀 이모네 집에 간다고 했다. 그것은 나로선 최초로 문상을 가는 길. 상가가 있는 곳은 천방산 속 절꿀 마을. 아니 절꿀 마을에서도 더 들어가서 조그만 고개를 하나 넘으면 있는 산골 다랭이논 위에 임시로 지은 외딴집이었다.

천방산은 서천군에서 가장 높고 산자락이 넓은 산이다. 정상의 높이가 해발 324.3미터로 알려진 산인데, 옛날 중국의 소정방이 지었다는 방이 천 개나 되는 절이 있었다 해서 그 이름이 천방산이다. 외갓집 마을 꿕뜸에서 풍조네 형네 집 등성이를 넘고 오소매샘을 지나서 하마 다리를 건너야 한다. 그런 다음 천방굴과 처마꿀을 지나 한참 산길을 더듬어 들어가면 절꿀이란 마을이 나온다. 아마도 예전 천방사 아래에 있던 마을이라 해서 절꿀이란 이름이 붙었지 싶다.

절꿀은 그래도 몇 가구의 집들이 모인 마을로 그 앞에 논이며 밭이 제법 있어서 아늑하고 살기 좋은 느낌을 갖게 한다. 마을 곳곳에 대숲이 자라고 모과나무가 많이 심겨 있어서 이웃 사람들이 모과나무 마을이라고도 불렀다. 다랭이 논 논둑이며 밭둑에는 모과나무들이 선생님에서 숙제 검사 받는 아이들처럼 모과 열매를 매달고 서 있었다. 우리가 찾아가는 집은 그 절꿀마을에노 없는 집이다. 절꿀에서 서편으로 난 좁은 길을 따라 조그만 골짜기와 언덕을 하나 더 넘어서 깊숙한 곳에 자리하고 있었다.

그렇게 깊은 산골에 어떻게 그런 집이 있었을까. 도저히 짐작이 가지 않는 일이다. 그냥 산자락에 기둥나무 몇 개만 세우고 흙을 발라 벽을 만들고 대들보와 서까래를 얹고 지붕을 얹은 그런 집이었다. 방이 두 개였던가. 안방에는 시신을 모시고 윗방에서는 그 집 식구들이 자기에 조문객으로 간 우리가 들어가 잘 만한 방이 없었다. 결국 우리는 하는 수 없이 부엌에서 잠을 자기로 했다.

이부자리조차 넉넉할 리 없었다. 하는 수 없이 부엌에 있는 푸장나무를 고르게 펼쳐 깔개를 삼았다. 사촌 외삼촌이 천방산에 올라 낫으로 베어다 놓은 땔감이었다. 주로 개암나무, 도토리나무, 참나무 같은 이파리가 넓은 나무들이다. 추석 무렵이 되어 약차 오른 나무의 몸피에서는 풋내가 훨씬 가시고 향긋한 냄새까지 번지기도 했다. (푸장나무란 '잎이

이제는 잊어도 좋겠다

넓은 나무'란 뜻으로 사용하는 충청도 지방어인데, 우리 고향에서는 생나무를 쪄다 놓은 것들을 모두 푸장나무라고 불렀다.)

어머니와 외할머니가 부엌 아궁이를 향해 발을 뻗고 나란히 누웠고 그 사이에 젖먹이 동생과 내가 누웠다. 어머니가 포대기로 아기를 덮어주고 남은 끝자락으로 나를 덮어주었다. 생각보다 아늑하게 느껴졌다. 별로 춥지도 않았다. 자연스레 눈길이 부엌 천장으로 향했다. 그런데 거기에 놀라운 풍경이 기다리고 있었다. 부엌 천장이 뚫려 하늘과 별이 보였던 것이다. 얼마나 집을 서둘러 짓고 허술하게 지붕을 얹었으면 부엌에서 밤하늘의 별이 다 보였을까.

하지만 나는 그것이 매우 재미있다고 생각했다. 외할머니나 어머니도 알고 있었지만 굳이 말하지는 않으셨다. 그저 나 혼자 오랫동안 천장으로 보이는 아득한 밤하늘과 별빛에 눈을 주고 있었을 뿐이다. 부엌에 들어왔을 때부터 느껴지던 푸장나무의 향긋한 냄새가 더욱 향긋하게 코에 스몄다. 마음이 점점 편안해졌다. 나는 밤하늘 별의 나라로 천천히 빠져들고 있었다.

그것은 특별하면서도 신선한 잠이었다. 천방산 오두막집 부엌에서 보낸 여름밤. 여름밤의 잠. 한 번도 잠에서 깨지 않고 꿈도 꾸지 않고 잔 단잠이었다.

동옥이 이모

천방산 아래 절꿀마을. 거기에서도 더 깊숙이 들어간 산자락 외딴집에 한 번 다녀온 뒤로 가끔 생각이 나곤 했다. 은근히 그들의 소식이 궁금하기까지 했다. 나는 그 집을 절꿀 이모네 집이라 불렀다. 어머니의 사촌이었으므로 사촌이모인데 '사촌'이란 말을 떼어버리고 그냥 이모라고 불렀다. 그만큼 집안이 고적하고 단출했던 것이다.

이모네 집에는 식구가 여럿이었다. 외할머니의 큰동서인 할머니가 계시고 외삼촌 한 분과 이모 세 분이 살았다. 그런데 이모 가운데 막내 이모는 나보다 나이가 적었다. 물론 맏이인 외삼촌도 나하고 열 살 차이니까 두 명의 이모도 어머니보다 나이가 훨씬 적었다. 이모라기보다는 누나와 같은

이제는 잊어도 좋겠다

느낌이었다.

이유가 있다. 절꿀 할아버지가 첫 번째 부인에게서 자식을 얻지 못하고 뒤늦게 두 번째 부인을 만나 자식을 낳았기 때문이다. 절꿀 할머니도 외할머니보다 나이가 적었다. 가끔 두 분이 이야기하는 걸 들어보면 이 나이 차이 때문에 대화가 어색할 때가 있었다.

식구들이 들쑥날쑥했다. 외삼촌은 주로 남의 집 머슴살이로 나가 살고 이모들도 부잣집에 식모살이를 하러 다녔다. 외삼촌 한 분만 초등학교를 몇 년인가 다니다 말았고 이모 형제들은 학교 문턱에도 가보지 못한 분들일 것이다. 오늘날 안목으론 도저히 이해되지 않는 대목이다.

세 명의 이모 가운데 큰이모가 나에게 제일로 잘해주었다. 마음씨가 좋았다. 누구에게도 싫은 소리를 하지 않았다. 동옥이 이모. 그런데 말을 더듬었다. 심한 건 아니고 때에 따라 단어에 따라 더듬었다. 예를 들어 콩밥이라는 말을 할 때도 코, 코, 코, 그렇게 더듬고 나서 급하게 '코옹밥' 그렇게 소리를 냈다.

둘째 동숙이 이모. 얼굴이 해사하고 예뻤다. 마음씨 또한 순했고 웃기를 잘했다. 그렇지만 나는 동옥이 이모가 좋았다. 그건 나만 그런 게 아니라 동옥이 이모도 그랬다. 무엇이든지 좋은 건 나에게 주고 싶어 했고 좋은 말도 많이 해주었다. 끝없이 친절했다.

어쩌면 절꿀 이모네 집을 가끔 찾은 것은 동옥이 이모를 만나러 가기 위해서였는지도 모른다. 주로 여름방학이 되면 찾아갔다. 혼자서 갔다. 외할머니도 내가 혼자 절꿀 이모네 집에 다녀오는 것을 허락하셨다. 가는 길이 빨랐다. 오소매샘을 지나 하마다리를 건너 첨방굴을 바라보면서 처마꿀 쪽으로 발길을 틀면 되었다.

처마꿀엔 외할머니네 논이 있다. 너 마지기. 동네 앞 방죽 아래에 있는 논이다. 외할아버지 병치레로 다 처분하고 오직 하나 남은 외할머니의 재산이었다. 그 논을 당신들 동생들에게 짓게 하여 먹을 양식이며 가용돈을 얻었던 것이다. 그래서 그런지 나 또한 그 부근을 지날 때면 무언가 친근한 느낌이 있었다.

또 있다. 가다가 보면 대추나무 줄지어 선 개울이 나오고 또 커다란 자귀나무도 한 그루 만날 수 있었다. 자귀나무는 여름에 꽃이 피는 나무다. 꽃 모습이 공작새 머리에 난 털처럼 화사한데 분홍빛이다. 주로 7월에 꽃을 피웠다. 요즘은 계절이 빨라져서 6월에 피기도 한다. 그 아래를 나는 외할머니가 차려주신 모시 노타이 셔츠 차림으로 지나다녔던 것이다.

일단 처마꿀 마을 안으로 들어갔다가 조씨네 재실이 있는 조그만 기와집 쪽으로 샛길을 찾으면 곧바로 절꿀로 향하는 길이다. 그다음 조심할 것은 장마철에 패어 나가 길이 끊어진 구렁텅이를 피하는 일이다. 그런 때는 멀리 수풀길을 찾아 돌아서 가는 방법밖에 없다.

절꿀 마을까지만 가면 안심이 된다. 그 마을 너머가 바로 이모네 집이기 때문이다. 여름방학을 하고 찾아갔던 날이었던가 싶다. 절꿀 마을 앞 논둑길을 지나 이모네 집으로 가는 등성이에 올랐을 때 나는 화들짝 놀라고 말았다. 등성이와 등성이 사이에 난 개울에 분홍색 꽃들이 지천으로 피어 있었던 것이다. 저게 무슨 꽃일까? 나리꽃 같기는한데 이파리는 하나도 없고 꽃들만 오보록히 피어서 마치 하늘을 향해 만세 부르는 아이들의 팔뚝 같았다. 괴기스러웠다. 오싹하고 무서운 느낌이 들기까지 했다.

그것은 상사화. 맏무릇이라고도 부르는 꽃. 이른 봄에 굵은 칼 모양의 초록빛 이파리가 나왔다가 시들고 나서 죽은 듯 있다가 한 여름철 꽃대를 내미는 꽃이다. 상사화(相思花)란 꽃이다. 이름도 이파리와 꽃이 절대로 만날 수 없음을 인간 편에서 안타깝게 여겨 지어진 이름일 것이다.

지금도 그것은 하나의 감동이다. 그 생각을 하면 가슴이 환하게 열리는 느낌이 온다. 그리고 어둑한 산길의 개울이 떠오른다. 비가 올 때는 물이 시원스레 흘렀겠지만 보통 때는 건천(乾川)인 개울 바닥에 피어 있던 그 상사화. 그것도 개울 가득 피어 바람에 신비롭게 흔들리던 상사화. 그들은 마치 내가 찾아올 줄 미리 알고 거기 와서 기다렸다가 손을 흔드는 환영객 같기도 했다.

동옥이 이모는 애써 찾아온 나를 위해 무엇이든 해주고 싶어 했다. 이야기도 많이 해주고 먹을 것도 많이 주고 싶어 했다. 글쎄 밤이면 산에서 낯모를 (정체불명의) 산짐승이 내려와 불이 켜진 외딴집 창문을 향해 모래를 집어서 뿌린다고 했다. 하나밖에 없던 남자인 외삼촌마저 머슴살이로 집을 비운 날, 방 안에 남아 있던 여인네들은 얼마나 무서웠을까.

그 시절엔 사람들이 땔나무로 많이 베어내어 산에 나무도 많지 않았다. 민둥산이 많았고 그런 민둥산에 짐승들이 살기도 했다. 호랑이는 없었지만 여우나 늑대도 있었고 특히 살쾡이가 무서웠다. 이 녀석은 산에 사는 고양이다. 집고양이와는 다르게 몸집이 크고 성격이 사나운 게 특징이다. 이름도 산고양이, 삵 등 여러 가지인데 우리 고향에서는 살

이제는 잊어도 좋겠다

가지라고도 했고 개호지라고도 불렀다.

동옥이 이모는 또 나에게 방아깨비가 지렁이가 되는 걸 보았다고도 말해주었다. 집 아래 조그만 샘물가에서 보았는 데 꽁지부터 땅속으로 들어간다고 했다. 그러나 그것은 동 옥이 이모가 잘못 안 것이다. 가을에 방아깨비가 꽁지 부분 의 산란관을 땅속으로 향한 채 알을 낳는 것을 보고 지렁 이가 되는 거라고 오해를 한 것이다. 그렇게 예전 시골 사람 들은 잘못 알고 넘어가는 일들이 많았다.

그런 가운데 하나가 또 나나니벌에 대한 것이다. 나나니 벌은 우리 고향 집 마루에 있는 오래된 기둥나무에서도 자 주 보는 벌인데, 나나니 하고 소리내어 운다 해서 나나니벌 이다. 일단 나나니벌은 기둥나무에 작은 구멍을 파고 거기 에 배추벌레 같은 곤충의 애벌레를 물어다 놓고 입구를 흙 으로 봉한다. 그렇게 얼마간 있으면 흙으로 봉한 입구를 뚫 고 나나니벌 새끼가 나온다. 그것을 본 어른들이 배추벌레 가 나나니벌로 바뀌었다고 말하는 것이다.

그러나 이것은 시골 어른들의 오해일 뿐이다. 실은 나나니 벌이 구멍을 파고 물고 들어간 배추벌레는 나나니벌 새끼의 먹이에 지나지 않는 것이다. 나나니벌 엄마는 자기 새끼를 위해 배추벌레를 사냥해서 그 몸에 마취 침을 꽂아 기절시

킨 뒤, 구멍 속으로 끌고 들어가 벌레의 몸에 제 알 하나를 낳는다. 그 알이 깨어나 벌레를 먹고 자라서 나오는 것이 나나니벌 새끼인 것이다.

동옥이 이모는 나를 데리고 산으로 올라가 이것저것 열매를 따주기도 했다. 산에 열리는 쥐밤은 익숙한 열매지만 개암은 좀 색다른 열매였다. 몸피보다 작은 개암 열매는 그 속살이 많지 않은 열매인데 동옥이 이모는 그걸 손수 발라서 나에게 주기도 했다. 남은 것은 또 내 바지 호주머니에 넣어주기도 했다.

그때 동옥이 이모와 산 위에 올라가 바라본 먼 풍경이 지금도 기억에 남아 있다. 맑은 날 남쪽 하늘을 바라보면 거기 장항제련소 굴뚝이 보였다. 굴뚝에서 나오는 연기가 마치 커다란 새의 날개처럼 하늘에 길게길게 번져나갔다. 또 동쪽을 바라보면 거기 파란 하늘 아래 수없이 많은 산들이 굽이굽이 겹쳐 보였다. 그것은 마치 바다에서 물결 치는 큰 파도 같았다. 초록이 군청으로 변했다가 보랏빛으로 변하는 산의 빛깔이 매우 신비로웠다.

가을 햇빛의 마술. 한없이 앉아서 바라보고 싶을 때 동옥이 이모는 더듬거리며로 얘기했다. "여 영주야, 가 가을은 해가 짧아 어얼른 집으로 돌아가야 하안다." 그러면 섭섭해

이제는 잊어도 좋겠다

도 번번이 나는 동옥이 이모의 손을 놓고 혼자서만 산길을 내려와 외갓집으로 돌아와야 했다. 돌아오는 길에 동옥이 이모는 산에서 캔 고구마 몇 뿌리를 보퉁이에 싸서 들려 보내주기도 했다.

그것은 하얀 고구마. 보통 고구마는 겉껍질이 붉고 속살이 불그스름하거나 노르스름한데 이 고구마는 겉도 속도 새하얀 고구마였다. 외할머니와 함께 밥솥에 쪄서 먹을 때 유난히 속살이 포실하고 달고 맛이 있어서 마치 삶은 밤을 먹는 것 같았다.

이모는 가끔 외할머니네 집에 와서 머물다 갔는데 그럴 때면 가위로 내 머리를 깎아주기도 했다. 한 번인가는 문산 장터에 들어온 서커스 구경을 데려가기도 했다. 나에게 동옥이 이모는 늘 기다려지는 사람이었고 절꿀 이모네는 멀리 그리운 집이었다. 아마도 내가 그리움을 배웠다면 그 첫 번째 대상은 절꿀 이모네였고 동옥이 이모였을 것이다.

그러나 이제 세월도 많이 지나 외삼촌을 비롯해서 위로 두 이모는 서울서 살다가 세상을 뜨신 지 오래, 오직 나보다 나이가 어린 막내 이모 한 분만 장항에서 고적하게 살고 있을 뿐이다.

이제는 잊어도 좋겠다

위문편지

아마도 지금은 그런 풍토가 바뀌었을 것이다. 내가 어려서 초등학교에 다닐 때는 해마다 국군장병에게 위문편지를 쓰고 위문품을 걷어서 헝겊 자루에 담아서 보내는 행사가 있었다. 그 행사가 1년에 한 번이었는지 두 번이었는지는 잘 기억나지 않지만 어쨌든 위문품을 걷고 편지를 써 오는 것이 의무적으로 반복되는 일이었다.

학급마다 주어진 할당이 있었기에 선생님은 꼬박꼬박 숙제를 내주셨다. 위문품을 가져오지 않고 위문편지를 써오지 않으면 며칠 동안 기회를 주면서 독촉을 했다. 그런 나를 위해서 외할머니는 면사무소 입구에 있는 송방에 가서 궐련 한 갑을 사서 주었고, 또 누런 편지 봉투와 줄이 쳐진

편지지를 사다 주었다.

궐련은 오늘날 필터가 달린 그런 담배가 아니라 잎담배를 잘게 썰어서 종이에 말아 만든 담배를 말한다. 그래도 그 시절엔 고급이어서 아무나 피울 수 있는 담배가 아니었다. 외할머니는 미리 몇 갑을 사다 두었다가 이렇게 위문품 숙제가 있을 때 내주었고 봄가을 소풍 때마다 담임선생님 드리라고 그 궐련을 한 갑씩 들려 보냈다. 궐련 한 갑을 내밀 때 빙그레 웃으면서 그것을 받으시던 선생님 얼굴이 떠오른다.

초등학교 아이들은 학교 숙제를 혼자서 하는 게 아니다. 급하면 부모님께 도와달라고 청하기도 한다. 그건 내 경우도 마찬가지였다. 특히 위문편지를 쓸 때 외할머니에게 도움을 청하곤 했다. "할머니, 학교에서 위문편지 써오라고 했어요. 어떻게 쓸까요?" 그러면 외할머니는 말씀하셨다. "네가 쓰는 편지를 어떻게 내가 도와주냐. 네 국량대로 써보려무나."

외할머니는 가끔 어린 내가 알아들을 수 없는 단어를 사용해서 말씀하시곤 했다. '국량(局量)'이란 말도 그렇다. 아마도 네 능력대로 해보아라, 그런 뜻으로 하신 말씀이지 싶다. 그러나 외할머니는 끝까지 나를 내버려두시지는 않았다. "어디 보자. 그럼 할미가 불러줄 테니 한번 받아서 써보려무나."

이제는 잊어도 좋겠다

그렇게 위문편지를 써서 학교 선생님에게 제출하곤 했다.

선생님에게 위문편지를 제출한 날 저녁, 외할머니가 나에게 한 가지 제안을 하셨다. "영주야, 네 아버지도 군인이 아니냐. 다른 군인에게만 편지를 쓰지 말고 아버지에게도 편지를 보내라." 그건 매우 새롭고도 기발한 아이디어였다.

"그럼 할머니가 불러주세요." 나는 밥상을 가져다 놓고 호롱불 아래 외할머니와 마주 앉았다. "그래 내가 불러주마." 이번에는 외할머니가 선선히 말씀하셨다. "자, 그럼 받아 쓰거라. 먼저 국군 아버지께, 라고 쓰렴." "그다음은요?" "그래. 그다음은 인사말을 써야지. 국군 아버지 안녕하세요? 저와 외할머니는 잘 있습니다. 그리고 막동리 식구들도 잘 있다고 합니다, 라고 쓰렴."

그렇게 해서 외할머니가 불러주시는 대로 아버지에게 보내는 위문편지를 썼다. 끝부분에는 '아버지 건강하세요. 용감하게 싸우시기 바랍니다'라는 말까지 썼다. 편지 쓰기를 마치자 외할머니가 또 말씀하셨다. "그럼 한번 읽어보려무나." 나는 또박또박 편지 내용을 읽었다. "잘 썼다. 내일 의용이 아버지 장에 가실 때 서천 우체국에 가서 부쳐달라고 부탁을 하자."

그렇게 아버지에게 편지를 부치고 나서 여러 날이 지났을 것이다. 학교에 다녀와서 곁방살이 방에 책보퉁이를 풀어놓고 가장물할머니네 집 쪽으로 달린 문을 열어놓고 그 앞 토방에 놓인 멍석 위에 앉아서 쉬고 있을 때였다. 날씨가 제법 더웠던 걸로 보아 6월 말이나 7월 초쯤 되었을 어느 날이었을 것이다.

갑자기 눈앞에 누군가 나타나서 나를 불렀다. "영주야!" 여자 어른의 목소리였다. 얼핏 어머니 목소리 같았다. 누굴까? 고개를 들었을 때 거기에 어머니가 서 계셨다. 늘 젖먹이 동생을 업고 다녔는데 아기도 업지 않고 어머니가 거기에 서 계셨다. 연두색 치마저고리 한복을 곱게 차려입고 있었다. 집에서 일만 하던 어머니와는 비교가 되지 않을 만큼 눈부시게 고운 모습이었다.

그뿐 아니었다. 어머니 옆에 남자 어른 한 분이 서 있었다. 언뜻 아버지 같기는 한데 지금까지 보아온 그런 아버지와는 전혀 다른 모습이었다. 너무나 말쑥하고 멋진 모습이었다. 그때 아버지가 입고 있던 옷은 군인들 하복인 카키복. 얇은 갈색의 옷을 정갈하게 입고 있고 모자는 쓰지 않았다.

두 분을 멍하니 바라보고 있을 때 어머니가 재촉하셨다. "아버지가 휴가 오셨다. 인사드려라." 나는 앉아 있던 멍석 위에서 벌떡 일어나 꾸벅 인사를 했다. "아버지 오셨어요."

이제는 잊어도 좋겠다

어머니가 다시 말씀하셨다. "할머니 어디 가셨니?" "예, 할머니는 솜틀집에 가셨어요." 솜틀집은 외할머니의 본가인 친정집을 가리키는 말이다. "얼른 가서 오시라고 해라." 어머니의 말을 등 뒤로 들으며 나는 한달음에 솜틀집으로 달려가 할머니를 모시고 왔다.

외할머니도 놀라는 눈치셨다. 외할머니를 모시고 완순네집 겹방살이 방으로 돌아왔을 때 어머니와 아버지는 방 안에 들어와 앉아 있었다. "아니, 자네가 웬일인가? 소식도 없이." "네. 그렇게 되었습니다. 영주가 위문편지를 보내주어서 특별휴가를 받아서 왔습니다." "그게 뭔 소린가?" "영주가 보낸 편지를 중대장이 읽고 이렇게 크게 자란 아들을 두었느냐며 특별히 휴가를 주었습니다. 그뿐 아니라 아이에게 가져다 주라고 학용품 값도 조금 마련해주었지 뭡니까."

아버지는 외할머니에게 말하고 있었지만, 그 말들은 모두가 나에 관한 것이었고 또 은근히 나를 칭찬하는 말이기도 했다. 가끔 나를 부드러운 눈길로 바라봐주기도 했다. 그렇게 아버지가 내게 살가운 눈길을 준 것은 처음 있는 일이었다. 그날 어머니와 아버지는 식사도 하지 않고 서둘러 막동리 집으로 돌아가기 위해 자리를 떴다. 다만 아버지 어머니가 앉았던 자리에는 연필 한 다스와 공책과 지우개 여러 개와 필통이 하나 놓여 있을 뿐이었다.

두 분은 접방살이 집을 찾아올 때도 궉뜸 마을 뒷길로 왔는데 갈 때도 뒷길로 해서 돌아갔다. 아무래도 마을 앞길로 오기에는 아는 사람들 눈길이 부담스러웠던가 보다. 두 분이 막동리 집으로 돌아갈 때 나는 외할머니와 함께 솜틀집 뒤에 있는 텃밭까지 따라갔다. 거기에는 도라지꽃과 양귀비꽃이 피어 있었다. 양귀비꽃은 하얀 빛깔의 꽃으로 아편꽃, 일명 앵속(罌粟)이라 불리기도 한다. 꽃이 지고 난 열

매에서 아편을 얻는다. 요즘엔 함부로 길러서는 안 되는 금기 식물이다. 그때는 전쟁이 일어나고 얼마 되지 않은 혼란기라 가능했을 일이다.

새하얀 양귀비꽃과 짙은 녹색 이파리 위에는 아침에 내린 이슬이 채 마르지 않은 채 맺혀 있었다. 어머니와 아버지는 몇 차례 뒤를 돌아보다가 점점 멀어지더니 어느새 수풀 사이로 사라지고 말았다. "영주야, 느이 아버지가 군인이 되어 참 멋져 보이지 않니?" 외할머니의 말에 나는 아무런 대꾸도 하지 않았다.

---

*송방(松房): 예전에, 주로 서울에서 개성 사람이 주단, 포목 따위를 팔던 가게. 오늘날의 구멍가게.
*국량(局量): 재간과 도량(度量). 일을 잘 알아서 경영할 수 있는 품성.
*카키복: 카키색의 군복. '카키'는 인도어로 '흙'을 뜻함.

사상가

내가 태어난 해가 1945년이고 한국전쟁이 일어난 것이 집 나이로 여섯 살 때였으니까, 잘하면 전쟁에 대한 기억이 어렴풋이 있을 수 있을 법한데도 전혀 내게 그런 기억이 없는 걸 보면 신기하기까지 하다.

나보다 조금 위 형들은 '장백산 줄기줄기 피어린 자욱'으로 시작되는 〈김일성 찬가〉를 외워서 불렀다고 하는데, 나에게는 그런 기억의 잔영조차 없다. 풍조 형이 그 노래를 알았다면 가르쳐줬을 텐데 내겐 언제 들어도 여전히 생경하기만 한 노래였다.

다만 병정놀이를 많이 했다든지 항복놀이를 즐겼다든지 하는 정도가 어린 시절 내가 만난 전쟁이라는 괴물이 남기

이제는 잊어도 좋겠다

고 간 시간의 그림자였을 것이다. 그건 친가 쪽 어른이든 외가 쪽 어른이든 전쟁에 심하게 휘말리지 않았다는 얘기이고 또 친가 마을과 외가 마을이 그만큼 평온했다는 얘기이다.

돌이켜보면 매우 감사한 노릇이다. 아버지가 비록 한때 마을의 자치대장을 해서 마을의 자생 공산집단의 우두머리로 활동하기는 했지만, 후일 큰 결함을 남기지 않음은 그만큼 세상 돌아가는 형편을 현명하게 잘 살펴서 처신을 잘했다는 얘기도 된다. 그 뒤엔 정식으로 대한민국 육군에 입대하여 복무한 덕으로 집안의 일들이 순조롭게 풀리게 되었다.

이 대목에서 어렴풋이 기억나는 말 하나가 있다. 그것은 '사상가'라는 말. "아무개네 아들이 사상가래!" 그렇게 말하고서는 매우 두려운 표정을 짓던 어른들의 얼굴이 떠오른다. 외할머니와 이웃집 어른들이 그렇게 말하는 소리를 들었던 것 같다.

'사상가'란 말은 좋은 말이다. 유식한 사람을 가리키는 말이다. '어떤 사상을 잘 알고 이를 적극적으로 주장하는 사람'이란 말이 국어사전의 풀이다. 그러나 여기서는 '공산주의 사상을 지닌 사람'을 줄여서 했던 말이다. 그러니 두려워

했고 경계하는 듯한 마음을 가졌을 것이다. 시대에 따라 좋은 말도 엉뚱한 의미로 사용되고 또 대접받았다는 걸 생각해보면 오늘에 와 격세지감(隔世之感)을 느낀다.

이제는 잊어도 좋겠다

꼬작집

외할머니와 내가 완순네 집 접방살이를 접고 집을 사서 이사 간 것은 4학년 올라가서 가을쯤이다. 외할아버지가 세상을 뜨신 것이 1948년 9월이니까 실히 6년은 남의 집 사랑방 하나를 빌려 근근이 몸을 붙이고 살았던 것이다.

그 세월이 짧지도 않아서 구슬프고 힘들었을 것은 물론이다. 외할머니는 처마꿀 논 너 마지기에서 나온 소출을 절약하고 잘 간직해서 그 쌀을 주고 집을 한 채 마련했다. 그러나 그것은 사람이 사는 집이라기에는 너무나도 허술하고 막 지은 헛간채 같은 것이어서 초라하기 그지없었다.

홍현부락에서 제일 높은 자리에 동그마니 조그맣게 있다 해서 마을 사람들이 '꼬작집'이라 부르는 집이었다. '꼬작'이란 지게에 짐을 얹는 바작이란 것 위에 두 개의 나무 기둥을 덧대어 묶은 것을 말한다. 지게에 더 많은 짐을 얹기 위한 하나의 방편으로 그렇게 하는 것이다.

어쨌든 그 집은 홍현부락에서 가장 높은 곳에 지어진 집이다. 그 집에서 살던 사람은 강승엥(본명 강승용)이라는 분. 마을 사람들이 그렇게 불렀다. 그런데 그분은 결혼도 하지 못하고 혼자 살다가 늙고 병들어 세상을 떠났다. 그러니까 기분이 별로 유쾌하지 않은 집이다.

하지만 외할머니는 그런 걸 별로 상관하지 않으셨다. 아니, 이것저것 까탈스럽게 조건을 따질 입장이 아니었다. 당장 곁방살이를 면하는 일이 다급했던 것이다. 외할머니의 친정 동생분들과 막동리 집의 막내 삼촌과 어머니가 와서 이사를 돕고 집들이하는 걸 도와주셨다.

얼마나 허술한 집인지 방의 천장에 반자조차 되어 있지 않았다. 천장의 서까래와 황토 흙이 벌겋게 드러나 있었다. 우선 그것부터 가려야 했다. 천장의 수평이 맞지 않아 들쑥날쑥 종이가 엉겨 붙어서 반자를 눌렀다. 흙으로만 된 벽에도 대충 종이 도배를 했다. 그 울퉁불퉁한 벽에 외할머니는 괘종시계를 걸었다. 외할아버지와 살던 때 남아 있는 유일한 흔적이다.

이제는 잊어도 좋겠다

그렇게 해놓고 나니 훨씬 방 안이 아늑해졌다. 그런데 문제는 부엌이다. 애당초 부엌문 같은 것도 없었으므로 부엌문부터 만들어서 다는 일이 시급했다. 처음엔 가마니를 두 장 틀어서(뜯어서) 임시방편으로 바람만 막고, 나중에서야 소나무 판자를 구해 부엌문을 만들어 달았다.

하지만 집의 좌향이 정통으로 서향이라서 저녁에 지는 해가 그대로 비쳐들었다. 특히 여름철 석양은 견디기 어려웠다. 방 안 구석구석까지 깊숙이 들어온 붉은 햇빛은 오래도록 열기를 품고 있어 실내가 찜통을 방불케 했다.

마루도 없는 집. 비스듬한 언덕의 지형을 그대로 살려 그 위에 주춧돌을 놓고 기둥을 세워 지은 집. 마당에서 오르는 토방이 높아 높다란 돌 하나를 놓고 디딤돌을 삼았다. 아마 그것은 전에 살던 집주인이 남긴 것이었지 싶다.

다만 좋았던 것은 방문을 열면 동네의 전경(全景)이 내려다보인다는 점이다. 비라도 내리고 갠 날 같은 때는 세상이 얼마나 맑고 투명하게 보이는지 몰랐다. 마치 그것은 유리구슬 속을 들여다보는 듯 고요하고 평화롭게 보였다. 나는 그렇게 세상의 경치가 때에 따라 변하는 것이 마냥 신기하게 느껴지곤 했다.

또 있다. 천방산 높은 봉우리가 한눈에 보인다는 점이다.

동옥이 이모네 외딴집이 있는 그 천방산이었다. 동옥이 이모네를 생각하면 천방산이 매우 친하고 가깝게 느껴졌다. 나는 방문을 열고 동네의 풍경을 굽어보는 것을 좋아했지만 멍하니 넋을 놓고 천방산을 바라보는 것도 좋았다.

그리고 꼬작집이 시대가 높아서 마을로 내려가는 길이 경사져 있다는 점도 좋았다. 급경사로가 아니라 느슨한 경사였다. 그 완만하게 경사진 길은 올라갈 때도 숨이 약간 가쁜 것 같아서 그다지 싫지 않았지만 내려갈 때가 더 좋았다. 누군가 뒤에서 슬쩍슬쩍 등을 밀어주는 듯한 상쾌함을 맛볼 수 있으니까 말이다.

그 집에서 나는 외할머니와 함께 초등학교 6학년 졸업할 때까지 2년 반 정도 살았다. 지금도 꿈을 꾸면 그 집이 나오고, 나는 그 집으로 돌아가는 아이가 된다. 물론 외할머니가 돌아가신 뒤에 집도 헐리고 지금은 집터조차 없지만, 그래도 내 마음속에 있는 외갓집은 어디까지나 그 작은 꼬작집이다.

이제는 잊어도 좋겠다

1

빈 언덕 위에

키 큰 상수리나무 하나를 둘 것

그 아래 방 한 칸짜리

오두막집을 둘 것

그리고 하늘엔

노을 한 자락도 걸어둘 것.

2018. 2 내다옥

*꼬작집(외갓집) 전경

2

흙내 나는

오두막집 방 안으로 돌아가고 싶다

따스한 아랫목의

잠 속으로 돌아가고 싶다

외할머니

옆에 계시고

밤이 깊어도

잠들지 못하고 속살거리는

상수리나무 마른 잎

무엇보다 먼저

내 몸이 작아지고 싶다.

— 나태주, 「꿈」 전문

이제는 잊어도 좋겠다

고목나무

꼬작집은 사립문도 없고 담장도 없는 집이지만 뒤쪽으로 울타리가 쳐져 있었다. 산에 있는 나무를 끊어다 인공으로 만든 울타리가 아니라 나무가 그대로 자라서 된 생울타리다. 참나무, 시누대, 뽀로수나무(보리수나무) 같은 나무들이 섞여서 울타리를 이루고 있었다. 그래서 바람 부는 날이나 이슥한 밤이면 나뭇가지와 나뭇잎들이 와슬랑대는 소리가 시끄럽게 나곤 했다.

외갓집 마당에서 오른쪽으로 나가면 곧바로 몇 개의 무덤이 있고 그 위에 커다란 고목나무가 하나 서 있었다. 그것도 살아 있는 나무가 아니라 죽은 나무. 나무 기둥이며 가지가 시커멓게 변해 있었다. 벼락을 여러 차례 맞아 그렇게 되었다고 했다. 나무의 종류는 은행나무. 마을 어른들이 전하는 바로는 동학 난리(동학농민혁명) 때에도 그 은행나무가 그렇게 큰 모습으로 서 있었다고 했다.

동네 사람들이 가까이 가기를 꺼렸다. 조금만 건드려도 동티가 난다고 해서 그 누구도 건드리는 사람이 없었다. 하나의 신성불가침 같은 것이었다. 나무 옆에 풀과 나무들이 제멋대로 자라도 누구도 관심을 두지 않았다. 바람이 심하게 부는 날이면 앙상하게 뼈만 남은 고목나무가 몸을 흔들며 삐걱삐걱 소리를 내기도 했다. 괴기스럽기까지 했다.

하지만 외할머니는 그런 모든 것을 괘념치 않으셨다. 처음에는 무섭기도 하고 두렵기도 했으리라. 그러나 오랫동안 가까이 살다 보니 오히려 의지가 되었을지도 모르는 일이다. 자연이든 인간이든 그 무엇도 일방적인 관계란 없다. 쌍방 관계다. 이쪽에서 좋게 생각하면 저쪽에서도 좋게 생각하게 마련이다. 실상 그것은 마음 안에

*외할머니 김순옥 님(윤문영 화백 그림)

이제는 잊어도 좋겠다

서 일어나는 정서적 반응이기도 하다.

외할머니는 틈만 나면 그 고목나무가 있는 언덕 위에 올라 아무 말 없이 먼 마을을 바라보고 계셨다. 오직 하나밖에 없는 피붙이 외동딸이 시집가서 사는 막동리 쪽이다. 들판 너머 산 너머 어디쯤 당신의 자손이 잘 살고 있기를 기도하는 마음이셨을 것이고, 어디쯤 당신을 찾아오는가 그것을 마음으로 마중하느라 고요히 기다리고 있었을 것이다.

도통 말씀이 없으셨다. 다만 멍하니 먼 곳을 바라보고만 계셨다. 그것이 당신에게 하나의 위안이고 낙이었을까. 가끔은 어린 나를 데리고 고목나무 언덕 위로 올라가기도 하셨다. 언제나 하얀 치마저고리 하얀 고무신 차림. 평생 낭자머리를 바꾸지 않고 쪽을 찌고 비녀를 꽂고 사셨다. 외할머니의 일생은 벽 위에 걸어놓은 그림처럼 변함이 없었다. 평생을 그렇게 묵묵히 당신 생애의 강물을 건너가셨을 뿐이다.

어려서 외할머니와 둘이
오막살이집에서 살 때
자주 외할머니와 뒷동산에 올라
먼 곳을 바라보곤 했다

가을날 같은 때 군청색 굼실굼실

물결쳐간 산봉우리들 너머

외할머니도 먼 곳을 바라보고

나도 먼 곳을 바라보고 있었다

외할머니가 바라본 먼 곳이

어떤 것인지는 모른다

그러나 나는 마음속으로 아라비아사막이거나

스위스 같은 곳을 먼 곳이라고 꿈꾸곤 했다

그 뒤로 나는 먼 곳을 많이 다녀보았다

여러 날 먼 곳을 서성이는 사람이 되기도 했다

지금은 또 그 먼 곳에서 살고 있다

생각해 보니 외할머니와 살던

오막살이집이 먼 곳이고

외할머니와 함께 올라 먼 곳을 바라보던

뒷동산이 먼 곳이었다.

— 나태주, 「먼 곳」 전문

이제는 잊어도 좋겠다

물잠자리

막동리 집을 떠나 초등학교에 다니는 동안에는 외갓집에서 살았지만, 일 년에 한두 차례씩은 막동리 집에 갔었다. 주로 방학을 이용해서 갔고, 때로는 학기 중간에 일주일 정도 '농번기 휴가'라는 이름으로 휴교하는 날에 갔다. 외할머니가 그러라고 시켰으며 막동리 어른들이 원하는 일이기도 했다.

막동리 집으로 오고 가려면 소왕굴 들이란 들판을 가로질러 가야 한다. 자동차 길이 발달하지 않았고 자동차가 흔하지 않던 시절, 그 길은 막동리와 외갓집을 이어주는 유일한 지름길이었다. 나의 유년시절부터 소년 시절까지는 이 소왕굴 들을 사이에 두고 막동리와 외갓집을 오가며 성장

했다고 해도 과언이 아니다.

가족들이랑 동행했지만 주로 혼자 다녔다. 홀로 시오리나 이십 리 들길을 걷는다는 건 매우 고적하고 따분한 일이다. 길을 가면서 많은 생각을 하게 된다. 외갓집에서 막동리 집으로 갈 때는 외갓집이 궁금했고 또 막동리 집을 떠나 외갓집으로 갈 때는 막동리 집이 궁금했다. 어쩌면 그것은 내 평생 고질병인 그리움의 씨앗인지도 모를 일이다.

한번인가 그렇게 외갓집에서 막동리 집으로 향할 때였다. 그 당시만 해도 경지 정리가 안 되었던 때여서 소왕굴 들가운데에 큰 개울이 두 개나 있었다. 하나는 큰 내. 또 하나는 작은 내. 더운 여름날 한낮 작은 내를 지나 큰 내의 둑길을 지날 때였다. 부들이 우북하게 자라 숲을 이룬 개울 바닥 부근에 무언가 보였다.

팔랑팔랑 춤추며 나르는 물체. 나비인가 싶기도 하고 잠자린가 싶기도 했다. 잠자리라면 날개가 너무 크고 나비라면 날개가 조금 작았다. 날개와 몸통이 모두 검은 빛이었다. 아무래도 나비보다는 잠자리에 가까웠다. 팔랑팔랑 날개를 저어 공중을 오르내릴 때는 몸 빛깔이 검은 색에서 진한 초록과 파랑으로 변하기도 했다.

저 녀석이 요술을 부리는 건가! 그건 호기심이기도 했고

이제는 잊어도 좋겠다

두려움이기도 했다. 아무도 없는 들판의 둑길에서 처음 만난 물잠자리. 저게 풍조 형이 말해주던 귀신 잠자리가 아닐까! 내가 어렸을 시절엔 귀신이 참 많았다. 달걀귀신, 지게귀신, 멍석귀신, 작대기귀신, 변소간귀신, 아이들은 닥치는 대로 귀신 이름을 지었다. 저 잠자리는 하늘나라에서 몰래 빠져나온 아이가 몸을 바꾼 잠자리가 아닐까. 오싹, 나는 무서운 생각마저 들었다.

올해도 여름이 오면 나는 공주의 제민천 가에서 그 물잠자리를 다시 만날 것이다. 그러면 다시금 나는 눈부신 햇빛 속에 검은빛 날개로 우아하게 춤을 추듯 날아가는 물잠자리를 바라보는 열 살짜리 어린아이의 마음으로 돌아가곤 한다.

4장

서커스 그 찬란한 기적처럼

벽장

꼬작집, 그러니까 외갓집 벽에 벽장이 하나 있었다. 안방 아랫목 벽 위쪽에 있는 장인데, 전에 살던 주인이 만들어 사용하던 것을 우리가 물려받아 쓰는 중이었다. 아무런 내부 시설도 없이 썰렁하기만 했던 꼬작집 안방. 이사를 오자마자 우선 윗방의 천장 쪽으로 선반 하나를 만들고 벽 모서리에 횃대를 걸었다. 그러고는 찾아낸 것이 이 벽장이었다.

외할머니는 벽장 내부를 깨끗하게 청소하고 나서 그곳에 물건을 넣어두기 시작했다. 주로 먹을거리였다. 밥이라든가 반찬 종류는 부엌의 부뚜막이나 살강에 놓아두면 되지만 조금 오래 두고 먹을 반찬이나 과일 종류는 벽장에 보관했다. 오늘날 냉장고 같은 것이고 이른바 수납공간 같은 거였다.

어쩌다 감이나 사과, 배 같은 과일이 생기면 그곳에 보관했고 전이나 잡채 같은 특별한 반찬뿐 아니라 꿀이나 엿, 식혜 같은 기호식품도 들어갔다. 벽장 하면 가장 먼저 떠오르는 것이 홍시감이다. 그만큼 홍시는 자주 벽장에 들어갔다. 외할머니는 그런 것들을 당신이 냉큼 드시는 법이 없었다. 그것은 오직 나에게만 주는 간식거리였다. 그러니까 그 벽장은 나를 위한 벽장이었고 나의 벽장이었던 셈이다.

학교에 다녀오거나 밖에 나갔다가 와서 심심하면 그 벽장부터 열어보았다. 처음엔 까치발을 딛고 열어야 했던 벽장 문이 점점 까치발을 딛지 않고도 열렸다. 그렇게 조금씩 나의 키도 더디지만 자라고 있었다. 나에게 그 벽장은 무엇이든 들어 있는 마법의 공간이었다. 그리고 오직 나 한 사람만을 위해 준비된 외할머니의 사랑의 곳간이었다.

*벽장(壁欌): 벽을 뚫어 작은 문을 내고 그 안에 물건을 넣을 공간을 마련해 수납공간으로 사용했다.
*선반: 물건을 얹어 두기 위하여 까치발을 받쳐서 벽에 달아 놓은 긴 널빤지.
*횃대: 옷을 걸 수 있게 만든 막대. 간짓대를 잘라 두 끝에 끈을 매어 벽에 달아매어 둔다.
*살강: 그릇 따위를 얹어 놓기 위하여 부엌의 벽 중간쯤에 만든 선반. 발처럼 엮어서 만들기 때문에 그릇의 물기가 잘 빠진다.

이제는 잊어도 좋겠다

산수유꽃 새로 필 때

봄이 오면 제일 먼저 피는 꽃은 노랑 꽃이다. 해마다 가을이면 하나님이 지상의 색깔을 모두 거두어갔다가 봄이 되면 하나씩 돌려주는데 첫 번째 돌려주시는 색깔이 노랑이다. 노랑은 그만큼 인내와 생명, 부활의 빛깔이다.

봄에 피는 꽃 가운데서도 제일 먼저 피는 꽃들은 거의 모두가 노랑색이다. 개나리, 민들레, 영춘화가 노랑이고 산수유가 또 노랑이다. 어려서 내가 그런 자연의 내력이나 꽃 이름에 대해서 세세히 알기나 했을까. 다만 봄이 왔고 꽃이 또 폈구나 했을 것이다.

외갓집 궉뜸 마을에는 몇 그루의 산수유나무가 심겨져 있었다. 꼬작집에서 내려가서 첫번째 집, 한순이 아저씨네 집. 한순이 아저씨네 집 무궁화 나무 울타리 가에 뻘쭘하게 서 있는 나무 몇 그루가 산수유나무다.

다른 나무들도 그렇지만 산수유나무는 겨울에는 검은빛 한 가지로 쭈뼛쭈뼛 서 있다가 봄이 되어 꽃이 피면 그때 비로소 그 나무가 산수유나무인 걸 알게 된다. 꽃 빛깔과 꽃 모양이 꽃의 이름을 말해주는 것이다. 말하자면 꽃은 그 나무의 이름표 같은 것이다.

'헤어지면 그리웁고/ 만나보면 시들하고/ 몹쓸 것 이 내 심사/ 믿는다 믿어라 변치 말자/ 누가 먼저 말했던가/ 아 아 생각하면 생각사록/ 죄 많은 내 청춘// 좋다 할 때 뿌리 치고/ 싫다 할 때 달려드는/ 모를 것 이 내 마음/ 봉오리 꺾어서 울려놓고/ 본체만체 왜 했던가/ 아아 생각하면 생각 사록/ 죄 많은 내 청춘.'

이것은 봄비 내리는 오후 같은 때 한순이 아저씨가 방에서 새끼를 꼬다가 방문을 열어놓고 즐겨 불렀던 노래, 〈청춘고백〉이란 이름의 오래된 유행가다. 어린 내가 어찌 그것을 알기나 했을까. 나중에 자라서 아 그때 한순이 아저씨 부른 노래가 그 노래였던가 싶었을 게다.

한순이 아저씨의 노랫소리는 작은 마을 구석구석에 울려 퍼졌다. '장가 못 간 한순이가 또 노래 부른다.' 마을 가운데

이제는 잊어도 좋겠다

공동우물에서 물을 긷던 아낙네들이나 지나가는 사람들이 입을 모아 말하곤 했다. 그 시절에도 결혼을 못해 혼자 늙어가는 남정네들이 있었던 것이다.

봄이 오고 산수유꽃이 다시금 피고 한순이 아저씨가 노래 부를 때쯤이면 꼭뜸 마을을 찾아오는 사람들이 있다. 생선 장수들이다. 남자 장수도 왔고 여자 장수도 왔다. 남자들은 지게에 생선을 지고 왔고 여자들은 함지에 생선을 이고 왔다.

"생선 사려. 생선 사려." 남자들은 큰 소리로 외치며 마을 큰길을 헤집고 다녔고 여자들은 조그만 소리로 "생선 사유. 생선 사" 속삭이듯 말하면서 이 집 저 집 사립문을 조심스럽게 열고 드나들었다. 어떤 때는 "뱅어 사려, 뱅어!" 그렇게 말하기도 했고 "쭉꾸미요, 쭉꾸미!" 그렇게 말하기도 했다.

그렇다. 그것은 조용한 산골 마을 귁뜸에 진정 봄이 다시 왔음을 알려주는 소리였다. 생선 장수가 한번 다녀가기만 하면 마을은 온통 생선 비린내에 휩싸이게 된다. 바다의 냄새였다. 그것은 또 생명의 냄새, 오랜 겨울잠을 깨우는 냄새였다.

생선 장수들은 언제고 넉배재를 넘어서 왔다. 꼬작집에서 문을 열면 서쪽에서 남쪽으로 조금 고개를 돌려 산 말랭이에 보이는 고개. 그 고개 너머에 질매장이 있고 더 멀리 장항이란 데가 있었는데, 생선 장수들은 질매장이나 장항에서 생선을 받아 마을을 돌며 팔러 다닌다고 했다. 나는 질매장이란 데도 가보고 싶었고 장항이란 데도 가보고 싶었다.

*질매장: 길산장. 서천군 서천읍의 길산이란 곳에 서던 시골장.
*쭉꾸미: 주꾸미. 봄철에 주로 잡히는 바닷고기.

이제는 잊어도 좋겠다

흰 고무신 한 켤레

언제부턴가 외할머니는 남자용 흰 고무신을 잘 보관하며 사셨다. 아마도 그건 내가 고등학교 졸업을 하고 성인이 된 뒤 외갓집에서 일 년쯤 지낼 때 신었던 신발이었지 싶다. 외할머니는 그 신발을 토방 디딤돌 위에 나란히 놓아두고 사셨다.

처음에 나는 외할머니가 왜 그러시는지 알지 못했다. 나중에야 외할머니한테 자초지종을 전해 듣고 상황을 파악해서 안 것인데, 그것은 말하자면 당신이 호신용으로 사용한 신발이었다. 신발이 호신용이 된다고? 그렇다. 외할머니는 하얀 남자 고무신 한 켤레를 당신의 경호원으로 고용해 살아오셨다.

내가 초등학교 4학년 가을에 집을 사서 살기 시작한 꼬작집은 대문이나 사립문은 고사하고 울타리조차 없는 집이었다. 그냥 난달 그대로였다. 아무나 드나들 수 있었고 아무나 들여다볼 수 있는 집이었다. 게다가 홀몸으로 사는 외할머니는 얼마나 불안했을까.

생각 끝에 외할머니는 손자 아이가 신다 버리고 간 흰 고무신을 애지중지 간직하면서 당신의 신발 옆에 나란히 놓아두고 사셨던 것이다. 신발이 어찌 사람을 지켜준단 말인가. 이 대목에서 나는 괜시리 마음이 아파진다. 외할머니의 길고도 쓰린 고독의 시간이 함께하기 때문이다.

한 번인가는 마을의 친구분 집에 마실을 갔다가 돌아와 방문을 여니 동네에 사는 남자 노인이 방 안에 우뚝 앉아 있더라는 것이다. 더구나 그 남자 노인은 행실이 나쁘기로 소문났는데, 불도 켜지 않은 방 안에 미리 와서 자신을 기다리고 있었으니 얼마나 무서웠을까. 내처 문을 닫고 방에 들어가려고 벗은 신발도 내버려둔 채 다시 마실 갔던 집에 찾아가 하룻밤을 보내고 돌아온 적도 있다고 했다.

또 한번인가는 부엌에 좀도둑이 들어온 일도 있었다고 한다. 추운 겨울밤 잠을 자고 있는데 부엌에서 딸그락 소리가 연신 나더라는 것이다. 무슨 소릴까? 귀를 기울이면 조금

이제는 잊어도 좋겠다

그쳤다가 나고, 그쳤다가 다시 나고. 부엌의 쌀독에 있는 쌀을 훔치러 온 동네의 좀도둑이 분명했다고 한다. 그때 외할머니는 혼자서 말을 주고받아 마치 손자인 내가 와 있는 것처럼 했다고 한다. "태주야, 일어나 봐. 밖에 누가 왔나봐. 애가 왜 이렇게 잠귀가 어두워."

그러자 달그락거리는 소리가 멈추더니 부엌의 뒷문을 밀치고 좀도둑이 도망가는 소리가 들렸다는 것이다. 그 뒤로 외할머니는 남자용 하얀 고무신 한 켤레를 새로 하나 사다가 부엌에서 안방으로 들어가는 문 앞에도 놓아두었다고 한다.

그런데 나는 그것도 모르고 외할머니가 내가 오면 신고 다니라고 새로 흰 고무신을 사다 놓으셨구나, 속으로 좋아하면서 그 신발을 신고 다녔다. 오늘에 와서 생각해도 송구스런 일이고 마음 아픈 일이 아닐 수 없다.

*난달: 벌판. 충청도 지방어

넉배재

외할머니는 가끔 시장에 가시곤 했다. 언제나 그렇듯 하얀 치마저고리에 흰 고무신을 신은 채로. 질매장은 꼬작집에서 빤히 건너다보이는 넉배재를 넘어서 시오 리 길을 더 가면 나오는 길산이란 곳의 들판에서 열리는 오일장이다. 꼬닥꼬닥 산길을 걷고 때로는 들길과 마을길을 지나서 가야 도착할 수 있었다.

닷새에 한 번씩 서는 장이라 해서 오일장이라고 불렀는데, 질매장에는 없는 물건이 없이 다 있다고 했다. 그래서 외할머니는 살림에 필요한 여러 가지 것들을 사기 위해 질매장에 가곤 했다. 예를 들면 호미 한 자루를 산다든가 고무신 한 켤레를 사려 해도 질매장에 가야 한다.

이제는 잊어도 좋겠다

나도 질매장에 한번 가보고 싶었지만 외할머니는 좀처럼 나를 데려가주지 않으셨다. 오일장이 서는 날 학교에 가야 하기 때문이고 주말이라 해도 어린아이를 데리고 가면 걸음이 더뎌서 오가는 길이 늦어질까 봐 그러셨을 것이다. "내 언능 장에 다녀오마. 학교 가서 공부 잘하고 오거라."

질매장에 가려면 아침 일찍 떠날 채비를 해야 한다. 어떤 때는 내가 학교 가기 전에 벌써 장길을 뜨기도 하셨다. 할머니가 질매장에 간 날은 학교에 가서 공부를 할 때도 외할머니가 장에서 사 오실 물건들에 마음이 가 있었다. 외할머니는 살림에 필요한 물건뿐 아니라 나에게 줄 물건도 사 오시기 때문이다.

미리 부탁드린 물건도 있다. 한번은 탁구공 하나를 사달라 했고, 《새벗》이란 어린이 잡지를 사다 달라 하기도 했다. 가끔 할머니는 당신이 읽으실 이야기책을 사 오시기도 했다. 시장 바닥에 난전을 펼친 행상한테서 사 오는 이야기책이다. 외할머니는 글을 쓸 줄은 몰라도 읽을 수는 있었던 것이다.

지루하고 따분한 밤의 시간, 외할머니는 호롱불 아래 육전소설을 소리 내어 읽으셨다. 당신도 책을 읽는 재미가 없지 않았겠지만 어린 나더러 들으라고 그러셨을 것이다. 그렇

게 해서 들은 이야기책이 '추월색', '장화홍련전', '숙영낭자
전', '박씨전', '눈물전', '무궁화전' 같은 책이었던 게 기억난다.

무엇보다 내가 기다리는 것은 찐빵이었다. 밀가루로 만든
새하얗고 부드럽고 커다란 빵. 먹다 보면 빵의 중심 부분에
팥 앙금이 있어서 달콤한 그것을 먹는 것이 더 좋았다. 그
때는 일본말 그대로 '앙꼬'라고 불렀다. 지금은 누구도 사용
하지 않는 말이다. 어쩌면 내가 장에 가신 외할머니를 기다
린 것은 외할머니보다는 외할머니가 이고 오는 보따리 안
에 들어 있을 군것질감에 더 마음이 가 있었기 때문인지도
모를 일이다.

학교에서 공부를 마치고 집으로 돌아왔을 때까지도 외할
머니가 시장에서 안 돌아와 있을 때가 있다. 그러면 나는
꼬작집 안방 문을 활짝 열고 넉배재를 바라보면서 외할머
니를 기다렸다. 저만큼 보이는 가늘고도 하얀 고갯길. 그 길
로 외할머니가 돌아오시게 되어 있었다.

저 사람일까? 아닐 거야. 저 사람일까? 아냐. 저 사람도 아
닐 거야. 그렇게 멀리서 오는 사람 한 사람 한 사람을 마음
속으로 점을 치면서 외할머니를 기다렸다. 그러다가 어느 순
간 저 사람은 외할머니가 맞다, 라고 마음으로 점을 쳤을 때
정말로 그 사람이 외할머니가 맞을 때는 가슴이 쩌르르 하

이제는 잊어도 좋겠다

*육전소설 표지

기도 했다. 내가 정말 점쟁이나 되는 듯 신기한 마음이었다.

한번인가는 정말로 외할머니를 따라 그 질매장이란 델 가본 적이 있다. 이른 아침 장에 가는 길에 서릿발이 밟혔던 걸로 보아 겨울방학이나 그런 겨울철이었지 싶다. 질매장은 내가 알던 세상과는 영판 다른 세상이었다. 우선 사람이 많아 시끄럽고 없는 것 없이 모든 물건들이 있었다. 시장 입구에 있는 지서 마당에 높은 오종대가 커다란 나팔을 달고 아주 높게 서 있었다.

나는 할머니에게 탁구공을 하나 더 사달라고 했다. 그런 게 왜 필요하냐고 안 사주시려고 하는데 떼를 써서 탁구공을 사기도 했고 찐빵을 찌는 가게 앞에서 따끈한 찐빵을 사서 먹기도 했다. 어느 가게였을 것이다. 아래로 내려쓴 간판에 '염소매소'라고 쓰여 있었다. 실은 그건 소금(염)을 소매로 파는 집(소매소)이란 뜻인데 초등학교 아이에겐 아무래도 이해하기 어려운 내용이었다. 남배 가게도 그렇다. 옆으로 쓴 글자가 '비담'으로 거꾸로 쓰여 있어서 어리둥절하기도 했다.

지금도 나는 가끔 아침 일찍 하얀 치마저고리에 흰 고무신을 신고 질매장에 갔다가 점심나절이 지나 힘겹게 돌아오시는 외할머니를 기다리는 초등학교 4, 5학년짜리 어린아이로 돌아가고 싶은 때가 있다.

*육전소설: 1900년대 초부터 광복 전까지 유행한 문고본 소설. 고전 소설을 개작하거나 윤색한 작품, 번안한 작품, 번안적 요소와 창작적 요소가 섞인 작품으로 나눌 수 있다.

이제는 잊어도 좋겠다

전학 온 서울 아이

내가 기억하는 초등학교 담임선생님의 이름은 네 분이다. 1학년 반년을 가르쳐준 간이학교 시절의 김상규 선생님. 외갓집 마을에 있는 시초국민학교로 전학 와서 3학년 때 담임이 되신 백양기 선생님. 4학년과 5학년을 거듭 맡아주신 황우연 선생님. 6학년 담임이신 구홍기 선생님. 2학년 때는 학교를 옮겨 다니기도 했지만, 학교에 가지 않고 집에만 있는 날이 많아서 어떤 선생님에게서 배웠는지 전혀 기억나지 않는다.

돌이켜보면 내가 가장 안정된 시기를 보낸 것은 초등학교 4학년 시절이 아닌가 싶다. 일단 외할머니한테 돌아와서 시초국민학교를 1년 온전하게 다니며 모자란 공부를 좀 했고,

외할머니가 꼬작집이나마 집을 한 채 구입해서 물리적으로나 정신적으로나 안정된 나날을 보냈기 때문이다.

담임이신 황우연 선생님은 좋은 분이었다. 특별하게 무엇이 어떻다고 말할 수는 없어도 그저 어련무던하고 인성이 순후하고 도량이 넓은 분이라서 아이들을 너그럽고 긍정적으로 보아주셨다. 내가 처음 학급 자치회에서 미화부장이란 걸 맡아 교실의 환경정리를 도운 것도, 품행방정상을 받은 것도 4학년 때부터이다. 아마도 담임이신 황 선생님이 좋게 보아주신 덕이 아닌가 싶다.

다른 건 몰라도 나는 그림 그리는 걸 좋아했다. 그래서 특활 시간에도 미술부에 들어갔고 집에 와서도 공책 같은 데에 그림 그리는 걸 좋아했다. 그런 걸 아신 선생님은 나를 지목하며 사회생활 시간에 사용할 커다란 지도를 그려오라고 숙제를 시키기도 했다. 모조지 전지를 두 장씩 내주시면서 말이다.

나도 전학을 왔지만, 4학년 때 전학 온 아이가 몇 있었다. 특히 강명구라는 남자아이. 서울에 있는 한 학교에 다니다 온 아이라 했다. 아버지가 시초면 경찰지서장으로 부임하게 되어 아버지를 따라온 거라고. 얼굴이 동글고 눈이 크고 선량했으며 나처럼 키가 크지 않은 아이였다.

이제는 잊어도 좋겠다

*어린이 잡지《새벗》창간호(1952.1.5.)와 표지

명구는 아이들이 보는 책을 많이 가지고 있었다. 서울에 살 때 보던 책이라 했다. 만화책은 물론이고 동화책도 여러 권 가지고 있었고《새벗》이란 아동 잡지가 있다는 걸 알게 된 것도 그 아이로부터였다. 반 아이들이 그 아이 곁으로 몰렸다. 워낙 사는 형편이 어렵고 물질이 궁하던 시절이었다. 잘사는 집 아이들은 누룽지 같은 걸 싸 가지고 와 혼자 먹으며 자랑을 하던 시절이다.

나도 그 아이 옆에 있던 아이 가운데 하나였다. 만화책도 빌렸지만 동화책 한 권을 빌려서 본 것이 오늘에 와서까지도 특별하고 가슴 벅찬 기억으로 남아있다. 그것은 강소천 선생이 지은 장편동화『진달래와 철쭉』이란 책이었다. 눈이 환하게 뜨이는 것 같은 이야기였다. 내가 꿈꾸는 이야기들이 모두 그 한 권의 책 속에 들어 있었다.

내용은 아주 단순했지만 풍부한 상상력 덕분에 환상적이고 한편으로는 허황되게 느껴지기까지 했다. 주인공인 진달래와 철쭉이란 이름의 남자 형제가 마음씨 고약한 큰아버지의 꾀임에 빠져 혼자 살던 아버지와도 헤어지고 온갖 어려움을 겪고 모험을 거친 끝에 임금님의 두 딸과 결혼하여 해피엔딩에 이른다는 줄거리였다. 우리나라 고전 소설이나 전설의 한 패턴과 많이 닮아 있는 권선징악형의 동화였다.

그렇지만 나는 얼마나 그 책의 내용이 새록새록 좋았는지 모른다. 일주일만 보고 돌려주겠다 한 책을 다시 일주일 더 연장해서 읽겠다고 명구에게 사정해서 다시 한 번 반복해 읽었다. 책을 돌려주기 전에 내용을 모조리 외워두었으면 좋겠다는 심정으로 읽었을 것이다. 하지만 그 책은 겉표지도 뒤표지도 떨어져나간 낡은 책이었다. 다만 책의 뒷부분 판권이 남아 있어서 책의 제목과 저자의 이름정도만 알 수 있었다.

나중에 초등학교 선생이 되어 서점에 들렀을 때, 내가 초등학교 시절 읽었던 『진달래와 철쭉』이란 책을 우연히 발견하고 얼마나 반가웠는지 모른다. 곧바로 구입했음은 물론이고 아직까지도 보관하고 있다. 그런데 나중에 알고 보니 강명구란 친구에게서 빌려서 읽은 책과는 다른 책이었다. 그것은 1960년 배영사란 출판사에서 다시 낸 책이었다.

자료를 통해 알아보니 『진달래와 철쭉』이란 책은 1952년 부산에 있는 '어린이 다이제스트'란 출판사에서 처음 발간한 책이었다. 전쟁 중인 나라에서 임시수도였던 부산에서 이런 책을 냈다는 것이 참으로 눈물겹도록 놀랍고 고마운 일이다. 그만큼 어른들이 어린이들을 위하는 마음이 지극했다는 증거일 터이다. 그런 사유로 해서 내가 강명구란 아이한테서 빌려서 읽은 책은 바로 1952년 부산에서 '어린이 다이

*강소천 장편동화 『진달래와 철쭉』 표지

제스트'에서 발간한 『진달래와 철쭉』 초판본이었다.

내가 글 쓰는 사람으로 일생을 살아 지금에 이르게 된 것
은 강소천 선생이 쓴 이 책을 어린 시절에 읽은 덕분이다. 어
린 나이에 받은 감동과 은혜의 영향은 그만큼 큰 것이리라.
고마운 일이다.

---

*《새벗》: 1952년 1월 5일 자로 피난 수도 부산서 창간되어 2000년대까지
발행을 지속해 온 우리나라의 대표적인 어린이 잡지.
*판권: 책의 맨 끝장에 인쇄 및 발행 날짜, 저작자·발행자의 주소와 성명 따
위를 인쇄하고 인지를 붙인 종이.

이제는 잊어도 좋겠다

연꽃

강명구란 남자아이가 전학 올 무렵, 서울에서 전학 온 여자아이가 하나 있었다. 그 아이는 학교가 자리하고 있는 초현리의 건너편 마을 신곡리에 사는 구참봉네 손녀딸이라 했다. 구참봉은 근동(近洞)에서는 가장 부자였던 분이다. 얼마나 잘사는 분인지 어린 나로서는 알 수 없는 일이었지만 훗날에도 그분 소유의 농토가 많았다는 것만은 알고 있다.

농토가 재산이었고 쌀이 돈을 대신해주던 시절이다. 시골에서는 '쌀계'라는 것이 있어서 쌀 100가마짜리, 50가마짜리 계를 꾸려 필요한 대로 목돈을 마련해 쓰던 시절이다. 시골에서는 무조건 쌀이 많은 사람이나 쌀을 생산하는 농토가 많은 사람이 부자였다. 그만큼 먹거리인 쌀이 귀중하게 대접받았다.

왜 구참봉 네 손녀 딸이 느닷없이 시골 학교로 전학을 왔는지는 아는 바 없다. 다만 그 아이가 가져온 문화적 위화감이 대단했다. 아이들의 머리에 이나 서캐가 득실거려 미군부대에서 나온 살충제인 디디티를 뿌려 이를 잡던 시절이다. 남자아이들은 가위나 바리캉(이발기계)으로 밀어 빡빡머리를 하고 다녔고 여자아이들도 꾸질꾸질하게 머리를 길러 묶고 다니던 시절이다.

그런데 이 아이는 달랐다. 산뜻한 단발머리였다. 단발로 자르고 남은 뒷머리를 또 면도로 깔끔하게 밀어서 더욱 단정해 보였다. 옷도 위아래가 다른 투피스 차림이었고 무엇보다 그 아이가 메고 다니는 가방이 특별했다. 란도셀이라는 등에 메는 가방이었는데 그것도 빨간색으로 가죽제품이었다. 그것은 하나의 문화 충격 같은 거였다.

그 아이를 그저 바라보는 것만으로도 나는 넋이 나가 황홀할 지경이었다. 이 아이는 국어 시간 같은 때 책을 읽는 것도 특별했다. 대부분 아이들은 선생님에게 이름을 불릴까 봐 가슴을 조렸고 또 지적을 받은 아이는 일어나서 책을 읽을 때도 더듬더듬 읽곤 했다.

하지만 이 아이만은 달랐다. 주저하는 내색 하나 없이 당

이제는 잊어도 좋겠다

당하게 일어나 반듯한 자세와 자신 있는 태도로 책을 읽었다. 나는 키가 큰 편이 아니어서 주로 앞자리에 앉았는데, 이 아이는 나보다 더 앞자리에 앉아 있었다. 앉힐 자리가 마땅치 않았거나 담임선생님의 특별대우로 앞자리에 앉았을 것이다. 뒷자리에서 보면 그 아이의 단발머리가 더욱 정갈하고 산뜻하게 보였다.

그 아이가 책을 읽을 때는 앞으로 팔을 뻗고 반듯하게 두 손으로 책을 잡고 읽었다. 목소리가 더없이 낭랑했다. 그때까지 그렇게 예쁜 목소리로 책을 읽는 아이를 본 적이 없었다. 책을 잡기 위해 들어 올린 두 팔이 새하얗고 팔 뒤에 옴폭하게 패인 팔꿈치까지 예쁘게 보였다.

얼마 지나지 않아 여름방학이 되었다. 방학이 되면 학교 전체가 적막에 휩싸인다. 봄부터 학급마다 경쟁하듯 심은 화단의 꽃들도 시들하고 오직 삼잎국화만 우북하게 자라 샛노랑 꽃을 피우고 있게 마련이다. 잎이 삼[麻]의 잎과 비슷하게 생겨서 삼잎국화라고 부르는데 아무도 그 이름을 알지 못했으므로 아이들도 그냥 '노랭이'라고만 불렀다.

4학년 여름방학이 되고 한 주일쯤 지난 어느 날이었을 것이다. 꿱뜸 아이들이랑 어울려 신곡리로 놀러 간 일이 몇 차례 있었다. 풍조 형이랑 함께였을까. 특별한 볼일이 있었던 건 아니고 구참봉네 연못의 연꽃을 보기 위해서였다. 어디에도 없고 오직 구참봉 댁에만 있는 연못이었다.

연꽃은 향일성(向日性)으로 햇빛이 있는 한낮에 꽃을 피우는 꽃이다. 우리가 찾아간 것이 언제나 오후 늦은 시간이어서 그랬던지 활짝 핀 연꽃을 본 일이 없다. 연꽃들은 반쯤 입을 오므리고 수줍은 듯 물 위에 다리를 모은 채 서 있곤 했다. 그 모습이 여간 당당해 보이는 게 아니었다. 국어 시간에 일어나 책을 읽던 전학 온 단발머리 그 아이를 닮아 있었다.

저만치 구참봉 댁이 건너다보였다. 외향이 시커먼 기와집이었다. 그러나 그냥 기와집이 아니고 마루에 유리창을 달고 있는 기와집이었다. 기와집이면 그냥 기와집이었지 유리창이 있는 기와집은 또 처음 보는 일이었다. 유리가 귀하던 시절, 학교에서도 가끔 동네 사람들에게 유리창을 도둑맞는 일이 있어 선생님들이 나서서 깨진 유리 조각 끝으로 유리창마다 '시초학교'라고 이름을 새기던 시절이다.

울타리도 없고 사립문조차 없는 꼬작집에 비해 그 아이가 산다는 집, 구참봉 댁은 얼마나 대단한 집인가. 기와집인 것도 그러하지만 구참봉 댁에 있는 유리 창문은 어린 나에게는 또 하나의 충격이었다. 사람의 기를 죽이는 보이지 않

이제는 잊어도 좋겠다

는 그 무엇이었다. 연못을 뒤로하고 돌아올 때 구참봉 댁 유리 창문에 저녁 햇살이 반사돼 유독 눈부시게 보였다.

구참봉 댁 손녀 아이의 이름은 구영자. 하지만 여름방학이 끝나고 개학을 해 학교에 갔을 때, 그 아이의 모습은 보이지 않았다. 방학 동안에 다시 서울의 학교로 돌아간 것일까. 다시는 그 여자아이의 단정한 단발머리도, 국어 시간에 일어나 책을 읽던 낭랑한 목소리도, 또 책을 읽을 때 반듯하게 앞으로 뻗던 새하얀 팔이며 예쁜 팔 뒤꿈치도 볼 수 없게 되었다. 걸어갈 때면 란도셀 속에서 딸그락 딸그락 들리던 연필 부딪는 소리를 더는 들을 수 없었다.

서커스 구경

어린 시절, 아버지 어머니와 함께 살던 본가 막동리보다
외할머니와 함께 살던 외갓집 마을인 시초면 초현리가 나에
게는 훨씬 더 좋았다. 무엇보다 외갓집 마을의 분위기가 밝
아서 좋았다. 막동리보다 훨씬 편리했고 만나는 사람들이
많고 집이 많아서 좋았다.

면사무소가 있는 곳이기 때문에 초등학교를 비롯해서 경
찰지서와 같은 관공서들이 있었고, 송방이라 불리던 구멍가
게가 몇 군데 있었으며, 아이들하고는 별 관계가 없지만 이
발소나 양조장, 술집이나 음식점도 몇 군데 있었다.

어렸을 때였지만 나는 외갓집 마을이 훨씬 문화적이라고
생각했다. 문화란 도시적인 요소가 있고 생활이 편리하며

이제는 잊어도 좋겠다

밝은 쪽으로 기우는 것이라는 게 나의 생각이고 느낌이었다. 대뜸 직관으로 막동리보다는 외갓집 마을인 초현리, 그 가운데서도 귁뜸 마을이 좋았다.

영화 구경만 해도 그렇다. 막동리에서는 전혀 가능한 일이 아닌데 외갓집 마을에서는 그것이 가능했다. 가끔 가설극장이란 것이 생겨 거기서 영화를 보았던 것이다. 어느 날 마을의 공터에 낯선 어른들이 자동차를 몰고 와서 말뚝을 박고 검정 포장을 두르기 시작하면 가설극장이 뚝딱 만들어졌다.

늦은 오후 시간부터 확성기로 영화 선전을 하기 시작했다. '친애하는'으로 시작하는 멘트. 저녁밥 일찍이 먹고 손에 손을 잡고 영화 구경 나오라는 것이었는데, 그 소리가 얼마나 컸던지 귁뜸 마을 안쪽까지 쩌렁쩌렁 울렸다. 그러면 마을 아이들이 안달해서 어른들을 조르기 시작한다. 영화를 보는 데 필요한 5원짜리 종이돈 한 장을 얻기 위해서였다.

하지만 돈이 궁한 어른들은 쉽사리 돈을 내주지 않았다. 아니, 줄 수가 없었다. 그건 나도 그랬다. 외할머니 치마폭을 붙잡고 맴돌며 사정사정해보지만 가난했던 외할머니 역시 시원스럽게 돈을 줄 수 없었던 것이다. 재수가 좋은 날은 바라던 종이돈을 얻어내어 가설극장에서 하는 영화를 보기도 했다.

그렇게 해서 본 영화가 조미령과 이민이란 배우가 주연했던 〈춘향전〉이었고, 주인공 이름은 기억나지 않지만 잘생긴 남자 마술사와 예쁜 공주님이 나오는 외국 영화였다. 때로 그런 영화는 필름이 하도 낡아서 스크린에 하얀 실금이 여러 군데 가 있는데 그것은 마치 비가 내리는 것처럼 보이곤 했다.

그런 가운데서도 유독 특별한 것은 서커스 구경이었다. 아직은 일본말이 많이 남아 있던 시절이라서 서커스란 말 대신 '말 씨바우'라고 불리던 때였다. 서커스는 오일장이 서는 곳에서 열리지 않았다. 궉뜸 마을에서 더 안쪽으로 들어가면 문산이란 곳이 있는데 거기에 문산장이 서고 어쩌다 문산장터에 서커스가 들어오곤 했다.

나를 맨 처음 서커스에 데리고 가준 사람은 동옥이 이모다. 아마도 서커스 구경하는 돈도 이모가 대주었을 것이다. 가설극장하고는 규모부터 달랐다. 출입구부터가 높다랗고 포장의 크기가 으리으리했다. 가설극장은 천장이 열려 있는데 서커스는 천막의 지붕까지 만들어져 있어서 마치 커다란 궁전을 보는 것 같았다.

이제는 잊어도 좋겠다

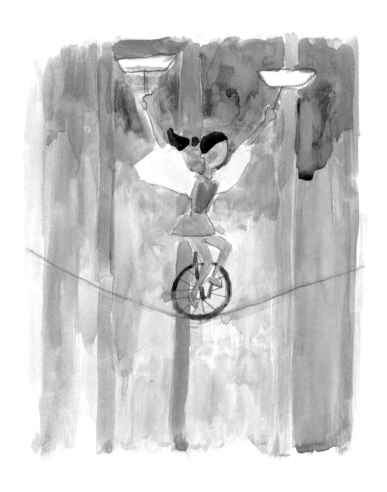

　처음 들어보는 악기 소리가 있었다. 그것은 바로 트럼펫 소리. 서커스장 입구에 높다랗게 만들어놓은 다락 위에서 어떤 청년이 악기를 부는데 그 소리가 하늘 위로 흩어지면

서 마치 햇빛처럼 부서지고 있었다. 반짝이고 있었다. 소리가 빛깔이나 모양으로 느껴진다는 게 어린 나이에도 참 신기했다.

서커스장 안으로 입장하여 관람했던 서커스는 그때나 지금이나 놀라움 그 자체였다. 그렇다. 서커스란 일반인들이 상식적으로 생각하는 세상 그 너머의 세상을 보여주는 데에 목적이 있다. 될수록 환상을 심어주어야 한다. 불가능을 가능함으로 바꾸어 보여주어야 한다.

여러 가지 동물이나 기구들이 동원되고 사람들이 나와 묘기를 펼쳤다. 한순간도 눈을 딴 곳으로 돌릴 틈을 주지 않았다. 가슴이 철렁철렁 내려앉았다. 어떤 때는 너무 무서워 두 손으로 눈을 가리기도 했다. 사람들은 놀라 소리지르기 위해서 온 사람들처럼 약속이나 한 듯 한목소리로 일제히 소리를 내질렀다.

그러나 나는 그런 묘기보다 한 여자아이에게 마음이 갔다. 내 또래의 아이가 어른들과 어울려 묘기도 하고 무대를 사뿐사뿐 오가기도 했다. 어쩌나 활짝 잘 웃고 복사꽃처럼 예쁜지 마음이 온통 그 여자아이에게로 가서는 돌아오지 않았다.

예쁘고 귀여운 저 여자아이는 왜 학교에 다니지 않고 저

이제는 잊어도 좋겠다

러고 있을까? 나는 그것이 궁금했다. 끝내는 그 여자아이가 불쌍하게 여겨지기까지 했다. 여자아이가 아슬아슬한 줄타기 묘기를 펼치고 나서 방긋 웃으며 관중을 향해 인사하는 것조차도 예쁘지 않고 안타깝게 보였다.

여자아이는 자기의 차례가 끝나고 나서는 관중석을 돌면서 사진을 팔기도 했다. 제 묘기가 담긴 사진이었다. 더러 어른들이 사진을 사주기도 했다. 나는 그 아이가 사진을 팔러 다니는 것도 마음이 불편하고 안돼 보였다.

처음엔 재미나게 서커스를 보기 시작했지만 그 여자아이 때문에 점점 서커스 구경이 우울하게 느껴지다가 결국엔 쓸쓸한 심정으로 끝나버리고 말았다. 서커스 구경을 마치고 밖으로 나와서 신작로 길을 걸어서 다시 외갓집 마을로 돌아올 때 동옥이 이모가 물었다.

"영주야. 어땠어? 말씨바우 재밌었니?" 그러나 나는 대답을 하지 않고 다만 고개를 숙이고 길을 걷기만 했다. 신작로에는 자갈돌이 많이 쌓여 있어 길을 걷기에 불편했다. 가끔은 자갈돌을 발끝으로 툭툭 차면서 나는 마음속으로 다짐했다. '내 이담에 돈을 많이 버는 사람 되어 저 여자아이를 말씨바위에서 나오게 하리라.'

아이들 말로는 서커스, 그러니까 곡마단에서 묘기 하는

아이들은 부모가 없는 아이들이거나 억울하게 팔려가서 매를 맞으며 서커스 연습을 한다고 들었기 때문이다. 그날 나의 서커스 구경은 완전히 실패작이었다.

이제는 잊어도 좋겠다

자유의 벗

외할머니에게는 형제가 넷. 바로 아래 여동생이 장항에서 살았고 큰 남동생은 완순네 옆집 솜틀집에서 살았다. 그 아래로 남동생이 한 분 더 있었는데 형제들과는 나이 차이가 제법 나는 분이었다. 한동안 결혼하지 않은 총각으로 형님 댁에 몸을 의지하며 살았다. 그래서 큰 누님인 외할머니가 각별하게 마음을 써주며 돌보아주고 싶어 했던 분이다.

그런데 이분에겐 특별한 경력이 있다. 6·25 한국전쟁 당시 인민 의용군에 끌려가서 전쟁에 참여했다가 전쟁 포로로 잡혀 거제도 포로수용소에 수감된 뒤 이승만 대통령의 반공 포로 석방 조치에 따라 풀려나 집으로 돌아온 것이다. 그것이 내가 완순네 집에서 접방살이하던 초등학교 3학년 때다.

그런데 그분은 그 뒤 전쟁이 소강상태에 이를 무렵 한국의 육군에도 소집되어 복무하다가 제대를 하기도 했다. 그러니까 북한군으로도 복무하고 한국군으로도 복무한 셈이다. 그야말로 얄궂은 운명이다. 그런데도 이분은 아무런 내색 없이 너없이 선량하게만 살았다.

내게는 촌수로 할아버지뻘이 되는 분이어서 결혼하지 않았을 때도 작은할아버지라고 부르곤 했다. 그때마다 그분은 민망한 표정을 짓곤 했다. 그러던 어느 날 나는 작은할아버지가 기거하는 솜틀집의 윗방 마루 앞에서 특별한 책 한 권을 보았다. 그것은 아주 얄팍하지만 크기가 넓고 화려한 책이었다.

제목은 《자유의 벗》. 처음 보는 책이었지만 무엇보다 어린 나의 눈을 사로잡은 것은 그 책의 표지였다. 곱게 한복을 차려입은 젊은 여성이 표지 모델로 등장했는데 인형처럼 너무 예뻤던 것이다. 집에 돌아와서도 사진 속 그 여인의 모습이 잊혀지지 않았다.

나는 외할머니에게 떼를 썼다. "할머니. 솜틀집 작은할아버지가 가지고 있는 책의 껍데기를 갖고 싶어요. 그걸 좀 얻어다 주세요." 처음 외할머니는 별로 신경 쓰지 않는 눈치였다. 한두 차례 말하다가 그만두겠지 싶으셨을 것이다. 그러

이제는 잊어도 좋겠다

나 나의 입장은 안 그랬다. 사진 속 여인의 모습이 영 사라지지 않는 거였다.

"할머니, 그 사진을 갖고 싶어요. 껍데기 한 장만 얻어다주세요." 자꾸만 졸라대는 손자의 청을 이기지 못한 외할머니는 솜틀집으로 발길을 향하셨다. 돌아오는 길에 《자유의 벗》표지 한 장이 들려 있었음은 물론이다. "옛다. 쉽게 안 주겠다는 걸 간신히 얻어 왔다. 별걸 다 갖고 싶어 하는구나."

한동안 나는 모르고 살았다. 왜 솜틀집 작은할아버지에게 그런 책이 있었던 걸까? 그건 작은할아버지가 북한 의용군에 끌려갔다가 포로로 잡혀 거제도 포로수용소에 수감된 뒤 반공포로 석방 조치에 따라 집으로 돌아온 사건과 관계가 깊다. 포로수용소에 있을 때 작은할아버지의 신상명세가 미군에게 들어갔는데 집 주소가 포함되었던 모양이다.

돌이켜보니 작은할아버지에 대한 기억이 더 있다. 3학년 때였지 싶다. 완순네 집에서 곁방살이하던 어느날, 외할머니가 친정인 솜틀집에 다녀오면서 무언가 특별한 물건 하나를 들고 오셨다. 그것은 통조림. 표면이 진한 초록빛이었다. 외할머니의 말에 의하면 작은할아버지가 가져온 것이라고 했다.

당시만 해도 통조림을 통조림이라 부르지 않고 '간즈메'라고 일본말로 부르던 시절이다. 외할머니는 통조림 뚜껑을 열어 나에게 먹으라고 주셨다. 통조림 안에는 둥근 고깃덩어리가 여러 개 들어 있었다. 오늘날 우리가 말하는 떡갈비 같은 것인데 미군들이 먹는 전투 식량 가운데 하나였다.

그것은 분명 포로수용소에서 작은할아버지가 식량으로 배급받은 물건이었지 싶다. 그걸 아끼고 아껴 포로수용소를 탈출할 때 지니고 나왔을뿐더러 멀리 길을 걸어 고향 집을 찾아올 때도 먹지 않고 아끼고 아껴 집까지 가지고 왔던 것이리라. 그것을 당신의 큰 누님인 우리 외할머니에게 하나 드린 건데 그걸 내가 혼자서 먹어치운 것이었다.

이렇게 간단한 사건이나 물건 하나에도 복잡하고 어려운 사정이나 사연이 깃들여 있음을 열 살 어린아이인 내가 어찌 짐작이나 할 수 있었을까. 오늘날 생각해보면 작은할아버지나 외할머니에게 많이 송구한 노릇이다. 그런 전후 사정도 모르고 나는 그저 맛있다고만 먹었고 끝내 더 먹었으면 좋겠다고까지 생각했으니 말이다.

*북한 의용군: 한국전쟁 초기(1950년 7월 1일) 북한의 전시동원령에 따라 정규군을 지원하기 위해 조직된 군대 또는 군인. 남한의 청년들이 다수 끌려갔다.
*반공포로 석방: 1953년 6월 18일부터 19일 사이, 이승만 대통령이 추진하여 당시 거제리 수용소, 가야리 수용소, 광주 수용소 등 8개 수용소에서 총 3만 5천여 명이 반공포로를 탈출시킨 사건.
*《자유의 벗》: 6·25 전쟁 직후 미군 극동사령부에서 한국국민을 계도하기 위해 발간했던 잡지. 1955년 6월호 창간호를 발간했고 1972년 6월호로 종간하였다.

이제는 잊어도 좋겠다

나무 바다

 궉뜸 마을은 나무가 많은 마을이었다. 집집마다 울 안팎으로 감나무 한두 그루씩은 심었고 석류나무, 복숭아 나무, 살구나무, 밤나무 같은 과일나무를 가꾸고 있었다. 특히 울밖에는 키가 큰 참죽나무, 미루나무 같은 나무들을 심었다. 심지어 텃밭 울타리까지도 측백이나 무궁화나 탱자나무 같은 생울타리 나무로 둘렀다.

 과일나무가 없는 집은 오직 꼬작집밖엔 없었다. 하지만 꼬작집도 집 뒤편 울타리는 생나무 울타리로 되어 있었다. 그리고 비탈길에서 마당으로 들어오는 어름 왼편에 커다란 오동나무 한 그루가 자라고 있어 여름에는 시원한 그늘을 만들어 주었고, 불볕더위 한낮에 매미가 앉아서 통곡하듯

하늘에 긴 강물을 만들며 우는 나무도 그 나무였다.

그리고 오동나무 맞은편, 그러니까 마당의 입구 오른편에 뽀로수나무(보리수나무)가 한 그루 심겨 있어서 좋았다. 학교에 다녀와서 심심할 때면 그 나무 위에 올라가 나무를 흔들며 놀았다. 나무는 내 작은 몸을 받아 얹어줄 만큼 튼튼하고 질겼다. 나로선 목마 놀이기구 같은 상대였다. 그럴 때면 외할머니가 지나다가 보시고 '나무에서 떨어질라' 주의를 시키곤 했다.

해마다 학교에서는 봄가을 두 차례씩, 그러니까 보리 벨 때와 벼 벨 때 농번기 휴가란 짧은 방학을 했다. 보릿가을 농번기 휴가 때였을 것이다. 굑뜸 마을을 떠나 한 사나흘 막동리 집에 머물다가 돌아오는 길이었다. 면사무소 앞길에서 오른쪽으로 꺾어서 굑뜸 마을 안길로 들어왔을 때 나는 적이 놀라고 있었다.

처음 굑뜸 마을을 떠날 때와 분위기가 완전히 달라져 있었던 것이다. 막동리로 갈 때는 길바닥이 환하게 들여다보였는데 그 사나흘 동안에 길바닥이 어둑하게 보였다. 마치 땅이 아래로 푹 꺼진 듯한 느낌이 들었다. 이게 무슨 요술이란 말인가!

굑뜸 마을에는 다른 곳에도 나무가 많지만 유독 마을 앞

　　　　　　　　　　　이제는 잊어도 좋겠다

길에 나무가 많았다. 길 이쪽저쪽으로 나무들은 마치 열병하는 군인들처럼 늘어서 있었다. 주로 죽나무와 미루나무였다. 그 나무들의 이파리가 사나흘 지나는 동안에 넓게 자란 것이다. 내가 느낀 그 신기함이 나무 이파리들의 연출이라는 걸 나는 미처 알지 못했다.

궁금증과 신비함이 오래 남아 가슴속을 맴돌았다. 나는 지금 바다 밑을 지나가고 있는 게 아닐까. 그렇다면 나는 한 마리 바닷고기가 되어 헤엄치고 있는 게 아닐까. 나무 바다. 바다 밑을 헤엄치는 물고기. 생각만으로도 나는 싱싱해지고 무언가 푸르른 느낌을 갖곤 했다.

그렇게 사소한 자연의 변화 하나에도 나는 쉽게 적응하지 못하고 어리둥절해하는 조금은 모자란 아이였다. 가령 어딘가를 다녀오기 위해 짐을 등지고 갈 때엔 멀고 지루하게 느껴졌던 길이 볼일을 마치고 집을 향해 돌아올 때는 훨씬 거리가 가깝고 호슷게 느껴지는 것이다. 그 느낌이 번번이 이상하고 신기했다. 그것이 심리적 거리감이라는 걸 어린 내가 어찌 짐작이나 할 수 있었으랴.

꿩병아리

외삼촌이 보리를 베다가 꿩알을 열 개나 주워 왔다. 어머니가 외동딸이었으므로 정확하게 말하면 그냥 외삼촌이 아니라 사촌 외삼촌이다. 나하고 나이 차이는 겨우 열 살로, 스물하나였다. 어머니의 큰아버지 아들인데도 늦게 낳아 나이가 그런 것이다.

천방산 아래 절꿀 마을의 외딴집에서 살면서 산에서 나무도 베고 남의 집 머슴살이도 하는 그 외삼촌이다. 하지만 외할머니가 급한 일이 있을 때는 며칠 동안 집에 와서 집안일을 도와주기도 했다. 초등학교를 중퇴했다고 했다. 절꿀 마을 외딴집으로 이사 가기 전의 일일 것이다.

사촌 외삼촌은 동옥이 이모처럼 마음씨가 좋다. 무슨 일

이제는 잊어도 좋겠다

이든 걱정이 없다. 그 대신 다부지지 못해서 외할머니가 늘 못마땅하게 생각하셨다. 또래 친구들과 어울려 놀기를 좋아했다. 특히 학교 운동장에서 공을 차며 놀기를 즐겼다.

외할머니 입장에서는 그랬다. 처마꿀 논 너 마지기 농사는 친정 동생들에게 맡겼지만 박절매 산에 딸린 밭의 보리는 당신이 직접 베든지 일꾼을 얻든지 그래야 했다. 그런데 외삼촌이 이렇게 가끔 와서 도와주곤 했다.

박절매는 외할아버지 생전에 사둔 조그만 산의 이름이다. 다른 땅은 다 남의 손에 넘어갔지만 처마꿀 논 너 마지기와 그 조그만 산 하나만은 팔지 않았다. 그 산에 외할아버지 무덤이 있고 산기슭에 길쭉한 밭이 있었는데 거기에 외할머니가 보리를 길렀던 것이다.

꿩은 보리밭처럼 우거진 수풀 속에 둥지를 틀고 알을 낳고 새끼를 쳐서 산으로 간다. 그러나 박절매 외갓집 보리밭에 둥지를 튼 꿩은 조금 늦게 알을 낳았던가 보다. 외삼촌이 주워 온 꿩알은 달걀보다 조금 작았고 알의 색깔이 조금 푸르스름했다.

"할머니, 저 꿩알을 암탉에게 품게 해서 병아리로 만들어 봐요." "난 밥솥에 쪄서 너에게 주려고 했는데…" "아니에요. 꿩알이 병아리가 되는 걸 보고 싶어요." "그래라. 네가 그러자니 그렇게 하자." 외할머니는 암탉이 알을 품고 있던 윗방 앞 토방의 닭퉁가리에 꿩알들을 넣어주었다.

며칠이 지났던가. 알을 품고 있던 암탉의 퉁가리에서 꿩병아리들이 먼저 깨어났다. 삐약 삐약. 꿩병아리들은 몸집이 병아리보다 작고 몸 빛깔이 얼룩덜룩했다. 검은 바탕에 하얀 줄이 쳐져 있었다. 그리고 몸이 재발랐다. 나는 꿩병아리들을 붙잡아 메꾸리에 담았다.

여간 신기한 게 아니었다. 외삼촌이 주워온 꿩알을 쪄서 먹지 않고 꿩병아리로 만든 일이 잘한 일이구나 싶었다. 그러나 그러한 기쁨도 잠시, 꿩병아리들이 난리를 쳤다. 집에서 기르던 닭의 병아리와 다르게 이 녀석들은 야성이 강했다. 잠시도 메꾸리 안에 있지를 못했다.

조금만 한눈을 팔면 메꾸리 밖으로 튀어나왔다. 그러고는 쪼르르 어디론가 달려가서 숨었다. 나중에는 내가 찾을 수 없는 곳까지 달아나는 녀석도 있었다. 꼬작집은 주변이 그대로 수풀이고 산으로 이어진 공간이다. 한 마리씩 꿩병아리들은 문밖으로 도망쳐 어디론가 사라져갔다.

나중에는 겨우 두 마리만 남게 되었다. 이 녀석들은 좀 달랐다. 사람을 크게 무서워하지 않았다. 나를 잘 따랐다. 내가 돌보아주는 동안 야성이 조금씩 누그러들고 사람 손

이제는 잊어도 좋겠다

에 길들여진 듯했다. 더욱 귀하게 여겨졌다. 나는 열심히 꿩병아리들의 먹이를 구해다가 먹였다.

꿩병아리는 병아리처럼 처음부터 곡식을 먹지 않는다. 벌레같이 살아 있는 먹이를 먹고 파리나 방아깨비 같은 곤충을 먹는다. 나는 열심히 먹이를 구해다가 꿩병아리들에게 먹였다. 그러나 보니 꿩병아리들은 내가 나타나면 가까이 다가오기도 했다. 먹이를 달라는 것이다.

나는 너무나도 기분이 좋았다. 꿩병아리들이 사람인 나를 따르는구나. 꿩병아리들은 나에게 기쁨을 주는 대상이 되었다. 그렇게 꿩병아리들과 친구가 되어 지내던 어느 날이었다. 아마 비가 좀 내리는 날이었을 것이다.

아침에 학교에 가면서 외할머니에게 꿩병아리들을 부탁했다. "할머니, 나 학교 다녀올 때까지 꿩병아리들 잘 봐주세요." "그래라. 너처럼은 못해주겠지만 내가 잘 돌봐주마." 학교에 가서도 줄창 꿩병아리에 대한 생각이 떠나지 않았다. 얼른 공부를 마치고 집으로 돌아가 꿩병아리들을 돌봐야지, 이런 마음뿐이었다.

급하게 학교에서 돌아와 방문을 열었다. 외할머니가 방가운데 앉아 계시고 꿩병아리를 넣어두었던 메꾸리가 비어 있었다. 언뜻 불길한 느낌이 스쳤다. "할머니, 꿩병아리 어디 갔

어요?" 외할머니는 아무런 대꾸도 안 하셨다. "할머니, 꿩병
아리 어디 갔어요?" 다시 물어도 외할머니는 대답이 없었다.

다만 눈짓으로 방구석의 걸레를 가리키셨다. 나는 천천히
외할머니의 눈짓이 가리킨 걸레를 들어 올려보았다. 거기에
꿩병아리 두 마리가 들어 있었다.

그것들은 이미 죽어 있었다. "아, 할머니 꿩병아리를 어떻
게 했어요!" 자초지종은 이랬다. 내가 학교에 가고 난 뒤에
꿩병아리들이 먹이를 달라고 삐약거리는 것 같아서 외할머
니가 먹이를 찾기 위해 토방의 처마 밑을 돌며 거미를 잡았

이제는 잊어도 좋겠다

다고 한다.

마침 거미 한 마리를 잡아가지고 뒷걸음을 치는데 바로 외할머니의 발뒤꿈치 밑에 두 마리의 꿩병아리가 있었다는 것이다. 꿩병아리들은 내가 저들을 돌보아줄 때처럼 외할머니의 뒤를 졸졸 따라다녔는데 그걸 모르고 외할머니가 뒷걸음치다가 밟아버린 것이다.

나는 외할머니의 긴 설명을 들으며 그만 울음보를 터뜨리고 말았다. "몰라. 몰라요. 내 꿩병아리들 살려내란 말이야." 외할머니는 내가 실컷 울다가 울음을 그칠 때까지 내버려두고 그저 지그시 안쓰럽게 바라보기만 하셨다.

*메꾸리: 망태기의 지방어. 망태기: 물건을 담아 들거나 어깨에 메고 다닐 수 있도록 만든 그릇. 주로 가는 새끼나 노 따위로 엮거나 그물처럼 떠서 성기게 만든다.

병아리

동네에 뉴캐슬이란 닭 병이 돌았다. 바이러스 전염병으로 한 번 걸렸다 하면 폐사율 100프로인 무서운 질병이다. 전염 속도도 빠르다. 마을의 누구네 집에서 기르던 닭이 이 병에 걸렸다 하면 일시에 마을 전체에 번졌다. 외할머니로부터 아침에 들은 바로는, 학교 뒤편 대숲 속 교장 관사에서 기르던 닭 수십 마리가 한꺼번에 죽었다고 한다. 그런데 오후에 학교에서 돌아왔을 때 외갓집 닭들도 이상 증상을 보이고 있었다.

일단 활기차게 돌아다니며 모이를 쪼고 놀던 닭이 추녀 밑이나 울타리 밑에 몸을 움츠린 채 서 있기 시작하면 이 병에 걸렸다는 증거다. 그다음 단계는 꼬박꼬박 졸다가 나

이제는 잊어도 좋겠다

중에는 부리 끝에서 허연 물을 토해놓았다. 외할머니는 이 증상을 미리 알고 계셨던 것 같았다. 이 정도가 되면 도저히 닭을 구할 수 없다는 것을.

닭이 많지도 않았다. 어미 닭 두 마리에 약병아리 두 마리. 어미 닭은 꼬작집에 이사 오자마자 기르던 닭이고 약병아리 두 마리는 이른 봄 외할머니가 윗방 앞 토방에 마련한 알 퉁가리에 넣어준 달걀에서 깨어난 병아리이다. 어쩐 일인지 열 개도 넘는 달걀에서 겨우 두 마리 병아리만 깨어나왔다.

어미 닭은 병아리가 깨어나자 며칠 동안은 먹이를 찾아 먹이고 그러더니 나중에는 저도 신명이 나지 않았는지 나 몰라라 하고 제멋대로 행동하기 시작했다. 병아리들이 엄마를 잃은 것이다. 돌봐줄 엄마가 없는 병아리가 된 것이다. 보다 못해 내가 나섰다. "할머니, 제가 저 병아리들을 키워 봤으면 좋겠어요." "글쎄다. 네가 병아리를 어떻게 키운단 말이냐."

말은 그렇게 하면서도 외할머니는 한편으로 병아리를 키울 준비를 하고 계셨다. 메꾸리 하나에 떨어진 옷가지를 넣어 깔개를 만들어놓은 것이다. 나는 병아리 두 마리를 그 메꾸리 안에 넣은 다음 방으로 데려 와 윗목에 놓아두었다.

그러고는 먹이를 챙겨주었다. 곡식도 주고 벌레도 잡아다 주었다.

병아리들은 별 탈 없이 자랐다. 나중에는 방 밖으로 내놓아도 좋을 만큼 자랐다. 저희끼리 먹이를 찾기도 했다. 그래도 병아리들은 내가 나타나기만 하면 졸졸 나를 따라나녔다. 먹이를 달라는 눈치였다. 나는 동네 아이들과 놀 때에도 병아리를 저고리 호주머니에 넣고 다녔는데 신기하게도 병아리들은 호주머니 안에 들어가 얌전히 있었다.

한번인가는 학교에 갈 때 병아리를 호주머니에 넣어가지고 갔는데 공부 시간에 녀석들이 삐약거리는 바람에 아이들한테 들킨 적도 있었다. "이게 뭔 소리야?" 한 아이가 말하자 다른 아이가 또 말했다. "수웅이 호주머니 안에서 나는 소리 아냐?" 담임선생님도 금세 알아차리고서는 말씀하셨다. "학교에 그런 걸 가지고 오면 어떻게 하나? 집이 가까우니까 집에 가서 두고 오너라."

5학년 담임이신 황우연 선생님은 마음씨가 너그러우셨다. 화를 잘 내지 않고 아이들이 조금 잘못한 일이 있어도 모른 척 눈감아주시는 때가 많았다. 여하튼 이런 일이 있은 뒤, 아이들은 나를 보고 '닭 아버지'라고 부르기도 했다. 진즉 나의 별명인 날타리, 대갈장군, 가분수에다가 별명 한 개

이제는 잊어도 좋겠다

가 더 보태진 것이다. 아이들은 사소한 빌미가 있으면 그것을 꼬투리 삼아 새 별명을 만들어내곤 했다.

그런데 그렇게 내가 아끼던 병아리 두 마리가 뉴캐슬병에 걸린 것이다. 그냥 죽도록 내버려둘 수만은 없는 일이었다. 수술이라도 한 번 해보아야겠다는 생각이 들었다. "할머니, 제가 병아리 수술을 해서 살려보고 싶어요." "네가 무슨 수술을 한다고 그래. 그냥 죽게 내버려두려무나." 그래도 나는 외할머니 반짇고리에서 바늘과 실을 꺼내고 칼날이 잘 드는 면도칼 하나를 준비했다.

그리고 도와줄 사람으로 구병연이란 아이를 불러왔다. 병연이는 꼬작집으로 이사 와 풍조 형과 잘 만나지 않으면서 새롭게 사귄 친구다. 외할머니가 마실을 잘 다니는 집, 곧 외할머니 친구 되시는 분의 손자 아이다. 나보다 한 살 아래이지만 학년은 두 학년 아래인데, 마음씨가 순해서 나하고 잘 놀아주었다. "병연아, 지금부터 내가 닭 수술을 할 거거든. 넌 도와주기만 하면 돼." 나는 처마 밑에서 졸고 있는 병아리 한 마리를 붙잡아 병연이 손에 쥐어주었다.

"넌 꼭 붙잡고 있기만 하면 돼. 내가 모이주머니를 꺼내어 씻은 다음 다시 꼬맬 거니까." 병연이는 마음씨가 순하지만 겁이 무척 많은 아이였다. 내 말이 떨어지자마자 눈을 질끈

감고 병아리를 꽉 붙잡고 있었다. '어차피 죽을 거야. 수술이라도 한 번 해주면 혹시 살아날지 누가 알아.' 나는 입을 앙다문 채 병아리 앞가슴을 칼로 잘랐다. 그런 다음 모이주머니에 들어 있는 것들을 털어내고 준비해둔 물에 씻었다. 병아리가 병연이 손에서 심하게 몸부림쳤다.

"야, 꼭 잡고 있어, 꼭. 아직 꼬매지 않았단 말야." 나는 모이주머니를 먼저 꿰매고 겉껍질을 또 꿰맸다. "이젠 됐다. 놓아줘도 돼." 병연이 손에서 벗어난 병아리가 날개를 푸덕거리면서 미친 듯 달려가더니 마당가에 놓아둔 세숫대야의 물을 쪼아 마셨다. 마신 물이 방금 수술하여 꿰맨 목 부분으로 주루룩 흘러나왔다.

그렇게 두 병아리의 수술을 마쳤다. 이런 과정들을 외할머니는 못마땅하게 바라보고 계셨지만 끝까지 하지 말라고는 안 하셨다. 어디까지나 외할머니는 나에게 한없이 관대한 분이었고 내가 하는 일이라면 최대한 긍정적으로 생각하려고 하셨다.

그런데, 그런데 말이다. 정말로 놀라운 일이 일어났지 뭔가. 초등학교 5학년 열한 살짜리 아이가 한 무모하게 감행한 닭 수술. 정신없이 물을 쪼아 먹다가 어디론가 달려가 숨어버린 두 병아리 가운데 한 마리가 며칠 뒤에 살아서 나

이제는 잊어도 좋겠다

온 것이다! 그것은 하나의 기적 같은 일이었다. 오늘에 와서 생각해봐도 쉽게 이해가 가지 않는 일이다.

  그렇게 살아난 닭은 수탉. 어른 닭이 될 때까지 별 탈 없이 잘 자랐다. 그런데 가끔 모이를 먹다가 목을 쳐들고 심하게 흔들며 꿰엑 꿱, 이상한 소리를 내곤 했다. 그럴 때면 외할머니가 말씀하셨다. "영주야, 네가 수술을 잘못해줘서 저 닭이 모이를 먹다가 목에 걸려서 저러는구나."

5장

먼산나무가 오는 저녁

크레용

초등학교 때 내가 제일 갖고 싶었던 학용품은 크레용이었다. 크레용은 오늘날 아이들이 사용하는 크레파스와 다르다. 연필처럼 둥근 막대 모양인 것은 동일한데 크레파스보다 단단하고 표면이 미끄럽다. 그래서 쓰기가 불편하다. 하지만 그 시절엔 크레용이 가장 좋은 그림 도구였다.

나중에 크레용과 파스텔의 좋은 점을 종합해서 만든 그림 도구가 오늘날의 크레파스인데, 크레용에 비해 느낌이 한결 부드럽고 덧칠이 가능하다. 크레용은 색깔도 단조로워서 12색이 기본이었다. 주로 많이 쓰는 색깔은 빨강과 파랑과 노랑, 삼원색과 초록색 정도인데 나중에는 그런 중요한 색깔이 바닥나서 그림을 그릴 수 없었다.

나는 외할머니의 평소 말씀대로 깜냥껏 열심히 노력하는 것 같은데 학급에서 성적은 그다지 좋은 편이 아니었다. 과목도 수학이나 과학 같은 이과 쪽이 약했고 조금 나은 과목이라면 국어와 사회 같은 인문 쪽이었다.

예체능 중에서 체육은 아주 바닥 수준이었다. 반에서 꼴찌였다. 아예 체육 수업을 싫어했다. 3학년 때인가 4학년 때인가 운동회 매스게임 연습을 하면서 한눈을 팔고 있다가 담임선생님도 아닌 남자 선생님 한 분이 달려와 당신의 발로 나의 다리를 호되게 걸어차는 바람에 운동장 바닥에 그만 개구리처럼 납작 엎어진 뒤로는 더욱 그랬다.

그래도 조금 가능성이 있는 과목은 미술이었다. 무엇보다 재미가 있었다. 그냥 좋았다. 그제나 이제나 어떤 것을 아무 이유 없이 좋아한다는 것, 순수하게 재미를 느낀다는 것은 중요한 일이다. 그때 나는 나중에 커서 어른이 되면 반드시 화가가 되고 싶었다. 장래의 희망이 무엇이냐 물으면 주저 없이 '화가'라고 답하곤 했다.

4학년 때인가 5학년 때 한번은 서천 군내 실기대회에 학교 대표로 나가 정물화 부문에서 동상을 받은 일이 있었다. 아마도 그것이 내가 대외상을 받은 유일한 실적이지 싶다. 그런 뒤로는 학급 아이들도 나를 그림 잘 그리는 아이로 인

이제는 잊어도 좋겠다

정해주었다.

그러니 내가 제일 갖고 싶은 것이 크레용일 수밖에 없었을 것이다. 한국전쟁 이후로 미국에서 여러 가지 구호물자가 우리나라에 들어왔다. 행정기관을 통해 어른들 상대로 먹을 것과 입을 것, 의약품 같은 생필품이 들어왔겠지만 학교로도 위문품이 들어왔다. 주로 장난감과 학용품이었다.

어느 날, 담임선생님이 헝겊 자루 하나를 들고 교실로 들어오셨다. 아이들은 그게 무엇인지 벌써 눈치로 알고 있었다. 미리부터 초롱초롱한 눈을 반짝이며 선생님이 가져오신 헝겊 자루를 바라보았다. "자, 이제부터 미국에서 보내온 구호물자를 여러분들에게 나누어주겠어요."

그날 담임선생님이 어떻게 순서를 정하여 구호물자를 나누어주셨는지는 기억나지 않는다. 다만 내가 가장 갖고 싶었던 크레용을 받지 못했다는 것이 중요하다. 그 대신 양철로 만든 조그만 장난감 하나를 받았을 뿐이었다. 매미 모양인데 그 매미의 배 부분을 누르면 딱, 딱, 딱, 하고 소리가 났다. 그래도 나는 그 장난감이 고장 나서 소리를 내지 못할 때까지 오랫동안 가지고 놀았다.

그런데 5학년에 올라가면서 어느 날, 막동리의 친할머니가 일본의 큰아버지가 보내왔다며 선물 한 보따리를 가져오셨다. 실은 아버지가 할머니의 큰아들이 아니다. 위로 형님 한 분이 계셨는데, 총각 시절에 일본으로 건너가 오랫동안 소식 없이 사셨다고 한다.

다행히 그분이 북한 계열인 조총련(재일본 조선인총연합회)에 가담하지 않고, 민단(재일본 대한민국민단) 쪽으로 고향과 연락이 되면서 조카인 내가 초등학교에 다닌다는 소식을 듣고 학용품을 보내오셨던 것이다. 선물 보따리 안에는 연필 몇 다스, 지우개, 필통, 공책 그리고 크레용이 들어 있었다.

아, 내가 그렇게도 갖고 싶어 소원했던 크레용. 거기다 일본 큰아버지가 보내온 크레용은 12색이 아니고 24색이었다. 아이에게 그것은 세상을 다 가진 듯 놀랍고도 기쁜 선물이었다. 미술 시간이 기다려졌다. 자랑삼아 그 크레용을 가지고 가서 그림을 그렸음은 물론이다. 학교 전체 아이들 가운데서도 24색 크레용을 가진 아이는 나밖에 없었다. 세상을 다 가진 아이처럼 아마도 그날 나는 종일 구름 위에서 하루를 보냈을 것이다. 스물네 개의 꿈결 같은 무지개를 보면서 말이다.

지금도 그때 일본 큰아버지로터 받은 플라스틱 필통이 남아 있다. 비록 뚜껑 부분이 없어지고 아랫부분만 남았지만 말이다. 그것은 내 유년 시절의 거의 유일한 유산이다.

이제는 잊어도 좋겠다

서향집

외갓집은 산등성이 비탈에 까치집처럼 위태롭게 세워진 집이기도 했지만 방향도 최악이었다. 해질녘 속수무책 석양을 품어 안아야 하는 서향집이었다. 일 년 내내 지는 해가 정면으로 비쳐 힘들기도 했지만, 특히 여름 한 철은 매우 고통스러웠다. 그야말로 집 안이 가마솥처럼 펄펄 끓었다. 해가 지고서도 한참은 방으로 들어가지 못하고 밖에서 서성이다가 열기가 식은 다음에야 방으로 들어갈 수 있었다.

전통적으로 한국 사람들이 좋아하는 집터의 방향은 동향이거나 남향이다. 그중에서도 남동향을 가장 선호한다. 그런 줄 알면서 오죽했으면 서향으로 집을 앉혔을까. 마땅히 집 지을 만한 땅이 없었기에 그랬을 것이다. 애당초 집을 짓고 살았던 사람보다 형편이 더 좋을 까닭이 없는 외할머니기에 그런 집을 감내하면서 사셨을 것이다.

오늘날처럼 수도시설이나 개인 우물이 마련되어 있던 시절도 아니다. 오직 굑뜸 마을 중앙에 있는 하나밖에 없는 공동우물에서 물을 길어다 밥을 짓고 설거지하고 세수하고 빨래를 하던 시절이다. 집이 높은 곳에 있다 보니 물 긷는 일이 여간 큰 문제가 아니었다. 외할머니는 아침마다 일찍 일어나 다른 집 아낙네들보다 앞서 물을 길으러 가셨다.

우선 물동이를 머리에 이고 한 손으로 물동이 손잡이를 잡은 다음, 남은 한 손으로 두레박을 잡고 가셨다. 공동우물에 가서는 두레박으로 물을 길어 올려 물동이에 채운 다음, 물동이를 다시 이고 집으로 와서는 부엌의 커다란 물두멍에 부으셨다. 쏴아, 쏴아. 나는 외할머니가 물두멍에 물을 쏟는 소리를 들으며 아침잠을 깨곤 했다.

내가 꽃에 관심을 갖고 꽃을 기르기 시작한 것은 5학년 때부터의 일이다. 학년이 높아지면서 점점 이웃 마을도 겁내지 않고 찾아다닐 수 있었을 때, 학교 앞마을인 신곡리에 사는 우리 반 반장네 집에 놀러 간 일이 있었다. 구태환이란 아이였는데 홀어머니와 살고 있었다. 공부도 잘하고 마음씨도 무던해서 아이들이 잘 따랐고 담임선생님도 신임했던 아이다.

　그 아이네 집에 여러 가지 꽃들이 피어 있었다. 어머니가 가꾸는 꽃이라 했다. 나도 꽃을 가꾸어보고 싶었다. "할머니, 우리도 꽃밭을 만들어요." "그러면 좋지만 꽃밭 만들 땅이 있어야지." "부엌 뒤에 장꽝(장독대)으로 가는 길에 만들면 돼요." "그래라. 네 맘대로 해보렴." 외할머니의 허락을 받고 나는 그곳에 꽃밭을 만들었다.

　궈뜸 마을을 돌아다니며 꽃을 기르는 집들을 찾았다. 꽃을 심은 집이 별로 많지 않고 종류도 평범했다. 내가 얻어다 심을 수 있는 꽃은 봉숭아 한 종류였다. 나는 봉숭아꽃 씨앗을 받아 꽃을 열심히 길렀다. 길렀다기보다는 그냥 물을 주었다고 말하는 편이 더 나을 것이다.

　사람이 사용할 식수도 부족했으므로 맑은 물을 줄 수는 없었다. 쓰고 남은 물을 주었다. 세수하고 남은 물이나 발을 씻고 남은 물을 주었다. 이런 나를 보면서 외할머니도 당신이 쌀을 씻거나 설거지하거나 채소를 씻은 물을 꽃밭에 주었다. 봉숭아꽃들은 무럭무럭 자라주었다. 나중에는 내 배꼽 높이만큼 자랐다.

　여름날 꼬작집에 정면으로 비친 저녁해가 불볕더위를 퍼부을 즈음, 나는 책을 들고 뒤란의 꽃밭을 찾아가곤 했다.

거기엔 초가집 지붕의 그늘이 내려앉기도 했지만 왠지 모르게 봉숭아꽃 덤불 아래 나무 의자를 하나 가져다 놓고 앉아 있으면 나 자신도 봉숭아꽃이 되는 듯한 느낌이 들어 좋았다. 그건 정말로 그랬다. 그 시절 나는 그냥 한 그루 봉숭아 꽃나무였는지도 모를 일이다.

장항 할머니

이리 보나 저리 보나 보잘것없는 집안이었다. 친가는 가난했고 외가는 적막했다. 일가친척도 많지 않았다. 방학이 되거나 휴일이 되어도 찾아갈 집이 없었다. 초등학교 1학년 때 논산 훈련소로 아버지 면회를 가본 것 말고는 멀리 길을 떠나본 일이 없다.

그저 우물 안 개구리로만 살았다. 나만 그런 게 아니라 그 시절 아이들은 대부분 그렇게 자랐다고 보아야 할 것이다. 문화적 요소가 도무지 빈약했다. 집 안에 책이란 것은 내가 배우던 교과서나 참고서 외에는 없었다. 그래도 외갓집에는 외할머니가 읽던 이야기책(육전소설)이라도 있어서 다행이었다.

풍조 형만 해도 자기네 친척 집이 평택에 있어서 평택에 한 번 갔다 왔다고 자랑삼아 말하는 걸 들은 적이 있다. 평택에는 어마어마하게 큰 자동차 공장이 있어서 아주 많은 자동차를 구경했다고 말해주었다. 기록이 형은 하모니카가 있어서 그걸 멋들어지게 불었고, 기칠이 형은 손전등이 있어서 밤에 놀러 다닐 때면 그걸 이리저리 비추고 다니며 뽐냈다. 모두가 부러운 형들이었다.

물론 시골에선 전깃불조차 구경하지 못하던 시절이다. 내가 맨 처음 필라멘트 전구에 불이 켜지는 순간을 본 것은 초등학교 5학년 때로 기억한다. 장항 할머니네 집에 가서였다. 외할머니가 데리고 가주셨다. 장항 할머니는 외할머니의 바로 아래 여동생이다. 외할아버지가 살아계시고 집안 살림이 넉넉할 때 외할머니가 여러모로 잘해주셔서 언니인 외할머니를 은인처럼 생각하셨던 분이다.

두 분은 무척 사이가 좋아 늘 서로 믿고 의지하셨다. 그러므로 장항 할머니도 나에게 잘해주셨다. 외할머니에게 갚아야 할 마음의 빚을 나에게 갚는다는 식이었다. 바로 그 장항 할머니네 집도 잘 사는 집은 아니었다. 할아버지가 마음씨가 착하고 건강하신 분이어서 구루마꾼으로 근근이 생계를 이어가고 계셨다. 말이 끄는 구루마로 다른 사람들

이제는 잊어도 좋겠다

의 짐을 날라주고 삯을 받는 직업이었다.

집은 장항 읍내에서도 변두리 마을에 있었고 조그마했다. 하지만 어린 나에게는 그런 것들이 별로 중요하지 않았다. 마을 어귀에 들어서자마자 확 하고 달려드는 생선 비린내에 놀랐다. 그때만 해도 서해에서 바닷고기가 풍성히 잡혀 생선으로 팔고 남은 고기들은 채반에 널어서 말렸다. 한집만 그런 게 아니라 대부분의 집이 그랬다. 그래서인지 마을 전체가 생선 비린내로 가득 차 있었다.

망둥이, 황새기, 박대, 서대, 갈치, 더러는 홍어, 그런 생선들이 뒤섞여 마르고 있었다. 그러니까 봄마다 넉배재 넘어 황새기나 쭈꾸미를 지게에 지거나 머리에 이고 외갓집 마을인 궉뜸 마을로 와서는 마을 가득 생선 비린내를 풀어놓던 그 생선장수들이 생선을 구해오는 곳이 바로 그 장항이었다는 걸 나는 어렴풋이 짐작할 수 있었다.

그다음으로 놀란 것은 바로 전깃불이다. 가난하고 조그만 집이었지만 장항 할머니네는 전깃불이란 것이 있었다. 부자들은 특선을 끌어다 쓴다고 하는데, 하루 24시간 전깃불이 들어오는 전기를 일컬어 '특선'이라 부른다고 했다. 일반선은 전깃불이 들어오는 시간과 나가는 시간을 정해서 사용하고 있는 중이라 했다.

물론 가난한 집이었던 장항 할머니네 집은 일반선 전기였다. 저녁 무렵 정해진 시간에는 전깃불이 들어오고 아침 시간에는 전깃불이 나갔다. 밤에 불을 밝혔다면 등잔불이고 좀 더 환한 불빛이 필요할 때는 촛불이 있었다. 하지만 등잔불이나 촛불은 방 안 전체를 환하게 밝혀주지 못한다. 제 중심 부분만 환하게 밝힌다. 그러나 전등불은 달랐다. 방 안 구석구석까지 대낮같이 밝혀주었다. 유리로 만든 둥그스름한 모양의 알전등 안에 환하게 들여다보이는 심지(필라멘트)가 붉게 타는데도 여전히 불이 나거나 열린 문 안으로 바깥바람이 들어와도 꺼지지 않는 것이 놀랍기만 했다.

그다음으로 신기했던 구경거리는 외항선이었다. 외할머니 손을 잡고 장항부두로 구경 갔다가 만난 것이 외항선이다. 작은 규모의 고깃배 사이에 크고 화려한 배 한 척을 보았는데 그 배가 바로 외항선이었던 거다. 나라와 나라 사이를 오가며 물건을 사고파는 배라 했다. 학교의 지붕 높이보다 몇 곱이나 높은 배에 천지 사방 불빛이 환하게 비치고 있었다. 그야말로 그것은 꿈의 세상이었다. 커다란 산처럼 보이는 외항선, 촛불과 등잔 아래 산골 마을 꼬막집에서만 살던 아이에게 그것은 너무나 큰 신세계였다. 산골 소년은 아마도 오래도록 벌어진 입을 다물지 못했을 것이다.

이제는 잊어도 좋겠다

뱀

아버지가 군대에 입대한 것은 1952년 2월 7일. 그리고 제대한 것은 1955년 2월 10일. 만 3년 만에 가정으로 돌아왔는데 의가사 제대를 하신 것이었다. 스물일곱 되던 해에 이미 네 아이를 두고 입대한 아버지였기에 의가사 제대가 가능했던 것이다. 또 이미 2년 전에 휴전 협정이 이루어진 것도 작용했을 터이다.

아버지가 군대에서 제대하던 해 남동생이 하나 더 태어났다. 이제 아버지에게는 먹이고 입히고 가르쳐야 할 다섯 명의 아이가 생겼다. 하지만 살아갈 길은 막막했다. 언제든 사람 살아가는 일이 손쉬운 시절이 있었을까만 전쟁이 끝난 지 얼마 되지 않던 때라 세상은 무질서하고 소란스러웠으며 물건도 돈도 궁하기만 했다.

일단 군대에서 벗어나긴 했으나 다시금 가정과 사회로 돌아온 젊은 아버지는 절망해야만 했다. 열정만으로는 해볼 만한 일이 없었다. 아버지는 농사일만 하는 그런 농투산이는 아니었다. 어느 정도 세상에 대한 식견과 판단력, 비전을 지니고 있었지만 두 손에 잡히는 일은 아무 것도 없었다. 평생을 그분은 그렇게 사셨다.

시도한 일은 많았다. 오리나 닭 기르기. 감초와 스티비아 같은 특수작물 기르기. 시멘트 벽돌 공장 운영, 미꾸라지 기르기. 그러나 하나같이 실패했고 중도에 멈춰야 했다. 그러니까 아버지의 일생은 무언가 새로운 것을 찾아다니다가 아무것도 찾지 못한 인생이라 할 것이다.

당신의 소원은 바깥세상으로 나가 경찰관나 직업군인이 되는 것이었는데, 당신의 아내와 모친의 만류 때문에 그러지 못했고 자식들 때문에 발이 묶여 그러지 못했다. '처옥자쇄(妻獄子鎖)'란 말이 있는데 그 말에 딱 들어맞는 분이 바로 우리 아버지였던 것이다.

기껏 입대하기 전에 초등학교에 입학시켜 놓은 맏이인 내가 당신이 군대에 가 있는 동안 다시 처가로 돌아가 그곳 학교에 다니고 있는 걸 알기는 아셨을 것이다. 하지만 제대

이제는 잊어도 좋겠다

하여 집으로 돌아온 뒤에는 원위치시키고 싶었을 것이다. 그러나 나는 본능적으로 막동리 집을 좋아하지 않았다. 어떻게 하든지 막동리 집을 벗어나고 싶어 했다.

아버지와는 기질부터가 전혀 달랐다. 막동리 식구들이 기본적으로 집단주의자, 현실주의자였다면 나는 개인주의자, 낭만주의자였다. 자고 일어나는 작은 한 가지만 봐도 그렇다. 나는 늦게 자고 늦게 일어나는 야행성 스타일인데 막동리 식구들은 일찍 자고 일찍 일어나는 아침형 인간들이었다. 애당초 함께 어울리기 어려웠다. 그러니 한사코 외갓집으로 마음이 기울었을 것이다.

그것은 하나의 탈출이었다. 나를 찾는 탈출. 나 자신의 뜻대로 살아가기 위한 탈출. 아버지의 나라를 벗어나기 위한 몸부림. 그야말로 막동리 집은 아버지의 나라였다. 아버지가 법을 세우고 집행했다. 아버지가 세운 원칙대로 모든 일이 일사분란하게 이루어져야만 했다. 나는 그것이 싫었다. 부담스러웠다. 그런 점에서 외갓집은 아버지의 통치가 닿지 않는 치외법권 지역이었고 나는 망명객이었다. 그만큼 주관이 강한 아이였고 조그만 반항아였는지도 모른다.

5학년 여름방학 때의 일이다. 막동리 집에서 어른 여럿이 꼬작집 손님으로 오셨다. 어머니와 아버지 그리고 할머니.

어머니의 가슴엔 아버지가 제대한 뒤 얼마 지나지 않아서 낳은 젖먹이 남동생이 안겨 있었다. 점심 식사를 마치고 막동리 집으로 돌아갈 시간이 되었다. 그때 아버지가 나에게 말씀하셨다. "영주야. 너, 아버지 따라서 집으로 가자." 미리 마음속으로 준비해두신 말인 듯싶었다.

그러나 나는 대답을 하지 않았다. "야, 이 녀석. 애비 말이 안 들려? 막동리 집으로 가자니까!" 나는 아버지의 말을 수 긍할 수가 없었다. 나에게 집이란 이곳 꼬작집이요 식구가 있다면 오직 한 사람 외할머니뿐인데 왜 아버지, 어머니, 더 군다나 나한테 늘 무뚝뚝하게만 대하시는 할머니를 따라서 막동리 집으로 간단 말인가!

정말로 막동리 집으로 가고 싶지 않았다. 외할머니와 함께 잠시 갔다가 돌아온다면 모르지만 이번에 아버지를 따라가면 아주 가는 것 같아서 그렇게 하고 싶지 않았다. 나는 본능적으로 도망쳐야겠다고 생각했다. 후다닥, 자리를 박차고 일어난 나는 급하게 신발을 찾아 신고 산이 있는 쪽으로 내달렸다. 거기는 내가 친구들이랑 병정놀이도 하고 특히 항복장난 하느라고 근동의 지리를 아주 상세히 잘 아는 곳이었다. 어디로 가면 길이 있고 샛길이 있는지도 낱낱이 꿰고 있었다.

이제는 잊어도 좋겠다

고목나무 아래에서 왼쪽으로 방향을 틀면 솜틀집 뒤 밭이 나오고 더 가면 풍조 형네 집이 나온다. 아래로 난 길을 따라가다 보니 움푹 안으로 들어간 곳이 보였다. 지난번 장맛비에 구렁이 생긴 곳이었다. 나는 그곳에 들어가 쪼그리고 앉았다. 숨을 몰아쉬고 있으려니 윗길로 아버지가 지나가는 발자국 소리가 쿵쿵 울렸다.

더는 참을 수가 없었다. 무서웠다. 나는 앙, 소리 내어 울음보를 터뜨리고 말았다. 조금만 있으면 아버지가 풍조 형네 집 마당에서 돌아서 내가 숨어 있는 아랫길로 오실 것이 뻔했다. 얼마 지나지 않아 정말로 아버지가 내 앞에 나타났다. "요 녀석, 네가 도망가면 몇 발짝이나 간다고 그래!" 아버지는 나의 손목을 우악스럽게 잡아끌고 다시 꼬작집으로 데리고 갔다.

그러고는 아주 많이 화가 난 표정으로 이참에 본때를 보이겠다는 작정이 있었는지도, 아니면 한사코 외갓집으로만 기우는 아들에 대한 불만이 마음속 깊이 작용했는지도 모르지만, 아무튼 아버지는 부엌의 헛간으로 가더니 몽둥이 하나를 들고 나오셨다. 그걸로 나를 내리치실 태세였다. 나는 겁이 더럭 났다. 나도 모르게 크게 울음을 터뜨렸다. 울기만 한 것이 아니라 옷을 입은 채 오줌까지 누고 말았다.

내가 하는 짓이 괘씸하다 싶어 지켜보고만 있던 친할머니도 이번에는 나서주셨다. "그만해라. 그러다가 아이 잡겠다." 아버지는 그만 몽둥이를 치켜든 팔을 내려놓고 말았다. 판정승이었다. 도망치며 울기도 하고 오줌을 지리기도 했지만 내가 이긴 것이다. 그렇게 나는 어려서 조금은 고집이 세고 제멋대로 제가 좋은 대로 살았던 아이였다.

막동리 어른들이 집으로 돌아갔다. 드디어 꼬작집엔 외할머니와 나 둘이서만 남게 되었다. 마음이 놓였다. 비로소 해방된 듯 홀가분한 느낌이었다. 하지만 많이 울고 난 뒤라 나는 지쳐 있었고 맥이 빠져 있었다. 꼬작집은 안방보다는 윗방이 좀 더 시원했다. 윗방 앞에는 까작이라고 해서 짚으로 바람막이가 쳐져 있어서 더욱 바람이 잘 통했다. 여름 해가 높아지자 햇빛이 방 안까지 비쳐들었다. 더위를 피해 윗방에서 쉬고 있을 때였다.

어디선가 미세한 소리가 들렸다. 빠시락 빠시락. 그것은 아주 먼 곳에서 들리는 소리 같기도 하고 가까운 곳에서 들리는 소리 같기도 했다. 무슨 소릴까? 귀 기울여 들으면서 두리번거릴 때 나는 소스라쳐 놀라지 않을 수 없었다. 윗방 토방과 까작 사이에 있는 천장에 무언가 움직이는 것이 있었던 것이다.

이제는 잊어도 좋겠다

와, 그것은 놀랍게도 뱀이었다. 한두 마리도 아니고 수십 마리의 뱀이 떼로 있었다. 뱀들이 얽히고설켜 천장에서 꿈틀거리고 있었다. 뱀은 그 자체가 몸서리치게 끔찍한 경계와 전율의 대상이다. "할머니, 할머니. 빨리 와봐요. 여기 뱀이 나왔어요!" "얘가 무슨 소릴 하고 있는 거야? 뱀이 어디 있다고 그래." 외할머니는 내가 많이 울고 놀라서 헛소리하는 줄 아셨던 것 같았다. 손가락으로 가리키는 쪽을 보신 외할머니도 화들짝 놀라는 기색이었다.

급히 부엌으로 가신 외할머니는 마른 솔가리를 아궁이에 태워 화롯불을 만들어오셨다. 그러고는 그 위에 생솔가지를 얹어 연기를 만드셨다. 그리고 그 위에 고추를 두어 개 넣고 당신이 머리 빗을 때 나온 머리카락을 태웠다. 생솔가지 타는 냄새와 연기 속에 고추와 머리카락 타는 연기까지 섞여 역겨운 냄새가 번졌다. 외할머니는 또 부채로 부쳐 그 연기를 뱀이 있는 쪽으로 올려보냈다.

"소꺼천리! 소꺼천리!" 외할머니는 주문처럼 뜻 모를 그 말을 외쳤다. 그것은 노래기같이 냄새가 고약한 벌레가 집 안으로 들어올 때 어른들이 하는 '노낙각시 소꺼천리. 노낙각시 소꺼천리'에서 따온 말이었다. 노래기에게 빨리 다른 곳으로 가달라고 부탁하는 말이었는데, 그 말에서 '소꺼천리'

만 빌려다가 외우신 것이었다.

그렇게 난리 부산을 떨고 얼마 지나지 않아 뱀들은 자취도 없이 윗방 지붕의 천장에서 사라져버렸다. 조금 전에 그렇게 많은 뱀이 나타났던 일이 꼭 거짓말처럼 느껴졌다. 그 뱀들은 모두 외갓집 초가지붕 속으로 사라져버렸던 것이나.

나는 갑자기 꼬작집에 떼 뱀이 나타난 것은 어린아이인 내가 너무나도 크게 울어서 그런 것이라고 생각했다. 그것도 오래오래 그렇게 철석같이 믿었다.

*의가사 제대: 현역 군인이 자기가 직접 집안을 보살펴야 하는 가정 사정 때문에 국방부의 허가를 받아 예정보다 일찍 제대하는 것.
*농투산이: '농투성이'의 충청도 지방어. '농부'를 얕잡아 부르는 발.
*처옥자쇄(妻獄子鎖): 아내는 감옥이요, 자식은 그 감옥 문을 잠그는 자물쇠란 뜻.
*소꺼천리: 속거천리(速居千里). 빨리 천리 밖으로 사라지라는 뜻의 주문.

이제는 잊어도 좋겠다

뿔피리

해마다 가을이면 열리는 시골 초등학교 운동회는 그야말로 축제였다. 아이들뿐 아니라 어른들에게도 축제였고, 가까운 마을 사람들만 모이는 것이 아니라 먼 동네 이를테면 이웃 면에 사는 사람들까지 모여드는 지역 축제였다.

축제는 잔칫날이다. 사람이 많이 모이다 보니 왁자지껄한 소란스러움이 없을 수 없었다. 옛날 운동회에는 아이들만 경기를 하는 게 아니라 어른들의 겨루기 시합이 있어서 가끔은 큰 동네 싸움판이 벌어지기도 했다. 뿐만 아니라 장사꾼들 또한 이때다 싶어 근동 사람들이 깡그리 운동회가 열리는 학교로 몰려들었다.

고즈넉하기만 하던 시골 초등학교 운동장은 사람들과 소

음으로 넘쳐났다. 그런 난리 법석은 생소하게 느껴졌다. 나 같이 상황 적응력이 모자란 아이에게는 현기증이 날 정도였다. 그러면서도 그것은 충분한 새로움이었고 경이로움이었으며 즐거움이었다.

운동회가 열리는 건 하루이지만, 그 하루를 위해 학교에서는 여러 날 준비하고 또 맹연습을 했다. 때로는 한 달, 어떤 경우에는 그보다 더 긴 날들을 연습에 몰두하기도 했다. 운동회 전날은 이것저것 행사를 준비하는 날로 경기를 치를 운동장을 깨끗이 청소하고 횟가루를 뿌려 트랙과 백 미터 달리기 존을 만들었다.

그보다 더 중요한 건 아동 좌석 앞에 두 개의 문을 만드는 일이었다. 경기하러 들어가는 문과 경기를 마치고 나오는 문. 그리고 남자 선생님들과 힘센 상급생 아이들이 창고에서 네 개의 기둥을 꺼내어 그걸 운동장 바닥에 벌려 세우고 두 개씩 짝지어 기둥 사이를 또 하나의 기둥으로 연결한 다음, 산에 가서 솔가지를 쳐다가 나무 기둥에 옷을 입히면 문이 생기는 것이었다.

그렇게 만든 두 개의 문. 이름은 용진문과 개선문. 이름부터 웅장하고 대단했다. 영차영차. 아이들 구령 소리로 운동회가 시작되었다. 나는 처음부터 체육 과목을 좋아하지 않

이제는 잊어도 좋겠다

았기 때문에 그냥 다른 아이들의 뒤를 따라가며 눈치껏 차례만 때우는 소극적인 아이였다.

당연히 청군 백군으로 나뉘어 앉아 있는 어느 쪽이든 아동 좌석에 앉아 있어야 했지만, 슬그머니 자리를 떠서 사람들 속으로 들어갔다. 다른 아이들이 이미 자리를 뜬 것을 보았기 때문이다. 발길을 옮겨 사람들 사이로 빠져 들어갔다. 관중들의 숲. 소리의 숲. 아이들의 발에 차이고 어른들이 팔에 걸린다.

장사꾼들도 보였다. 한두 사람이 아니다. 인근 마을에서 가게를 차리고 있는 사람들이 모두 모여 하나의 시골 초등학교 운동장에 가게를 벌이고 있었다. 난전에는 없는 물건 없이 다 나와 있었다. 군것질감과 장난감이 우선 눈에 띈다. 나는 어김없이 장난감 가게 앞에서 걸음을 멈췄다.

처음 보는 장난감이었다. 인디언 팬플루트. 연주용 악기가 아니라 아이들 장난감용으로 간편하게 개조해서 만든 악기였다. "이게 뭐예요?" "그거? 그건 뿔피리란다." 그렇구나. 뿔피리. 다른 아이들이 이미 가지고 다니면서 불던 것을 본 일이 있었다.

그러다 나의 발길은 자연스럽게 학교 교문을 벗어나 꼬작집이 있는 꿕뜸 마을로 향했다. 마을에 들어서면서 나는 또 이상한 느낌에 휩싸였다. 지나치게 고요한 세계로의 진입. 그것은 하나의 이질감이었다. 운동회가 열리고 있는 학교 운동장의 소란스럽고 웅성거림과는 정반대의 조용하고 고즈넉한 마을의 풍경 앞에서 나는 갑자기 낯선 극단의 대비를 느낀 것이다.

그 부조화 앞에 한동안 나는 어리둥절했다. 만용이네 감나무의 감 알이 붉게 익어 있는 게 눈에 들어왔다. 공동우물의 물이 더욱 맑아 보였다. 우순이 형네 집 수탉의 울음소리가 유난히 크게 울린다. 고요함 속에서 깨어나는 섬세한 감각들로 인해 나는 그제서야 오롯이 내 자신의 숨소리를, 막동리의 푸근한 바람과 가을 햇볕을 느낀다.

기록이 형네 채소밭 탱자나무 울타리를 돌아 한순이 아저씨네 칙간채(변소) 구린내를 맡으며 외할머니네 꼬작집에 오른다. 멀리서도 휑하니 보이는 꼬작집 마당. 마당에 자전거 하나가 세워져 있다. 누가 왔나? 나의 기척을 알고 외할머니가 부엌에서 나오시면서 말씀하신다. "아버지가 오셨다. 가서 인사드려라."

아버지는 방 안에 앉아 있었다. "아버지 오셨어요?" "응, 네가 운동회 한다고 해서 구경 왔다." 지난번 아버지에게 호되게 혼난 일이 있었지만 그래도 우리 학교 운동회 구경을 오신 아버지가 반갑게 느껴진다. "아버지, 저 돈 좀 주세요." "뭐 하게?" "피리 사게요." "피리라고?"

아버지는 제법 큰 액수인데 선선히 돈을 주신다. 이젠 됐다. 나도 이제 아이들처럼 하모니카처럼 도레미파 소리가 나는 뿔피리를 가질 수 있겠다. 돈을 받으면서 나는 지난번 호되게 혼을 내준 아버지에 대한 섭섭함과 두려움을 조금쯤 내려놓는다.

아버지가 준 돈을 움켜쥐고 운동회가 계속되고 있는 학교 운동장으로 달려가 제일 먼저 내가 한 일은 조금 전에 보아두었던 장난감 가게에 가서 뿔피리를 사는 일이었다. 호로록 호로록 호록. 뿔피리를 손에 넣은 나는 다른 아이들처럼 뿔피리를 불며 어른들 사이사이를 돌아다녔다.

점심시간이 되었다. 학교와 가까운 괵뜸 아이들은 모두 자기 집으로 가서 밥을 먹고 와서 운동회를 계속했다. 나도 역시 밥을 먹으러 외갓집으로 갔다. 외할머니가 아버지와 겸상으로 점심을 차려주셨다. 밥을 먹고 난 다음 아버지가 물으셨다.

"얘, 아까 산다던 피리 좀 나도 불어보자." 나는 주머니에 들어 있던 뿔피리를 꺼내어 아버지에게 드렸다. "이거야? 이게 피리야?" 아버지는 뿔피리를 당신의 입술에 대고 부신다. 호로록 호로록. "이게 무슨 피리냐. 이건 아이들 장난감이잖아." 못마땅하다는 듯 속았다는 듯 떨떠름한 표정으로 뿔피리를 돌려주신다.

'그럼 아버지는 장난감이 아닌 어떤 피리를 사라고 돈을 주셨던 길까?' 점심밥을 먹고 나시 학교로 돌아가면서 나는 그것이 속으로 궁금했다. 호로록 호로록 호록. 뿔피리 소리는 여전히 경쾌하고 재미있고 좋았다. 그런 소리를 따라 나의 마음은 그때부터 벌써 먼 곳으로 혼자 떠나고 싶어 했는지 모른다.

태극기

어린아이의 눈으로 보아도 막동리 집은 면적이 크고 방도 여러 개이고 식구들도 많았지만 정작 실속은 없는 집이었다. 우글우글 모여서 밥 먹고 잠자고 일하고 그런 것밖에는 아무것도 할 수 없는 집이었다. 아이들은 다만 어른들의 지시에 따라 집안일을 거들거나 틈이 나면 동네 아이들이랑 어울려 놀기에 바빴다.

그에 비하여 외갓집은 식구는 외할머니 한 분밖에 없고 집도 작고 방도 두 개밖에 없었지만 그래도 무언가 달랐다. 문화적이고 고상한 그 무엇인가가 있었다. 우선 외할머니가 읽는 이야기책이 있었고 꼬작집이지만 안방 벽에 커다란 벽시계가 하나 떡억 걸려서 시간마다 뗑 뗑 소리 내어 시간을 알려주곤 했다. 시계가 멈추면 외할머니는 서천 읍내 쪽에서 들려오는 오포(정오를 알리는 사이렌 소리)에 시간을 맞추며 태엽을 감아주곤 했다.

또 있다. 그것은 그릇이다. 막동리 집에는 없는 일본 그릇이 외갓집에는 있었다. 물컵이 있었고 접시가 있었는데 사각형으로 된 접시가 여러 개 있었다. 특별했다. 어느 집에도 볼 수 없는 물건들이었다. 접시와 물컵에는 감청색(코발트색) 그림이나 무늬가 들어가 있었다. 실은 이것은 외할아버지가 면사무소에 일을 보러 다니는 분이었기에 그 유물로 남겨진 것들이었다.

한번인가는 꼬작집 윗방에 있는 외할머니의 장롱을 뒤져본 일이 있다. 장난감을 만들 때 무언가 필요한 것이 있어 그것을 찾기 위해서였지 싶다. 그 장롱은 외할머니가 별로 사용하지 않는 자개장으로 허드레 물건들이 뒤죽박죽 들어가 있는 장롱이었다. 맨 아래쪽을 뒤지는데 거기서 생각지도 않았던 물건이 하나 나왔다. 태극기였다. 태극기. 우리나라 국기.

5학년 때이고 또 학교에서 국기 그리는 법을 배웠기에 태극기에 대해서 어느 정도는 알고 있던 나였다. '반공 방일'을 입에 달고 살던 시절이다. 한눈에 보기에도 태극기가 이

　　　　　　　　　이제는 잊어도 좋겠다

상했다. 4괘는 맞는데 태극기 가운데 부분인 태극 부분이 이상했다. 내가 알기로는 태극의 윗부분이 빨강이고 아랫부분이 파랑인데 이 태극기는 그 청색 부분이 검정으로 되어 있었다. 그것도 먹으로 덧칠한 검정이었다.

오랫동안 나는 그것이 의문스러웠다. 왜 태극기의 아랫부분이 검정이었을까? 그것도 먹물로 덧칠한 검정이었을까? 나중에 조금씩 추론해가면서 알게 되었다. 그 태극기는 외할아버지의 태극기였다는 것. 처음부터 태극기가 아니라 일장기를 고친 태극기라는 것. 외할아버지는 일제강점기, 일장기 시대를 산 분이다. 그러다가 광복이 되자 태극기가 필요하게 되어 일장기 위에 먹물로 덧칠해서 태극기로 바꾼 것이다.

나는 여기서 친일과 반일을 따지자고 이런 말을 꺼내는 것이 아니다. 어떤 집안은 당당하게 반일을 하거나 항일을 택한 집안이 있을 것이고 또 어떤 집안은 대놓고 친일을 하여 호의호식을 하며 지낸 집안도 있을 것이다. 그렇지만 우리 집안은 친일도 반일도 아닌 어정쩡한 상태로 그 시기를 넘겼다는 것을 말하고 싶어서 이러는 것이다.

큰바람이 불면 나무나 풀잎은 한쪽으로 쏠리게 되어 있다. 민초는 힘이 없다. 먹고살기도 바쁘고 살아남기도 어렵

다. 그런 상황에서 문화라는 것을 따지기는 더욱 힘든 노릇이다. 힘없이 강물 따라 흘러가다가 강가에 있는 풀뿌리라도 붙잡고 싶은 심정이었으리라. 오늘에 이르러 나는 외할아버지의 삶을 이렇다 저렇다 말할 수는 없다. 다만 힘든 시기에 어렵게 살았을 그분의 한숨을 멀리 엿듣는 심정일 뿐이다.

이제는 잊어도 좋겠다

만화책

어린 시절, 그것도 초등학교 다니던 날들의 이야기를 하면서 아무래도 빼놓을 수 없는 것은 만화 이야기다. 오늘날도 그렇겠지만 그 시절의 어른들도 아이들이 만화를 보는 것을 그다지 좋아하지 않으셨다. 그러한 점은 외할머니도 마찬가지였다. 내가 만화 읽기에 몰두하는 걸 매우 불안하게 생각하셨다.

아무래도 내가 만화를 읽기 시작한 것은 4학년 후반부터였지 싶다. 서울서 전학 온 지서장 아들인 강명구는 동화책이나 《새벗》과 같은 어린이 잡지도 가지고 있었지만 다량의 만화책을 가지고 있었다. 그러니까 강명구란 아이는 궁벽진 시골 아이들에게 도회지 문화를 전파하고 보급해준 전도사

격인 아이였다.

그 아이가 가지고 있는 만화책 가운데 박기당이란 만화가가 그린 만화가 특별히 좋았다. 어차피 아이들의 읽을거리가 현저하게 부족하던 시절이다. 요즘은 학교마다 도서관이 있고 학급문고와 인터넷으로 다양한 서비스가 넘쳐나는 세상이 되었지만, 나의 어린 시절은 당장 먹을 것, 입을 것조차 모자라던 시절이라 그건 어쩔 수 없는 노릇이었다.

박기당 작가의 만화책은 그냥 흥미 위주의 만화라기보다는 창작동화에 버금가는 만화였다. 내용이나 표현이 매우 교육적이고 건전했다. 재미 또한 대단했다. 그뿐 아니라 역사 이야기들을 만화로 재현해줌으로써 아이들에게 학습 효과 또한 만점이었다. 실로 그런 만화책이라도 읽을 수 있었다는 건 불행 중 다행인 일이라 할 것이다.

내가 맨 처음 동화책을 가진 것은 초등학교 5학년 때이다. 어느 날 서천 읍내에서 서점을 운영하는 분이 학습 보조 도서인 전과 지도서와 수련장을 팔러 오는 길에 동화책 몇 가지를 더 가지고 와 우리에게 보여주었다. 『걸리버 여행기』, 『거지 왕자』, 『톰 소여의 모험』, 『피노키오』 등. 나는 그 모든 책을 사고 싶었지만 두 권만 샀던 것 같다.

동화책이라고 했지만 책의 표지나 인쇄 상태, 삽화가 매

이제는 잊어도 좋겠다

우 허술했다. 차라리 박기당 작가의 만화가 더 화려했고 내용도 충실했다. 지금도 생각나는 만화책 제목들이 여러 개 있다. 『만리종』, 『귀신 동자』, 『불가사리』, 『성웅 이순신』 등. 주로 다른 아이들이 가지고 있는 걸 빌려서 읽었다.

집에서는 외할머니 눈치가 보여 마음 놓고 만화책을 읽지 못해서 일단 만화책을 들고 밖으로 나와 읽었다. 나무 아래 앉아서 읽고 묘 마당에서 읽고 남의 집 담장이나 울타리 밑에 쭈그리고 앉아서도 읽었다. 그런 나를 외할머니는 못마땅하게 생각하셨다. 아이가 학교 공부는 하지 않고 만화책 읽는 데에만 열중한다고 걱정을 많이 하셨다.

한번인가는 내가 공부를 열심히 하지 않으면 당신이 죽어버리겠다고 협박까지 하셨다. 내가 공부하지 않아 성적이 나빠지면 막동리 어른들에게 면목이 없는 일이라 생각하셨던 모양이다. 나는 외할머니가 정말로 돌아가시는 것이 아닐까 더럭 겁이 났다. 차라리 공부를 열심히 하는 편이 낫겠다는 생각을 했다. 엉겁결에 만화책을 읽는 대신 학교 공부를 열심히 하겠다고 외할머니 앞에서 약속했다.

"네, 공부를 열심히 하는 아이가 되겠습니다." 그 이후로 나는 언제든 책을 읽다가 잠이 들고 잠에서 깨어나면 책을 잡는 아이가 되었다. 적어도 외할머니와 한 약속을 지켜드리고 싶었다. '공부하는 아이', 그것은 어린 시절뿐만 아니라 나중에 어른이 되어서까지 평생 내가 가슴에 안고 살았던 하나의 결심 같은 것이었다. 오늘날 내가 책 읽는 사람이 되고 글을 쓰는 사람이 된 것도 모두 그때 외할머니와의 약속을 지킨 결과이다.

이제는 잊어도 좋겠다

가르마 자국

초등학교 3학년 때지 싶다. 외할머니의 친구 가운데 한 분인 오빠꿀댁이란 분이 스님이 되기 위해 마을을 떠났다고 했다. 가장물할머니와 함께 오빠꿀댁은 외할머니의 말동무로 마음을 주고받으며 살던 좋은 이웃이었는데 외할머니로서도 매우 섭섭한 일이었다.

일찍 남편을 여의고 혼자 사는 몸이 된 것은 두 분이 비슷했다. 하지만 외할머니에게는 무남독녀 외딸인 우리 어머니와 어머니가 낳은 손자들이 있었다. 특히 내가 그분의 슬하에서 자라고 있었다. 그러나 오빠꿀댁에게는 그런 자식들조차 없었다.

혼자서 오랫동안 생각하고 고민했을 것이다. 오빠꿀댁은

당신이 지니고 있던 땅마지기며 집을 팔아가지고 시집와서 살던 꿱뜸 마을을 떠났노라 했다. 꿱뜸 마을 사람들이 아는 절 이름은 예산 수덕사란 절 하나뿐이다. 수덕사에 딸린 어느 암자에 비구니가 되었노라 했다.

그런 뒤로 세월이 몇 년이 흘렀던가. 3년쯤 훗닐인 초등학교 6학년 때쯤 그 오빠꿀댁이 꿱뜸 마을을 찾아왔다. 외할머니보다 몸이 호리호리 가늘고 키가 크고 갸름한 얼굴은 여전한데 여염집 아낙네 복장이 아니라 스님 복장으로 꿱뜸 마을에 온 것이다.

엷은 먹빛 옷에 가사 장삼까지 걸친 비구니. 평범한 민간인이 아닌 수도자의 모습이었다. 당연히 낯설고 어색했을 것이다. 나도 외할머니와 함께 먼발치에서 스님으로 변한 오빠꿀댁을 본 적이 있다. 외모는 분명 여자 스님인데 무언가 어울리지 않는 부분이 하나 있었다.

그것은 머리 위에 선연히 남아 있는 가르마 자국이었다. 스님으로 삭발하여 파르스름한 민머리가 분명한데, 그 머리 정수리에 가르마 자국이 마치 흉터처럼 굵은 줄로 기다랗게 남아 있었던 것이다. 시집와서 여염집 아낙으로 수십 년 사는 동안 낭자머리, 그러니까 흔히 말하는 쪽을 찌고 살았으니 어쩌면 그것은 당연한 일이었다.

어린 나의 눈에도 스님이 되어 돌아온 오빠꿀댁의 머리 위에 남아 있는 가르마 자국은 무언가 지워지지 않는 아픔처럼, 슬픔 같은 흉터 자국으로 전해져왔다. 아, 지워지지 않던 그 가르마 자국을 어찌하면 좋을까. 잠시 그렇게 찾아온 오빠꿀댁은 다시는 꿕뜸 마을로 돌아오지 않았다. 지금도 가르마는 남아 있을까?

외할머니의 입맛

사람마다 입맛이란 것이 있다. 자기 미각이나 취향에 맞는 음식이 있다는 말이다. 내게는 어디까지나 외할머니가 만들어주신 음식이 원조이고 고향이다. 어려서부터 외할머니가 만들어주시는 음식에 입맛이 길들여졌으니 어쩔 수 없는 일일 것이다. 밥은 된밥이 아닌 진밥이고 반찬은 어디까지나 짜지 않고 맵지 않은 반찬이 진수성찬이다.

외할머니가 만드시는 음식이라 해서 별난 것은 아니다. 그냥 시골 사람이면 누구나 만드는 그런 음식이다. 망설임 없이 뚝딱 음식을 만드셨다. 그런데도 구수하고 맛이 웅숭깊었고 그윽하기까지 했다. 실은 이것도 나의 입맛이 일찍이 외할머니의 입맛에 순치되어서 그랬을 것이다.

이제는 잊어도 좋겠다

재료도 멀리서 찾지 않았다. 날미역국, 날무국, 된장국은 기본이고 정이나 재료가 마땅찮으면 젓갈을 넣어서 끓이는 새우젓국, 황새기젓국이 있었다. 때로는 달걀 하나를 풀어 계란탕을 만들기도 하셨다. 계란탕을 올릴 때는 "내가 닭 한 마리를 잡았다"며 농을 치기도 하셨다.

내게 특별하게 기억에 남는 음식으로는 겨울철에 먹는 시래기나물과 호박고지이다. 역시 짜지 않고 순하고 담백하게 만든 음식이다. 들기름을 듬뿍 넣었다면 고소하고 부드러운 맛이 더했을 것이다. 더러는 아주까리나물도 있었다. 아주까리 잎새를 말려두었다가 물에 불려 만드는 이 나물은 담백하고 고소한 맛이 있어서 일품이었다.

겨울이 물러가는 어름 텃밭에서 골파를 뽑아다 만드는 파나물도 좋았다. 상큼하고 향긋한 맛은 새로 오는 봄을 미리 상기시켜주기에 충분했다. 그대로 알싸한 새봄의 미각이었다. 파를 익혀서 머리 부분에 줄기 부분을 구부려 붙인 다음 잎새 부분을 돌돌 말아서 만드는 파나물을 요새 사람들은 파강정이라고 부르는 모양인데 외할머니는 낭자머리 파나물이라 불렀다. 아, 이 얼마나 예쁜 이름인가!

박절매의 산과 밭을 둘러보러 갔다가 오실 때는 논두렁이나 밭두렁에 난 봄나물을 캐다가 밥상에 올리셨다. 달래, 냉이, 논나시, 꽃다지, 씀바귀, 쪼꼬실, 꾸시렁꾸, 민들레 그리고 쑥. 그 가운데서 가장 맛이 특별했던 것은 씀바귀다. 처음엔 쌉쏘롬해서 약간 거부감을 갖기도 했을 것이다. 그러나 계속해서 먹다 보면 그윽한 맛에 길들여지기도 할 것이다.

내가 자라서 어른이 되어 결혼을 한 다음, 아내와 객지에서 살 때에도 외할머니는 해마다 봄이 오기만 하면 씀바귀를 한 움큼씩 캐가지고 오시곤 했다. 내가 유독 씀바귀나 물을 좋아한다는 것을 잘 아시기 때문이다. 지금 생각해보면 마치 한바탕 꿈을 꾼 것 같기만 하다.

내가 어렸을 때는 뱅어란 바닷고기도 있었다. 멸치만 한 크기로 길쭉한 바닷고기다. 그런데 이 고기는 몸이 새하얀 빛깔일뿐더러 투명하기까지 해서 제 몸속의 내장을 그대로 보여준다. 봄이면 뱅어 장수가 외가마을에 오곤 했다. 그러면 외할머니는 늘 뱅어를 샀다. 역시 내가 이 고기를 좋아한다는 걸 아시기 때문이었다.

뱅어는 여러 가지 방법으로 먹을 수 있었다. 물이 좋을 때는 생선회처럼 날것으로도 먹을 수 있고, 짚불에 구워서 먹을 수도 있고 된장을 풀어 뱅어탕을 만들어 먹을 수도 있고, 또 먹다가 남은 것은 채반 같은 데에 널어 말렸다가 나중에 먹을 수도 있었다. 어두운 밤, 채반에 널어 말리는 뱅

　　　　　　　　　　　　이제는 잊어도 좋겠다

어를 보면 두 눈에서 파란 불이 나오기도 했다.

봄이 오기만 하면 먹던 뱅어탕. 새봄의 골파를 양념으로 썰어 넣어 만든 뱅어탕은 그야말로 천하 일미였다. 모진 겨울을 이긴 텃밭의 골파는 알싸한 향기를 머금고 있었고 그걸 깨끗하게 다듬어 듬성듬성 썰어서 만든 뱅어탕은 육지에서 자란 양념 채소와 바다에서 찾아온 진객들이 어울려 독특한 맛을 연출해냈다.

아삭아삭 뼈까지 씹히던 맛. 뱅어는 비린내가 전혀 나지 않는 바닷고기다. 뱅어의 몸에 골파의 냄새가 배어들고 골파의 몸에 뱅어의 맛이 배어든 이중의 맛. 바다의 미각과 육지 미각의 이중주. 그 조화로움. 들리는 말로는 군산 어디쯤 알코올 만드는 공장이 생기고 금강 하구에 둑이 생긴 뒤로는 그쪽에서 잡히던 뱅어가 그만 멸종을 하고 말았노라 한다. 안타깝고 섭섭한 노릇이다.

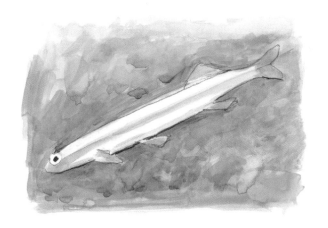

먼산나무

먹을 것도 귀했지만 연료로 사용할 땔감도 귀한 시절이었다. 오늘날같이 전기로 난방하고 가스로 요리할 수 없던 때였다. 19공탄 같은 연탄 연료가 나오기도 전이었을 테니까 오로지 땔나무로만 난방을 하고 밥을 끓여 먹던 시절이다. 그러니 산에 나무가 남아날 리 없었다. 심지어는 생솔가지까지 베어내어 주변의 산들이 온통 민둥산이 되어가고 있었다. 오죽했으면 유치환 선생이 작사한 〈메아리〉 같은 노래가 교과서에 나왔겠는가.

산에 산에 산에는 산에 사는 메아리
언제나 찾아와서 외쳐 부르면

이제는 잊어도 좋겠다

반가이 대답하는 산에 사는 메아리

발가벗은 붉은 산에 살 수 없어 갔다오

산에 산에 산에다 나무를 심자

산에 산에 산에다 옷을 입히자

메아리가 살게시리 나무를 심자

모든 산에서는 나무가 사라져갔다. 학교에서 공부가 끝나고 집에 돌아오면 아이들조차 땔나무 하는 일에 동원되었다. 집에 있는 메꾸리나 푸댓자루를 하나씩 들고 가까운 산이나 들로 나가서 어떻게 하든지 땔나무를 구해가지고 와야만 저녁 밥상에 떳떳하게 앉을 수가 있었다. 소나무에 붙어 있는 삭정이를 잘랐고 솔가리와 가랑잎을 모았다. 그것도 모자라면 들판에 나가 나무뿌리 풀뿌리까지 캐어다 부엌 아궁이에 넣어야만 했다.

외갓집에 있을 때는 외할머니가 나무를 하러 다니셔서 나는 그런 일까지 해본 경험이 없다. 하지만 막동리 집에 잠시 갔을 때는 동생들이랑 나무를 하러 다녀야 했다. 동생들은 나무가 있는 곳을 잘 알았다. 또 나무를 모으는 방법도 잘 알았다. 나는 어린 동생들 뒤를 따라다니며 동생들한테 물어가면서 나무를 했다. 그럴 때면 약간은 굴욕감 같은 것을 느낀 것도 사실이다. 그래서 나는 막동리 집이 싫었고 외 갓집이 좋았다.

그런데도 외할머니는 방학만 되면 나를 막동리 집에 보냈 고 가정실습 기간 같은 때에도 나를 막동리 집에 보냈다. 당신이 판단하기에는 언젠가는 막동리 본가로 돌아가야 할 아이이기 때문에 미리 식구들과 적응시키기 위해 그러지 않았나 싶다. 아버지가 군대에서 제대하고 막내삼촌이 군대 에 입대하기 전이니까 이것 또한 초등학교 5학년 때나 6학 년 때의 일이었겠지 싶다.

내가 막동리 집에 돌아가 있던 날이었다. 동생들이랑 똘 뚝길(저수지 물이 흘러가는 수로)에 나가 삼촌과 아버지를 기 다리고 있었다. 들머리 밭에 심은 배추와 무의 이파리가 더 욱 퍼렇게 보이는 늦은 가을 어느 날, 저녁때였을 것이다. "얘들아, 느이 아버지랑 삼촌이랑 먼산나무 하러 갔는데 아 직도 안 오시는구나. 어디만큼 오시나 마중 나가보아라." 어 머니의 말씀을 듣고 동생들이랑 나왔던 길이다.

먼산나무는 멀리에 있는 산에까지 가서 해오는 나무를 말한다. 가까운 산에는 이제 땔나무로 쓸 만한 나무가 없기 때문에 멀리 있는 산골로 나무를 구하러 갔던 것이다. 그러 나 멀리 있는 산이라고 해서 땔나무가 많은 것은 아니다. 찾

이제는 잊어도 좋겠다

아간 곳에 나무가 없으면 나무를 베고 남은 밑동까지 캐 와야 하는 것이 먼산나무다. 어른들은 그런 나무 밑동을 '고지백이'라고 불렀다.

먼산나무는 본래 삼촌만 하러 다니는 일이었다. 논일이 끝나고 집안일이 한가해지면 삼촌이 동네 청년 몇이랑 어울려 땔나무가 있을 법한 산골로 찾아가 나무를 해오곤 했던 것이다. 지게에 꼬작(짐을 더 많이 싣기 위해 지게 위에 잇대어 달은 나무 막대)까지 달고 갔다. 점심밥으로 어머니가 싸주신 주먹밥을 매달고 가셨다. 나무를 자르는 데 쓰는 낫과 톱뿐 아니라 고지백이를 만나면 캐려고 괭이까지 하나 얹고 가셨다.

기다려도 기다려도 아버지와 삼촌은 오시지 않는다. 저만큼 보이는 똘뚝길. 똘뚝길로 어둠이 내려앉기 시작하는데도 아버지와 삼촌은 오시지 않는다. 이제는 으실으실 춥기까지 하다. 그래도 집으로 돌아갈 수는 없는 일이다. 집에 가보았자 저녁밥을 먹지도 못한다. 먼산나무 하러 가서 주먹밥으로 점심을 드셨을 아버지와 삼촌이 아닌가. 마실 물조차 따로 마련해간 것이 아니라 주먹밥을 먹고 그 부근에서 흐르는 시냇물을 손바닥으로 움켜서 마신다 했다.

"저기 삼촌이다!" 남자 동생 선주가 먼저 알아보고 소리를 내질렀다. 월기리 돌아가는 모탱이(모퉁이)로 히끗한 사람 모습이 보였던 것이다. 동생들이 그쪽을 향하여 달려갔다. 나도 잰걸음으로 동생들을 따라갔다. 정말로 그 히끗한 사람 모습은 삼촌과 아버지였다. 두 분의 타박타박 걷는 걸음걸이는 많이 시쳐 보였다. 철모르는 동생들은 마치 개선장군을 따라가는 병졸들처럼 신이 나 있었다.

그러나 나는 내내 패잔병 같은 걸음걸이로 아버지와 삼촌의 뒤를 따랐을 뿐이다. 역시 터덜터덜 걷는 걸음걸이를 흉내 내면서. 삼촌과 아버지의 노역을 어린 내가 대신해드릴 수 없다는 생각 때문에 더욱 그랬을 것이다.

　　　　　　　　　　　이제는 잊어도 좋겠다

여우 우는 밤

내가 입버릇처럼 하는 말이지만 꼬작집에서의 날들은 나의 일생 가운데 가장 행복하고 아름답고 좋았던 시절이었다. 나의 기억이 그러했고 나의 정서에 흐르는 바탕이 그러했다. 시인이 되어서 나중에 시의 바탕까지가 그 꼬작집에서 오지 않았을까 싶을 정도다. 꿈을 꾸더라도 가장 기분 좋은 꿈은 꼬작집에 대한 꿈이다. 주로 흑백으로 나오는 꿈. 어딘가를 멀리 떠났다가 바쁘게 돌아오는 꿈이 꼬작집에 대한 꿈이고, 그럴 때면 발이 재게 움직여지곤 한다. 그립고 안타까운 마음에서 그랬을 것이다.

언제쯤 다시 그 꼬작집으로 돌아가나? 그러나 그것은 생각만 있을 뿐 실체가 없는 꿈. 허상이다. 과거 어느 지점에

애달프게 서 있는 가로등이나 고향 마을 앞 둥구나무에 대한 감상 같은 것일 뿐이다. 한두 번은 직장에서 물러나면 외갓집이 있던 자리, 그 땅을 사들여서 외할머니와 함께 살던 때와 비슷한 형태의 토담집을 짓고 며칠만이라도 그 집에서 지내고 싶은 꿈을 꾸기도 했던 것 같다. 그러나 그 또한 허상일 뿐이다.

그것은 5학년 때 겨울철. 비록 울타리도 없고 산꼭대기에 떨름하게 지어진 집이지만 외할머니와 함께 살았기에 따스한 집이었다. 어쩐지 그 시절엔 겨울 추위가 매서웠다. 마당에서 외할머니가 떠 주시는 세숫물에 얼굴을 씻고 토방으로 올라와 방문 고리를 잡으려면 문고리가 물 묻은 손에 쩍하니 달라붙곤 했다. 쇠로 된 둥근 방문 고리가 금방 얼어서 손에 붙었던 것이다. 밤에 잠을 잘 때 먹을 양으로 방 안에 떠놓은 자리끼가 어는 그런 추위였다. 그래도 외할머니와 함께 살았기에 춥다든가 불편했다든가 그런 기억은 전혀 없다. 이것도 하나의 마법일까. 기억의 매직, 그리고 추억의 매직.

잠을 잘 때도 아랫목이 내 자리였다. 당연히 그랬다. 아예 외할머니는 아랫목에 내가 잠을 잘 요와 이불을 펴놓고 지내셨다. 윗목에는 할머니가 막동리에서 가져오신 책상이 하나 놓여 있을 뿐 방 안에는 다른 물건이 별로 없다. 혹 있다면 할머니 모시 삼는 쩐지나 모시 광우리가 있었을 것이다. 아, 한 가지가 더 있었다. 그것은 쌀을 담은 항아리, 쌀독이 윗방으로 넘어가는 문지방 옆에 있었다.

교과서 외에도 전과 지도서와 수련장이라는 책이 있었다. 수련장은 문제집이고 전과 지도서는 학교에서 배우는 전 교과 과목이 들어 있던 종합 참고서다. 수련장의 문제를 풀다가 밤이 깊어 이불 속으로 들어가 잠을 청했다. 가끔은 이불 속에 들어가서도 전과 지도서를 펼쳐 들고 그것을 읽으며 잠을 청하곤 했다. 이것은 또 내가 평생 동안 지켜온 하나의 버릇 같은 것이기도 했다. 나이 들어서 늙은 사람이 되었을 때에도 나는 적어도 한두 시간은 침대에 누워 책을 읽으면서 잠을 자는 버릇이 있으니까 말이다.

웬일인지 그날은 잠이 잘 오지 않았다. 한동안 눈을 감고 잠을 청하고 있는데 몸이 갑자기 낭떠러지 같은 곳으로 깊이 빠져드는 느낌이 왔다. 눈을 감고 있는데도 어지럽다는 느낌이 들었다. 몸이 자꾸만 아래로, 아래로 내려갔다. 웬일일까? 웬일일까? 나중에는 두려운 생각마저 들었다. 아래쪽은 더욱 깜깜했다. 이러다가 내가 죽는 게 아닐까, 그런 생각이 들었다.

결국은 깜깜한 어둠과 끝없는 낙하. 그것을 느끼다가 그만 나는 잠이 들었다. 그렇지만 그날 밤의 기억은 오랫동안 나의 뇌리에서 떠나지 않았다. 끝없는 낙하와 어둠, 그 두 가지는 나에게 죽음에 대한 상징이요 또 신호였다. 적어도 그 이전까지는 사람이 죽는다는 것을 한 번도 생각해보지 못한 나다. 그날 밤의 경험으로 해서 사람은 죽는 존재이고 나 자신도 언젠가는 죽을 거라는 생각을 하게 되었다. 그래서 죽는 일이 많이 두려웠다. 그것이 나에게는 하나의 메멘토 모리(memento mori, "죽음을 기억하라"를 뜻하는 라틴어 낱말)가 아니었을까, 그런 생각이 있다.

6학년이 되면서 학교에서는 입학시험 공부가 시작되었다. 그동안 열심히 하던 특기반 공부도 중지하고 본격적인 입시 대비로 공부 방향이 바뀐 것이다. 그렇다고 선생님이 문제를 풀어주거나 요점 정리를 해주는 것도 아니었다. 수업 시간 정해진 공부가 끝나면 아이들끼리 하는 공부였다. 말하자면 자습이었던 셈이다. 날이 저물어 창밖에 어둠이 깔릴 때까지 선생님이 외우라는 내용을 외우고 선생님이 풀라는 수련장의 문제를 풀었다. 수련장은 오늘날의 문제집 같은 것이다. 그러니까 미리 입학시험 문제 푸는 연습을 해보는 것이다. 선생님은 가끔 교실에 들어와 아이들을 살펴보고

이제는 잊어도 좋겠다

다시 나가 당신 볼일을 보곤 했다.

자습하기에 싫증이 나고 짓궂은 아이들 몇은 교실 복도에 놓여 있는 분유통에 가서 분유를 퍼 먹다가 들켜 선생님에게 치도곤이를 맞기도 했다. 분유라고 해서 좋은 분유가 아니었다. 미국에서 구호물자로 온 분유. 실은 짐승 먹이로나 사용되는 탈지분유였다. 탈지분유는 종이로 만든 커다란 드럼통에 담겨 있었다. 어떤 날은 선생님이 내일 분유를 나누어주겠다고 예고하기도 했다. 마땅한 봉지나 그릇이 없었으므로 집에서 책보자기 하나를 더 가지고 와서 거기에 분유를 담아 가지고 오곤 했다. 나도 그렇게 받은 분유를 집에 몇 차례 가져온 일이 있다. 그러면 외할머니는 내가 가져온 분유를 양은그릇에 담아 밥을 짓는 솥에 넣고 쪄서 군것질거리로 주곤 했다. 밥솥에서 익는 탈지분유는 마치 돌덩이처럼 딱딱해서 오랫동안 입안에서 침으로 불려 먹어야 했다.

6학년 겨울, 달이 밝은 밤이었다. 보름달이 뜬 밤이었을까. 달빛이 종이 창문을 환히 비치고 있었다. 공부하다가 이제는 그만 자야지 하고 불을 끄고 누웠는데도 방 안이 훤했다. 그만큼 달빛이 밝았던 것이다. 까무룩 잠이 들었을 것이다. 밖에서 이상한 소리가 들려왔다. 한 번도 들어본 적이 없는 소리. 짐승이 우는 소리였다. 애에엑! 애에엑! 무엇인가를 격하게 토해놓는 듯한 소리였다. 옆자리에 누웠던 외할머니가 나에게 말을 걸어왔다. 외할머니가 잠을 자지 않았던 모양이었다. "영주야, 저 소리 좀 들어봐. 저게 여우 우는 소리야."

나는 그 말에 놀라 잠에서 깨고 말았다. 여우는 그렇게 한참 동안 울다가 울음을 그쳤다. 어디론가 다른 곳으로 간 모양이었다. 여우 우는 소리가 사라진 뒤에도 외할머니와 나는 오랫동안 잠을 이룰 수가 없었다. 외할머니도 이불을 뒤척이는 걸 보면 알 수 있는 일이었다. 밤바람이라도 부는지 뒤란 가랑잎 나무에서 바람에 부대끼는 가랑잎 소리가 더 크게 들렸다. 가랑잎 나무는 상수리나무로 키가 큰 나무인데 외갓집 뒤란 울타리가 키 작은 어린 가랑잎 나무로 되어 있었던 것이다. 바람이 불면 와슬와슬, 나뭇가지에 매달려 있는 시든 나뭇잎이 서로 몸을 부대끼며 내는 소리. 그 소리는 매우 신경이 거슬리는 소리였다. 하지만 자주 들어본 사람은 그 소리가 아무렇지도 않게 들린다. 하나의 중독 현상 같은 것이다.

길고 긴 겨울밤. 가랑잎 갈리는 와스락 소리. 달밤. 불 꺼진 창문에 쏟아지는 달빛. 그리고 여우 우는 소리. 무서워

이제는 잊어도 좋겠다

서 문을 열고 밖을 내다보지 않았지만, 달빛은 마치 가랑잎 위로 싸락눈 내리듯 소리를 내면서 쏟아지고 있을 것이라고 생각했다. 살기가 유독 힘겹던 시절. 산의 나무며 푸새들까지 베어다가 땔감으로 쓰던 시절. 그래서 나의 외갓집 뒷동산에도 몇 그루 소나무를 제외하고는 나무나 풀들이 없었다.

아, 은행나무, 고목나무가 있었다. 그렇게 썰렁한 등성이로 여우가 와서 울었던 것이다. 그 여우는 필시 산속에서 살던 녀석인데 먹을 것이 없어 인가 근처까지 내려와 울다가 다시 어디론가 사라져갔겠거니 싶다. 외할머니와 함께 잠을 자던 밤. 춥고 무서운 겨울밤이었지만 외할머니가 옆에 계셔서 춥지도 않고 무섭지도 않았던 기억. 그것은 나로서는 평생을 두고 가장 편안한 밤이었고 아늑한 잠자리였다.

아가아, 자니이?

아니요.

여우 우는 소리 좀 들어봐.

아까부터 듣고 있는 걸요……

나도 여우 우는 소리에 잠이 깨었는데

메마른 울타리가 잠 못 들고

부석대는 밤,

잠 깨인 할머니가 무서우신가

자꾸만 말을 시키신다.

아가아.

으으응……

옛날얘기 하나 해 줄까?

……

따뜻한 장판방 아랫목

이불 속으로 기어 들면서 기어 들면서……

뒷동산 고목나무에 부엉이가 우는 밤,

부엉이 따라 여우도 따라와 우는 밤,

겨울밤은 길고 길었다.

— 나태주, 「겨울밤」 전문

이제는 잊어도 좋겠다

*1974년, 노년의 외할머니. 배경은 꼬작집이다.

유훈이

나는 대체 그때 무슨 큰 잘못을 저질렀던 것일까.

1957년 2월 어느 날, 시초초등학교 33회 졸업식이 있던 날. 날씨가 비교적 춥지 않아 운동장 흙이 질척질척 녹아 신발에 눌어붙던 날. 지금처럼 졸업식장에 부모님이 와서 꽃다발을 주고 하던 시절이 아니었기에 조용한 학교 행사로 그쳤던 그런 졸업식이었다.

졸업식을 마치고 집으로 돌아가려고 할 때 함께 졸업한 동급생 아이 하나가 나를 불렀다. 자기 좀 보자고. 평소 유순하고 공부도 잘하던 아이였다. 이름은 유훈. 성씨가 유이고 이름은 훈인, 외자 이름이었다. 내가 2학년 무렵 전학을 왔는데, 그 아이는 4학년 무렵 전학을 왔다. 왜 그랬을까?

이제는 잊어도 좋겠다

이유가 무엇이었을까?

유훈이는 나를 데리고 학교 건물 귀퉁이 아무도 없는 으슥한 곳으로 갔다. 주변을 둘러본 후 아무도 없는 것을 확인한 유훈이는 다짜고짜 나를 때리기 시작했다. 주먹으로 가슴을 치고 얼굴을 때리고 발로 차기도 했다. 정말로 이유를 알 수 없는 폭력이었다.

"수웅이 너, 건방져!" 유훈이 입에서 나온 말은 그게 다였다. 수웅이는 나의 일본식 이름으로 학교에서 부르는 이름이었는데 중학교 다닐 때도 수웅이었고 고등학교 1학년 때 아버지가 '태주'라고 이름을 바꾸어줄 때까지 학교에서는 수웅이로 불렸다. 왜 유훈이는 나더러 건방지다고 했을까? 일본 큰아버지가 보내준 학용품을 학교에 가지고 가서 자랑해서 그랬을까? 아니면 내가 중학교 시험에 합격해서 그랬을까?

아닌 게 아니라 내가 중학교 시험에 합격한 것은 조금은 특별한 일이었다. 공부를 제법 잘하는 아이들조차도 여러 명 중학교 시험에서 떨어졌는데, 나는 무난히 중학교 시험에 합격했던 것이다. 이것은 모두 외할머니의 잔소리 덕분이다. 5학년에 올라가면서부터 눈에 띄기만 하면 공부하라고 잔소리를 하고 또 잔소리를 했으니까.

어쩌면 그 유훈이란 아이가 중학교 시험에 떨어졌거나 시험에 합격하기는 했지만 가정 형편상 중학교에 가지 못하게 되었기 때문에 분풀이로 나를 데리고 가서 때리고 구박을 했는지 모르겠다. 이것은 내 평생을 두고 미스터리다. 그러나 그때 나는 울지 않았다. 집에 돌아가 외할머니에게 말씀드리지도 않았다. 왜? 나는 이제 초등학교 학생이 아니고 중학생이니까. 그만큼 나에게 중학생이 된다는 것은 새로운 세상으로 떠나는 일이었고 용기가 필요한 일이었다.

유훈이 이야기는 내가 늙은 사람이 되고 시인이 되어 학교 같은 데에 문학 강연을 하러 갈 때면 학생들에게 빼놓지 않고 들려주는 이야기이기도 하다.

"애들아. 자기가 지금 힘이 세고 공부 좀 잘한다고 자기보다 못한 아이를 깔보거나 때리거나 귀찮게 하면 안 된단다. 그런 일을 한 사람은 바로 잊겠지만 그런 일을 당한 사람은 평생을 두고서도 잊지 못하는 것이란다. 그 증거가 바로 나 같은 사람이란다. 내가 전국을 돌며 문학강연을 할 때면 이렇게 초등학교 시절의 유훈이 이야기를 들려주는데 그 유훈이란 아이, 지금은 나처럼 할아버지가 된 그 사람, 얼마나 그의 귀가 간지럽겠냐! 제발 친구들에게 잘해주려무나. 톨스토이 선생도 말했단다. 세상에서 가장 소중한 것 세 가지.

　　　　　　　　　이제는 잊어도 좋겠다

첫째가 지금 여기. 둘째가 옆에 있는 사람. 셋째가 그 사람에게 잘해주는 것이라고 말이야."

'나는 이제 열세 살. 키가 작고 몸도 약한 아이지만 중학생이 되었다. 아무 때나 울어서는 안 된다.' 그때 그런 각오가 있었을지도 모른다. 그로부터 며칠 안 되어 막동리 어른들이 중학생 교복과 모자를 마련해가지고 외갓집으로 오셨다. 운동화도 가져오셨다. 중학생 교복에 모자를 쓰고 난생처음 신어보는 운동화를 신고 나는 꼬작집을 떠났다. 그건 내가 외할머니의 품을 떠났다는 말이나 같은 말이다.

*1957년 2월 16일, 시초초등학교를 졸업하면서 선생님들을 모시고 찍은 기념사진. 왼쪽이 4·5학년 담임이신 황우연 선생님이고 오른쪽이 6학년 담임이신 구흥기 선생님.

나는 사라지고 문장만 남기를

살아온 날들이 결코 짧지 않으므로 기억들이 많다. 그 기억들은 의식 밑바닥에 켜켜이 쌓여 엉클어져 있고 더러는 변형이 되어 있다. 어떤 경우에는 깡그리 망각되어 사라져버린 것들도 있다. 그 기억들을 깨워서 이 책을 쓰고자 했다. 비교적 정확하고 정직하게 쓰고 싶었다.

그것은 마치 오래되고 낡아서 세월의 때가 덕지덕지 묻은 그림과 같다. 그냥은 알아보기 어려워 손톱이나 칼 같은 도구로 표면을 벗겨내어 아랫부분에 숨은 선이나 색채나 형태를 찾아내는 일과 같았다. 힘겨운 일이었지만 한편으론 그립고 아득한 작업. 글을 쓰는 동안 힘들고 고독했지만 나름 행복하기도 했다.

그래서 그 기록들을 다시금 기억의 창고로 되돌려 보내고 싶다. 이번에야말로 여한 없이 잊어버리고 싶다. 진정한 망각의 세계로 되돌려 보내고 싶다. 그것이 끝내 글을 쓰게 된 까닭이고 책이 된 이유이다. 이제부터 나는 사라지고 문장만이 세상에 남았으면 좋겠다. 부디 그러기를 바란다.

이런 점을 보고 독자분들도 얼마만큼 고개 끄덕여주시고 어느 만큼은 고개를 저어주셔도 좋겠다. 다만 나의 책무는 여기까지다. 그래서 여한은 없다. 다시 하는 말이지만 나는 잊고 책이 기억해주기를 바란다.